徳間文庫

夏泊殺人岬

内田康夫

徳間書店

目次

プロローグ

　昭和四十三年十二月十日に何があったか——と訊《き》かれて、とっさに答えられる人はごく稀《まれ》に違いない。読者の中には、その頃《ころ》、まだ幼年期だった人もいるだろうし、ひょっとすると、生まれてなかった人だっているかもしれないのだ。現に、この物語の主人公である江藤美香《えとうみか》は、当時、幼稚園に通っていた。もちろん、その頃の社会の動きに関する記憶など、何もないに等しい。

　じつは、この日、日本の犯罪史に残るような大事件が発生している。年表をひもとけば、「あっ、あの事件か……」と、すぐに記憶が蘇《よみがえ》るような事件だから、マメな方はぜひそうしていただきたい。この物語の中でも、いずれその事件のことに触れることになるのだが、もったいぶるわけではないけれど、ここではあえてお教えしないことにさせていただく。それに、その程度の労をお取りになったほうが『参加意識』が加味されて、ストーリーそのものの興趣がひとしお増そうというものだ。テレビでも『視聴者参加番組』がもてはやされている昨今なのである。

とにかく、その事件のお蔭《かげ》で、当時、それ以外の大抵の事件はすべて霞《かす》んでしまった。もっとも、その前後には、世間の耳目を集めるような出来事はあまり起きていない。せいぜい、十二月十六日に元双葉山《ふたばやま》・時津風理事長が死去したぐらいが大きなニュースであった。そういうこともあって、事件以後かなりの期間、マスコミは挙げてその事件の報道にスペースのほとんどを割いたのであった。

ここに、その恩恵をこうむった一人の男がいる。

その男は「大事件」があったのと同じ日、千葉県で強盗傷害致死事件を起こしている。殺されたのは男の高校時代からの後輩で、当時は男の働いている自動車修理工場の社長であった。借金を申し込んで断られた腹いせに刃物を揮《ふる》い、結果として死亡させたというのが事件の内容で、言ってみれば恩を仇《あだ》で返したようなものだから、ふだんなら、当然、社会的に指弾されそうなものだ。しかし、そのニュースは、例の大事件の報道に押しやられ、新聞の片隅にごく小さく扱われただけで、関係者以外の関心を呼ぶに至らなかった。男は事件後すぐに逮捕、拘置され、十五年の刑を科せられ服役し、昭和五十八年に出所している。

＊

三重県阿山《あやま》町は伊賀《いが》、甲賀、柘植《つげ》といった忍者の里に囲まれた町である。「町」とはいっても、なだらかな丘陵の多い田園風景はどう見ても「村」だ。丘陵を縫うようにして、細い道路が小さな集落から集落へと続いている。

　その男が阿山町を訪れたのは、あさぎ色に染まりはじめた田園のそこかしこに、満開の桜が霞のように見える、のどかな春の午後のことであった。

　美香は、町に一軒きりのスーパーで身の回りの小物類を揃《そろ》え、一歩外へ出たところで、その男を見た。

　男はこの辺りでは見かけない顔だ。小柄で、年齢は四十を出たかどうかといったところだろうか。スポーツシャツの上に紺色のブレザーを着ている姿は、とりたてて珍しいというわけでもないのだが、バス停の脇《わき》に立ち、少し前かがみになって四辺を窺《うかが》う様子は、どことなくうさん臭い感じがした。

　美香が通りかかると、男は「あの、ちょっとすみません」と声をかけてきた。

「はい」

　いやだな、と思いながら、美香は立《た》ち停《ど》まって男を振り返った。近くで見ると、いっそう、うさん臭い印象が強くする。突き出た頬骨《ほおぼね》の上にある目が、見るからにいやしげな笑いを浮かべているのも気色悪い。前歯が一本欠けていて、残りの歯も全部がムシ歯に違いないと思えるほど、黒ずんだ色をしていた。そこから吐き出される息を避けようとして、無意識のうちに身体《からだ》が反った。

男は社《やしろ》の森を指差して、

「ちょっと訊きますが、あそこにあるお宮は椿《つばき》神社というんですか？」

と言った。やはりこの辺の人間ではないらしい。言葉になまりがなかった。東京かどこか知らないが、とにかく標準語に近い言葉を喋《しゃべ》る地方の人間であることは確かだ。

「ええ、ふつうはそう呼んでいますけど、ほんとうの名前は友田神社といいます」

「ああ、そうなのですか、友田神社ねえ……」

男はやや気落ちした顔になった。

「いま、社まで行ってきたのですが、あのお宮には神主さんはいないようですなあ」

「ええ、神職は別の家に住んでいますから」

「ああ、なるほど、そういうわけでしたか。それじゃあ、神主さんはいることはいるのですね。それで、神主さんの名はなんていうんでしょうか？」

「………」

美香は答えていいものかどうか、少しためらった。男はその気配を察したらしい。

「キミネさんというんじゃありませんか？」

と言った。

「いいえ、違います」

「キミネ」がどういう字を書くのか判《わか》らなかったが、美香はとにかく否定した。

「そうですか、違いますか……」

男はがっかりした様子で、地面に視線を落とした。疲労感がにじみ出たような顔を見て、美香はちょっとだけ気の毒になった。

男は気を取り直したように顔を挙げた。

「神主さんは、なんていう名前ですか？」

「江藤っていうんですけど」

「江藤さん、ですか」

首をかしげて、しばらく考えてから、

「この辺りで椿神社といえば、ここだけでしょうね」

「この辺ではそうですけど、でも、鈴鹿《すずか》には椿大神社がありますよ。向うの方が有名です」

「ああ、それなら知っています。昨日、行ってきましたから」

「それ以外のところは知りません」

「そうですか、いや、どうもありがとう」

男は頭を下げた。言葉遣いはわりと丁寧だから、人相から受ける感じほど、悪い人間ではないのかもしれない。美香も軽く会釈して、その場を離れた。少し行ってから、それとなく振り返ると、男はバス停の時刻表を覗《のぞ》き込んでいた。日に数えるほどしか運行しない路線だ、次のバスまでは二時間近くも間がある。男は腕時計と睨《にら》めっこしていたが、やがて諦《あきら》めたとみえ、駅へ続く道を歩きだした。それを見送ってから、美香は家の中に入った。

江藤美香がこの町に来たのは、七年前のちょうどいま頃の季節だ。中学へ進む年で、新しい仲間をつくるにはキリもよく、ここでの暮らしにもじきに慣れた。

美香の父の江藤正之《まさゆき》は椿神社の神職を勤める。

「椿神社」はじつは俗称で、「友田神社」が正式な名称である。旧阿山郡友田村の村社として、かつては官幣社の指定も受けるほど、なかなかの由緒を誇っていたらしい。

天正年間に織田信長《おだのぶなが》の伊賀攻めで焼かれ、記録類はすべて焼失したと伝えられているので、創建はそれ以前ということになる。祭神は猿田彦《さるたひこの》命《みこと》、いわゆる地祇《ちぎ》としてはもっともポピュラーな神を祀《まつ》っている。

ちなみに、猿田彦命というのは日本古来の、いわば土着の神であり、天孫降臨でニニギノミコトがやってきた際、その先導を務めたといわれる。つまり、天つ神（天神）に対する国つ神（地祇）である。猿田彦命を祭祀《さいし》する神社は、全国いたるところに二千余社もあるといわれており、また、道祖神、船玉神、白髭《しらひげ》大明神等々、われわれの生活に密着した巷《ちまた》の神の多くは猿田彦命の化身《けしん》——という説もある。

美香は神職の父を持ちながら、大学に入るまで、そうした神話について、ほとんど知識がなかった。もっとも、父の正之が神職に就いたのは、ここ、友田神社の神主に納まった時からで、それまでは和歌山県のM市役所に勤めていた。

正之の生家はM市近郊にある神社で、正之はそこの次男として生まれた。一応、神職の資格を取得する教育を受けたのだが、戦後、神社が国の庇護《ひご》を失ってからは、神職で生計をたてることはかなり困難になっていたため、兄が神社を継いだあと、独立して市役所勤めに落ち着いた。

それが友田神社の神主に納まるようになったのは、まったく予期しなかったことであり、幸運といっていいかもしれない。正之はそのころすでに五十をこえる歳《とし》だったし、何か生涯を捧《ささ》げて悔いのない仕事に就くことを考えていたところだったのだ。そこへ降って湧《わ》いたように、友田神社の神職のクチがかかった。前任者の一家が何かの事情で移住しなければならなくなったというふうに、美香は聴いている。

「この辺で椿神社っていえば、ウチぐらいなものよねえ」

美香は玄関先で顔があった母親のとき子に訊いた。

「なんなの、藪《やぶ》から棒に」

「いま、そこで会ったひとに訊かれたもんだから」

「それやったら、椿大神社さんを教えてやりゃよかったんでないの」

「椿大神社なら知ってるっていうてたわ。昨日、行ったんやって」

「そしたら、あとは知らんなあ。お父さんなら知ってはるかもしれんけど」

父の正之は奥の部屋で祭礼で配るお札の文字を書いていた。美香が訊くと、

「椿神社なら滋賀にもあるで。もっとも、そこのは祠《ほこら》みたいなもんで、神社とは言えんかもしれんがな」

と言った。

「あら、そうやったん？　悪いことしてしもうたな」

「なんじゃ、ない言うたんか」

「うん、知らなんだもん、仕方ないわ」

「神社の娘のくせして、そのくらい知らんでどうするね。滋賀ばかりでない、名古屋にも椿神社いうのがあるそうや」

「そうかて、母さんかて知らんそうよ」

「あほ、美香は大学へも行ってるでないか」

美香は舌を出した。美香が行っている伊勢《いせ》の皇習館大学はもともと神道を学ぶ者のための学校として創立された。美香は史学を専攻しているから関係ないといえばいえるが、近県の、それも同じ椿神社のことを知らなかったでは、あまり威張れたもので

はない。

「そのひとは椿神社巡りでもしているんやろか」

正之が訊いた。文字を書く手は休めていない。

「そうかもしらんけど、ただのお参りとは違うみたいやったわ。誰《だれ》か人を尋ねて歩いてはるみたい。ああ、そうそう、神主さんの名を訊いてはったから、やっぱし人を捜していたんでないかしら」

「なんていう名前かね」

「キミネ、とか言うてはったわ」

「君根？」

正之は振り向いた。眉《まゆ》をひそめている。

「君根いうたら、ここの前のひとの名前がそれやで」

「えーっ、ほんと？」

美香はびっくりした。

「それやったら、悪いことしてしもうたわあ。まだその辺にいるかもしれん、見てきてみるわ」

美香は家を飛び出して男がいた方角へ走ったが、もう男の姿は見えなかった。

夏泊半島

1

青森県のほぼ中央、陸奥湾《むつ》に向かって大きく突出した陸地を夏泊《なつどまり》半島という。半島全域が東津軽郡平内町《ひらない》に属している——というより、平内町そのものが夏泊半島——といったほうがぴったりするかもしれない。半島の東に野辺地湾《のへじ》、西に青森湾を擁《よう》し、ホタテ貝の養殖が盛んで、青森県産ホタテの約半分にあたる良質のホタテを産出している。

平内町にはこのホタテのほかにも、全国的に自慢できるものが二つある。一つは半島東側の「浅所《あさどころ》海岸」がオオハクチョウの渡来地であること。そして、もう一つが、半島北端にある「椿山《つばきやま》」だ。

椿山はわが国の自生椿の北限地として名高い。四月末から五月にかけて、一万数千本という椿が競いあうように花をつけたさまは壮観だ。

　寒冷地の椿としては、新潟県のユキツバキが知られているが、「椿山」の椿は温暖地に多いヤブツバキの一種である。黒潮など、南からの潮流が直接入り込むことのない本州の北の果てに、忽然《こつぜん》と椿の大樹林が展開しているのは、まさに自然の不思議そのものだ。昔の人間もその不思議を感じたのだろう、この場所になぜ椿が繁茂するのかということについては、ひとつの物語が言い伝えられている。

　昔、ここの村にタマという美貌《びぼう》の娘がいた。あるとき、越前から来た行商人で、横峰嘉平という男がタマを見初《みそ》め、ふたりはねんごろな仲になる。ところが、嘉平は結婚の了承を両親に得るためと、商品の仕入れのために、いったん郷里へ帰ることになった。タマは別離を悲しみ、嘉平を引き留めるが、嘉平はそれを振り切るようにして旅立って行く。約束した翌年、そしてまた翌年と、嘉平は戻らない。絶望したタマは、悲嘆のあまり病死してしまう。三年目、嘉平は帰ってきてそのことを知り、タマへの土産に持ち帰った椿の実を墓の周辺に植え、愛する女の霊魂を慰めた。現在の椿山はそれが繁殖したものだというのである。

　この話にはいくつもの異説があって、筋書そのものは似たり寄ったりだが、行商人が船頭であったり、横峰が姓名でなく、土地の名だったりする。いずれにしても、美女が男の帰りを待ちわびながら死ぬことと、男が椿の実を土産に持ち帰るところは共通している。そして、この話には後日談が、やはりいく通りもあって、女の霊を慰めるための祠《ほこら》ができたという説や、横峰嘉平の女房に神が乗り移り、その御託宣によってこの地に守護神を祀《まつ》ることになったという説もある。

とにかく、そうしてこの地に神社が建立《こんりゅう》された。その神社がいつごろから「椿神社」と称《よ》ばれるようになったのかは、じつのところはっきりしない。現在の社殿を造営する以前から遺《のこ》る創建時の棟札の写しに「元禄十一戊寅年四月三日／奉造立椿宮女人神霊／別当日光院六世山造法印」とあるから、遅くとも元禄《げんろく》十一年（一六九八）には本格的な社殿が建立され、その当時すでに「椿神社」の名称がつけられていたことだけは間違いなさそうだ。

明治六年、祭神を猿田彦命《さるたひこのみこと》と定め、村社となり、それ以後はしだいに社格も上がり、昭和五十一年には社務所も新設された。ロマンチックな伝説に彩《いろど》られた社だけに、縁結びの神として霊験あらたかなはずなのだが、町から遠く離れているために、ここで神前結婚が行なわれることはほとんどない。ただ、時折、恋に悩むらしい若いカップルがマイカーで訪れて、何やらひたすらに祈る風景が見られるのは印象的だ。別にそういう宣伝をしているわけではないのだが、それなりの効果があるとみえて、口コミで知ったという、およそ信仰などに縁のなさそうな若者が、深刻な顔で頭を垂れている姿は微笑《ほほえ》ましい。

五月十四日午後二時頃《ごろ》——、東北本線小湊《こみなと》駅に一人の男が降り立った。小湊は平内町の中心地で、官公署等、町の主要施設の多くはここに集まっている。

男は同じ列車から降りた他の乗客たちが町へ散ったあとも、しばらくのあいだ駅の前で辺りの風景を見回していたが、やがて駅前に屯《たむろ》するタクシーに乗ると、椿神社へ行くように指示した。小湊駅からは夏泊半島先端近い、東田沢という集落まで行くバスが出ているのだが、発車時刻まではだいぶ間があった。それに、もしかすると、男はバスの便のあることを知らなかったのかもしれない。

小湊から椿神社までは約十三キロの行程である。道路は夏泊半島を一周しているが、東側の海岸沿いに行くほうが多少距離は短い。小湊の街を出外れたところがもうオオハクチョウの渡来地で、そこから先はずっと海岸線を行くことになる。眼下に広がる透明度の高い穏やかな海面をはじめとして、車窓から見る風景は美しい。運転手はお愛想に観光ガイドよろしく沿道の説明をしたけれど、男があまり興味を示す様子がなかったので、じきに会話が跡絶《とだ》えてしまった。

男はスポーツシャツに紺色のブレザー、荷物らしいものといえば布製のボストンバッグひとつという軽装だ。旅行者というより、青森あたりから、商用で訪れた人間という印象を、運転手は受けた。

——何か心配事でもあるのか、ぶすっとしたお客さんでしたよ。

のちに運転手はそう言っている。

椿神社は椿山のとっつきの中腹に建つ。社殿へ上る石段の手前はかなり広い草地になっていて、そこを、石畳の長い参道が通っている。参道の手前と奥にはそれぞれ鳥居がある。鳥居の前で車を降りると、男は鳥居を潜《くぐ》って社殿の方へ歩いて行った。

神社を包むように茂る椿はいっせいに花をつけていた。照葉樹林特有の濃密な緑と、明るい花とのコントラストが、一種不可思議な雰囲気をかもし出して、美しい。しかし、男はそういうものにはあまり興味がないのか、真直《まっす》ぐ社殿の方を向いたきり左右の椿にはほとんど見向きもしない。

この日は土曜日で、しばらく前までは椿見物の客でかなり賑《にぎ》わっていた。その名残りのような人々が数組、社殿裏の椿山から降りてきて、男と擦れ違った。男は脇《わき》に寄って人々を遣《や》り過してから、人気《ひとけ》のなくなった社殿に近付くと、閉まっている扉の前に立ち、板戸の隙間《すきま》から覗《のぞ》き込んで、「誰《だれ》もいないのかな……」とつぶやいた。この神社が無人であることを知らずにきたらしい。石段を降りたところに社務所があるのだが、そこも空っぽなのを確かめて、男は失望したように肩を落とした。それからはじめて辺りの風景を眺め、境内から少し離れた広場に建つ三軒の土産物店を認めると、また、一心にその方向だけを見ながら歩いていった。

土産物店は三軒ともドライブインと民宿を兼ねている。名物のホタテを焼く香りが辺りに漂って、空腹の男の食欲をそそった。男はいちばん手前の店、レストハウス夏泊に入ると、壁のメニューを見て、焼きホタテとビールを頼んだ。

ビールを運んできた店の娘に、「そこのお宮さんには、神主さんはいないのですか?」と訊《き》いた。娘は畑井三津子といい、店主の姪《めい》にあたる。五月になって近くの村から手伝いにきている、いわばアルバイトのようなものだったので、この辺の様子には疎《うと》い。店の奥から主人の畑井又三を連れてきた。

「宮司さんはいるにはいるけんど、ここにはいねえんす。いつもは小学校の校長先生をしてなさるで」

「校長先生……」、すると、だいぶお歳ですねえ」

男はしばらく考え込んでから訊いた。

「あの、宮司さんはなんと仰言《おっしゃ》る方でしょうか」

「佐々木さんですよ」

「佐々木さん、ですか……」

男は明らかに落胆の色を見せた。

——見たことのない人だったが、別に悪いことをするような人間には思えなかったすよ。

畑井又三は、のちにそう印象を語っている。

男は運ばれたホタテ料理を肴《さかな》に、ゆっくり時間をかけてビールを飲んだ。レストハウス夏泊は海に面していて、テーブルからの眺望も悪くない。男は風景に目を転じたり、煙草《たばこ》に火をつけたりして、また思い出したように箸《はし》を使いグラスを傾けた。

食事がすむと、三津子を呼んで、この辺に泊まるところはないか、と訊いた。三津子がこの店にも宿泊設備はあるというと、それでは今晩ひと晩厄介になりたいという。

——時計を見て、時間が夕方近かったので、急に思いついてそう決めた、といった感じだったすよ。

女の子——畑井三津子はそういう印象を受けたということであった。

「レストハウス」と名前がついているといっても民宿に毛の生えたようなものだ。男は二階に案内されて、少しかび臭い部屋に落ち着いた。夏になると海水浴の客で連日満室になるのだが、まだ時期外れで、この日の泊まり客はその男ひとりであった。よほど疲れていたのか、ウエートレス兼部屋係の三津子が茶を運んでいった時には、男はゴロンと横になっていた。

「すみません、宿帳をお願いします」と言うのに、

「ああ、あとで書いておくよ」

眠そうな声で言って、動こうとしない。いかにも疲れたという恰好《かっこう》だった。

「お夕飯は六時過ぎでいいでしょうか」

その質問にはもう返事もなかった。三津子はしばらく待ってみたけれど、むこう向きの男の肩が規則正しく上下しはじめ、寝息まで聴こえてきたので、諦《あきら》めて茶と宿泊カードを座卓の上に置いて部屋を出た。

それから男が何をしていたか、誰も見た者はない。三津子も、彼女の報告を聴いた他の者も、男はおそらく眠っているものと信じていた。確かにそう思っても不思議でないほど、二階は静まり返っていた。

五時半を回ったころ、突然、二階の廊下を踏み鳴らす音がした。お客が何かに蹴《け》つまずいて転ぶかなにかしたのだろうかと思って、その場に居合わせた者が二階の方向に注意を払ったとき、ドドッという勢いで階段を落ちる音がした。

「あぶないっ！」と誰かが叫んだ。店を閉めようという時間で、客は全部ひきあげたあとだった。主人の畑井と三津子、それに調理場の人間たちと、五人全員が階段下に駆け付けた。

階段の、下から三段目のところに手を突っ張って、男は必死の形相で皆を見た。身体《からだ》の位置はほとんど逆様《さかさま》である。上の方からつんのめるように滑り落ちてきたらしい。どこか口の中を切りでもしたのだろうか、唇の端から血を流している。その恰好でいたのはほんの一瞬で、男はすぐに崩れるように力を失い、残りの三段をズルズルと落ちた。

主人の畑井又三が駆け寄って、抱え起こした。

「だいじょうぶですか?」

呼びかけたが、男はまったく脱力していて、反応を示さない。他の者が救急車を呼ぶ電話をかけた。

「駄目だで、こりゃ、死んでるで」

畑井は首を振った。脈は完全に停止し、半分開いた目は、すでに瞳孔《どうこう》が開ききっていた。救急車の到着までは三十分ぐらいはかかるだろう。生き返る可能性は考えられなかった。

「駐在だ、駐在さ電話せいや」

男の死体を抱えたまま、畑井は怒鳴った。平内町には警察署はない。小湊に警察官派出所があるのと、五つの集落にそれぞれ駐在所があるだけだ。ここからだと、約二キロ離れた東田沢にある駐在所が一番近い。ついこのあいだ五十歳の誕生日を迎えたばかりの辻村巡査長がバイクで駆け付けたのは、それから二十分もたったころであった。

男の死体は一階の店の裏にある座敷に布団を敷き、その上に横たえられていた。

「死んどるでねえか」

辻村巡査長はひと目見て分かった。手に触ると、すでに体温は下がっていて、不気味に冷たい。

「階段から落ちたんだってか？」

「んだす、階段から落ちて、そん時はもう息が停《と》まっとったようだなす」

畑井がその時の様子を説明した。

「しかし、そんくれえのことで即死するもんかな。どこか頭でも打っただべか」

辻村は男の毛髪をかき分けるようにして調べたが、それらしい打撲痕《こん》は見あたらなかった。それ以上は医者が来るまでは手のつけようがない。

「この人は誰だね、お客かね？」

「んだす、んだども、名前もまだ訊いてねえんすよ」

二階の部屋にある宿泊カードには、まだ何も記入されてなかったのだ。

「どこの誰だか、さっぱり分かんねすもんね」

「所持品は？」

「そこさ置いてあるバッグだけだども、中には名前を書いたもんは何もねかったですよ」

「なんじゃ、んだば、それ、開けて見ただか。困るなあ、そういうことしてもらっては」

「んだけんどよ、早く身内の者さ報《し》らせにゃなんねえんべと思ってよ。別に悪気があったわけではねえす」

「そりゃ分かるが、そういうことは警察に任してもらいてえもんだ」

あらためて辻村はバッグの中を調べたが、出てくるものは、よごれた下着類や洗面道具、時刻表、地図、胃の薬、風邪薬といったところだ。洋服のポケットには現金が八万円と少し、東京から青森までの往復切符が入っていた。

「何もないな」

辻村はお手上げのポーズを見せて、男の顔に見入った。歳《とし》の頃は四十そこそこか、せいぜい二、三までだろう。それにしても、苦悶《くもん》の表情のせいばかりではなく、ひどく疲れた顔をしている。

「これはなんだべな?」

辻村は男の首筋にある引《ひ》っ掻《か》き傷のようなものを示した。

「なんだすべなあ、階段を落ちる時、擦《す》り剝《む》いたんだすべか」

「いや、んでねえ。こりゃ爪《つめ》で引っ掻いた傷だな」

田舎の駐在所にいても、さすがに警察官だ、その程度の見きわめはつく。辻村はもしかすると、これはただの転落事故ではないかもしれないと思った。

救急車が着き、救急隊員が死亡を確認した。

「死因は何だべか？」

辻村巡査長が訊いた。

「えっ？　転落死ではねえんすか？」

救急隊員はびっくりして、もう一度男の方を見た。

「いや、転落死にゃ違いねえべどもよ、直接の死因は何だべかと訊いてるだよ」

「さあ、そりゃ解剖してみにゃ分かんねんでねえすべか。見たところ外傷はねえようだし、もしかすんと、ショック死かもしんねえすな」

「しかし、とにかく変死扱いにするより仕方ねえべ、遺体はこのままにして、一応検視の手続きを取ることにすっから」

救急隊員を待機させておいて、辻村巡査長は小湊の派出所に連絡を取った。派出所の正式名称は「青森警察署平内警察官派出所」である。派出所といっても、いわゆる警部派出所で、街中のポリスボックスとは異なる。もともとは平内署として二十人近い規模の独立した警察署だったのが、国道4号線が整備され、交通事情がよくなったために、青森署の管轄に統合されたものだ。所長は五十二歳の長内《おさない》警部で、以下十二人が常勤している。この春赴任して、はじめての変死事件とあって、長内警部が緊張した声で電話口に出た。

――ただの転落死でねえつうと、死因は何だ？

「いや、はっきりとは分かんねすけんど、どうもふつうでないような気がするもんで」

――ふつうでねえって、何か事件性でもあるんか?

「いまのところ、それはないようでありますが、しかし、自殺つうことも考えられるんではないかと思います。とにかく、死体はこのままにしておきますんで、一応、検分をお願いします」

――よし、分かった、すぐ行くから現場の保存に努めていてくれ。

長内警部は五名の部下と嘱託医を伴って、二台のパトカーで出掛けることにした。派出所の仕事は主として交通と警邏《けいら》に重点が置かれていて、捜査の専門職である刑事は村上俊宏部長刑事が一人いるだけだ。嘱託医は、小湊町立病院の院長である。酒ずきで助平で陽気な老人だ。そのせいか、殺人事件の可能性があるにしては、なんとなく、のんびりしたムードが漂う出動であった。

本隊の到着までに、辻村が大体の事情聴取を済ませている。店の者の話によれば、死んだ男の様子に不審を抱くべき要素は何もなかった。男は疲れているようには見えたが、階段から転げるほどに疲労困憊《こんぱい》していたとは思えない。それに、階段へかかる前の廊下のところで、男はすでに転んだ気配があった。廊下で転び、さらに階段を逆様に滑り落ちた。早い話、部屋を出た時からこけつまろびつして階段まできたような感じがする——というのが、店の者全員の一致した意見であった。

「何か病気の発作が起きて、苦しがって飛び出したんでねえべかな」

店主の畑井が言ったが、それがどうやら、その場での結論のようなものになった。

だが、派出所の連中が到着して、検視が始まるとまもなく、男の死は事件性をおびてきた。老嘱託医の診断によれば、男の死因は青酸性毒物による中毒死である可能性が強いというのである。若い医師と違い、その辺の判断には長年の経験がものを言う。男がいた部屋の座卓の上には飲みさしの茶が残っている。老医師はその茶を人差し指の先につけ舌先で味わって、すぐに吐き出した。

「間違えねえな、青酸だで、これは」

そのひと言で現場はいっぺんに緊張し、レストハウスはものものしい雰囲気につつまれることになった。

事件性のある変死となると、もはや派出所の手に負えない。青森市の本署に連絡を取り、県警からの応援も要請した。夜に入って、夏泊半島の先端の、猫の額ほどのところに数十人の捜査員が押し寄せて、いよいよ本格的な捜査が始まった。

茶を運んだ畑井三津子は、一昨年高校を卒業して以来、椿が見頃の時季と夏場のあいだ、レストハウス夏泊の手伝いをしている。

「おら、何も知らねえっすよオ」

刑事が事情聴取を始めようとすると、三津子は脅えきって、うわごとのようにわめきだした。

「分かった、分かった、おめえが何も知らんつうことは分かったから、気持ば鎮めてゆっくり話してみれ」

事情聴取には村上部長刑事が当たった。村上は平内町の東隣、野辺地の出身だから、土地の風習や人情の機微に通じている。津軽の女は万事につけて引っ込み思案を美徳と心得るようなところがあり、大きな変動に出会うと、ただうろたえてしまいがちだ。若い者はドライで、ちょっとやそっとでは驚かなくなったといっても、自分がお茶を運んだ相手が、そのお茶を飲んで死んだとあっては、度を失うのも無理はない。

村上の根気のいい尋問に、三津子はようやくお茶を運んだ前後の状況を話しだした。しかし、宿帳の記載を頼みがてら、お茶を持っていったというだけで、別にとりたてて変わったことはないらしい。むろん、茶に毒物を入れるはずがなかった。

「お茶はポットのお湯を土瓶さ汲《く》んで行って、お客さんの前で茶碗《ちゃわん》さ注《つ》いだんですから」

その際、土瓶に多めに汲んで残ったお茶を、主人の畑井又三が飲んでいる。

「べつに、なんともなかったすけんど」

畑井は薄気味悪そうに、胃のあたりを撫《な》でまわしながら、言った。いずれ検査すれば分かることだが、要するに、土瓶の段階までは、少なくとも毒物は混入されてなかったことになる。茶碗に毒物が付着していたということはあり得ない。茶碗はほかのものと一緒くたに、洗い籠《かご》の中にあるものを、無作為に取り出して使ったものだ。だとすると、客の部屋の座卓の上に置いた茶碗の中に、あとで毒物を入れたとしか考えられないことになる。

「自殺か……」

県警捜査一課から、ひと足遅れてやってきた捜査主任の篠原警部は、平内派出所による初動捜査の報告を聴くと、あまり興味なさそうに、そう言った。死んだ男はおとなしい客で、店に入ってから何もトラブルらしいこともなかったのだから、男に殺意を抱くような人間がいようはずもない。その男が死んで、死因が毒物による中毒死、毒物は茶の中に混入していた――とすれば、本人が毒を入れて自殺を遂げたものとするのが、最も常識的な解釈には違いなかった。捜査の総指揮を取る青森警察署長の久松警視正もその意見に同調した。いや、ほかの皆も異議を唱えようがなかった。

そういう中で、ただ一人、平内派出所の村上部長刑事だけが首を捻《ひね》った。

「自殺だとは思いますが、遺書もないし、それに、どうも死に方が気に入りません」

「気に入らんて、どう気に入らんのかね」

篠原警部は自分の考えに水を差されたような気がしたのか、少しむっとした表情になった。相手はたかが警部派出所の、しかもまだ若い部長刑事風情である。何を小生意気な——というハラがあった。

「あのですね、自殺なら、当然、死を覚悟しているわけでしょう。それなのに、薬を飲んでから、部屋を飛び出して、廊下で転ぶわ、階段を転げ落ちるわ……、とにかく、とても覚悟の自殺とは思えないような醜態を演じているわけで……」

村上は篠原警部の思惑に気づかず、唇を尖《とが》らせるようにして、懸命に主張した。

「そりゃ、いくら覚悟していたって、いざ死の苦しみがやってくれば、取り乱すだろうよ」

篠原は軽くいなした。

「それでは、遺書を書かなかったのは何故《なぜ》でしょう」

「遺書を書かない自殺だって、いくらでもある。だいたい、蒸発してしまいたい人間なら、自分の身元を知られないように死ぬんじゃないかな」

「しかし、もし自殺だとすれば、毒物をどうやって持っていたのでしょうか。毒物の容器も包んだ紙も、目下のところ発見されておりません」

「ふーむ……」

篠原はようやく言葉に詰って、不満らしく鼻を鳴らした。

「毒物の容器はまだ発見されていないのかね」

「まだです」

平内派出所の長内所長が、篠原の不快を緩和するように、村上に代わって、柔らかく応じた。階級は同じ警部だし、年齢ははるかに上だが、長内は丁寧な言葉遣いをしている。長内はだいたいにおいて警部止まりのまま定年を迎えるのに対して、篠原はいずれさらに上級まで昇進する男だ。そういう思惑が老警部を控えめにさせている。

「しかし、毒物を茶碗に入れたあと、薬を包んだ紙を窓から捨てたりしたのであれば、どこかさ飛んでいってしまって、見つからねえことも考えられるんでねえでしょうか」

「つまり、それは自殺の可能性が強いということですか」

「はい、まんず、恐らくは自殺だと思いますが、かりに殺しであれば、ますます容器、薬包紙の類は遺留されてねえでしょうなあ」

「ということは、長内さんはどっちの可能性の方が強いと思っているんです?」

篠原はじれったそうに言った。

「それはまあ、自殺だと思います」

「でしょうねえ。第一、他殺を示唆する事実は何もなさそうじゃないか」

篠原警部はジロリと冷たい目を村上に向けた。

「それとも、きみ、何か材料があるの?」

「いえ……」

首を振ったものの、村上は正直に、頰《ほお》を脹《ふく》らませて不満を表明している。篠原は「ふん」とそっぽを向いた。

2

九割がた自殺と断定したものの、他殺の可能性も完全に無視するわけにもいかない――、という状態で捜査は進められることになった。一割の他殺説は村上部長刑事の執拗《しつよう》な粘りによるものと言っていい。最後には篠原も呆《あき》れ返《かえ》って、「分かったよ、その線はきみのいいようにやってみたら」と突き放した。久松署長も篠原と同意見だったこともあって、捜査員全体のムードは『自殺』で店仕舞――という方向に偏《かたよ》っていた。村上は独りきりになっても頑張るつもりだったが、いざ捜索にかかると、平内派出所員が一緒になって協力してくれた。もとより刑事事件捜査が専門ではない連中だし、一方で篠原や本署の連中の顔色を窺《うかが》いながら、という不自由さはあったけれど、それなりに一所懸命の作業で村上をバックアップした。長内警部は気乗りしない鑑識の連中に頼んで、犯人(もしいると仮定すればの話だが)の侵入経路と想定される、二階非常階段に出るドアから、死んだ客の部屋に至るまでのあいだの綿密な調査を行なわせている。

しかし、そういった努力にもかかわらず、めぼしい遺留品や痕跡は検出されなかった。現場周辺に残されている指紋、足跡その他は無数といっていいほどあるが、そのほとんどはレストハウスの従業員のものか、或《あ》いは、かなり以前につけられたものであることが分かった。

当日の捜索はあまりたいした進展を見せず、午後九時で打ち切られた。レストハウスには村上と、同じ平内派出所の警邏係である亀田巡査だけが居残るよう命じられたが、長内も付き合いよく仲間に加わって、問題の部屋の隣室で、夜食に出されたホタテの煮付けを肴にコップ酒を一杯ずつ傾けた。

長内も村上も、この三月の異動人事で平内に着任した。長内は弘前《ひろさき》市の出で、まだ三十前の村上から見ると、警察のメシを食った年数が三倍以上という大先輩である。風貌は、よく言えば柔和、悪く言うといかにも年寄くさい、話し言葉も、いまどき珍しいほどの津軽なまり丸出しで、地元出身の村上でさえ、なんだか二昔ぐらい前の世界に逆戻りしたような違和感を覚えるのだ。

「村上さんは、どうしても、この事件を殺しだと思うんかね」

長内は階級差をひけらかさない、「さん」づけで、話すのが癖だ。それは明らかに、昇進のスピードがそれほど早くなかった者に共通した、一種の気配りといっていい。いまは自分が上司であっても、いつどこで上下関係が逆転するかもしれないのだ。

「正直言うと、よく分からないのです」

村上は頭を掻いた。まだ付き合って日は浅いが、この相手にはなんでも率直に喋《しゃべ》ってしまいたくなりそうな気安さを感じている。

「潜在意識に、殺人事件だと面白いがな、と思う気持があるのかもしれません」

「ははは……」

長内はおかしそうに、笑ってから、

「分かる、分かる。おれもそういう気持さなったことは、何度かあるんだ。とくにこういうちっぽけな派出所勤務なんかしとると、たまには殺人事件でも起きねえかと思ったりしてな」

(本当かな?――)と、村上は長内が脇を向いているのをいいことに、長内の頭のてっぺんから尻《しり》のあたりまで、不遠慮な視線を這《は》わせた。この温和で柔弱そのものと言っていい老警部の過去に、いま自分がとりつかれているような功名心や覇気があったとは、ちょっと想像がつかない。

長内は村上に観察されていることに気付かず、歯の隙間に挟まったホタテの繊維をほじくっていた。その横顔には年齢以上に老け込んだ男の疲労感が漂っている。

（あんなふうにはなりたくない――）

村上は率直に思った。長内は付き合うには好もしい人物には違いないけれど、自分の生きざまの範とするには、いささか以上に物足りない。志を抱いて警察という組織に身を投じたからには、その組織、機構の中で可能なかぎり、頂点に近付くことこそ男子の本懐というべきではないか。五十を過ぎても、うだつの上がらない派出所の所長なんかでいるなんて、あまりにも情けない。三十歳で警部補、三十五歳で警部、四十五歳で警視、さらにあわよくばその上へと進むのでなければ、警察に入った意味がない――というのが村上の考え方だ。

これまで村上は、ほぼ自分の立てた計画どおりに、昇進のステップを踏んできた。高校卒で警察に入り、二十五歳までに部長刑事への昇級試験をパスするというのがまず第一のステップだったが、一年早くそれを成功させ、そしていま、着々と警部補への試験準備を進めている。

「若い内は大いに活躍して手柄たてることだなす」

長内はようやく歯の掃除を終え、冷えた茶で口を濯《すす》いで、その茶を飲み干してから、言った。

「それでもって、試験でいい点を取る……。そうすればまんず、村上さんなら間違えなく警視ぐれえにはなれるっすよ」

「ははは、そうだといいですが」

村上は気持とは逆に、おおげさに照れてみせた。

二日目になると、稼働人員は半減した。県警は出動を取り止《とや》め、青森署員だけが捜査に当たることになったという。つまりは篠原警部の判断はあくまでも「自殺」ということだったのだ。ただし、死んだ男の身元調査については、県警の力を借りなければならない。採取した指紋を警察庁へ送り、資料センターのコンピュータで照合させる手続きは捜査一課で進められた。その結果、男は前科者——それも、強盗傷害致死の罪名で十五年の刑を受け、この春、出所したばかりの人間であることが分かった。

男の名は「加部伸次」、年齢は四十二歳。本籍は山梨県だが、住所不定、もちろん無職である。

加部は、昭和四十三年に千葉県で事件を起こし、船橋署に逮捕されている。当時、加部は船橋市内で自動車修理工場を営む高校の後輩に、住み込みで雇われていたのだが、遊ぶ金欲しさにその雇い主を殺し、現金三十万円を盗んだというものだ。事件後まもなく、加部は船橋署に出頭し逮捕されたのだが、その時にはすでに相手の男は死亡していた。調書によれば、加部は初めから相手を殺すつもりではなく、借金の申込みをしていたところ、相手に馬鹿《ばか》にされたため、思わずカッとなって、いつも持ち歩いているナイフで腹を刺し、相手がひるむのを見て、そこにあった金を持って逃げたと主張している。しかし、傷を負った相手を放置して死に至らしめたのは殺人に等しいとして、裁判官は重い判決を言い渡した。

加部は控訴せず、そのまま、刑に服している。

そして、その加部伸次が夏泊半島の突端に来て、死んだ。

加部伸次はなぜ死んだのか――。

加部の死を自殺と見ることは、彼の出所後の厳しかったであろう環境を想像すれば、容易に結論づけられよう。十五年のブランクと「殺人犯」というレッテルは、社会復帰を目指す者にとって、あまりにも重い荷物であったに違いない。そうして、ついに加部は絶望し、死を選んだ。椿咲く岬に死場所を定めたのは、それなりに理解できる。

――と、篠原は、そして、篠原を中心とする「自殺論者」たちは信じたのである。

だが、長内や村上が細ぼそと捜査を進めていくうちに、どうもそうではないのではないかという感触が、次第しだいに強くなっていった。

まず、レストハウス夏泊の畑井三津子の主張だ。彼女は店でホタテを食っている時の加部も、また、部屋に入って寝そべっている加部も見ている、唯一の証人だ。

「あのお客さん、とても自殺するようには思えなかったですよ。ううん、間違えないっすから」

三津子はまなじりを決して、声を大にして言った。

「分かった分かった、おれはあんたの言うことを信じるよ」

村上は宥《なだ》めるように言いながら、この発言を篠原警部に聴かせたいものだと思った。しかし、三津子がいくら力説したところで、ひとりの娘の感想だけでは決め手になりっこない。県警や本署の方針は「自殺」ということで、本事件を終結させることに変わりはなかった。事件後一週間目に至って、捜査員の主力は引き揚げ、ほとんど平内派出所員のみによる任意捜査に切り替えられたようなありさまになった。早い話、あとは報告書待ち、といった態勢だ。

ところが、その意向に逆らって、村上がポチポチ聞き込みを続けている内に、小湊駅前のタクシーの運転手が加部を乗せていたことが分かった。運転手の話によると、加部は駅から車に乗ってすぐ、「椿神社へ行ってくれ」と命じているということだ。明らかに椿神社を目当てに夏泊半島へやってきたに違いない。さらに、村上が何度もレストハウス夏泊へ出掛けてきては話を聴くうちに、加部がここで椿神社の神主の名前を尋ねていることが分かった。

「神職さんの名前が佐々木さんだって言った時、あのお客さんは、がっかりしたみてえだったたすな」

畑井又三はそう言っている。

「すると、加部伸次は、椿神社に誰かを訪ねてきたわけかなあ……」

村上は微《かす》かな曙光《しょこう》を見たような気がした。もしそうだとすると、加部がこの地に来た目的は、篠原や本署の連中が言うような、死場所を求めて——というわけではなかったことになる。

「これは重大なことだで、しっかり思い出して答えてもらいたいのだが、そうすると、加部は椿神社に誰か知っている者がいると思って来た様子だったのかね」

「んだすな、そんたら感じがしたすな。だけんど、この神社は昔っから誰も住んでねえすからねえ」

「しかし、佐々木さんていう神主さんがいるって聴いたが」

「んだ、佐々木先生——小学校の校長さんをしてなさる——がここの神主さんだす。んだけんど、先生は松野木の方さ住んでいなさって、ここさは月に二、三度みえるぐれえだなす」

『校長先生』と畑井は言ったが、神主の佐々木光麿は、実際にはこの春、すでに教職を退き、現在は自宅で、町史の編纂《へんさん》など、著作三昧《ざんまい》の暮らしをしていた。佐々木家は室町期以来、椿神社をはじめとする当地一帯の氏神七社を護《まも》ってきたと伝えられる名門で、その七社の内のひとつである、平内町松野木の深山神社の傍らに住居を構えている。

村上が訪ねると、「加部伸次という人は知りませんなあ」と佐々木は首を捻った。

何百年もこの地に根を下ろしている佐々木家の当主が言うのだ、加部伸次の訪ねる相手が「佐々木」という人物ではなかったらしいという、レストハウス夏泊の主人の感想は当たっているのだろう。だいいち、椿神社はずっと長い間、無人の社だったのだ。そうすると、加部はどうしてそんな質問をしたのだろうか——。

「加部は、何者かにだまされていたのではないかと思うのですが」

村上は長内所長に自分の推理を述べた。

「どこかで会った人物に、『椿神社の神主だ』というふうにハッタリをかまされて、仕事の世話かなんか頼むつもりで来たのではないでしょうか」

「なるほど、んだかもしれんな。ところが実際は、そんな人間はいねかった。それで絶望的になって自殺した……。そういうことだったかもしんねえ」

長内は「自殺説」を肯定する方向に、結論づけようとする。村上にとって、それは不満だ。

「しかし、懐《ふところ》にまだ八万円も持っているのに、ただ就職口がなかったぐらいで、死ぬ気になるものでしょうか。いずれ死ぬにしても、金を使い切ってから、というのが常識ではないでしょうか」

「それもそうだなや。したば、村上さんはどう考えているだかね」

長内警部は好人物だが、主体性にかけるのが、どうも物足りない。

「自分にもよく分かりませんが、一応、このことを本署に連絡して、新たな捜査態勢を打ち出してもらおうと思うのですが」

村上はいくぶん演技過剰ぎみに、気負ってみせた。

しかし、そういう報告を平内派出所から上層部へ上げてみても、本署や県警側の事件への対応に変化が生じる気配はなかった。加部伸次の椿神社来訪の目的がどのようなものであれ、「死」そのものはあくまでも自殺と考えるというのが基本的な態度なのである。それは、県警捜査一課の篠原警部の結論であるばかりでなく、青森署の久松署長をはじめ、刑事課長あたりでも同じで、逆に平内警察官派出所に対して、捜査を切り上げるよう、指示を出して寄越した。

事件発生十日後の五月二十四日、ついに長内警部は本署の判断に従うことにした。

「残念だが、やむを得ねえっすなあ」

長内は村上に向かい、しきりに慨嘆してみせた。終始、村上の捜査をバックアップしてきただけに、体制側に従順な長内としては、精一杯の努力の結果であることを、村上は認めないわけにはいかなかった。

「分かりました。しかし、これからも、任意捜査を続けることは構わないのでしょうね」

村上はなおも、粘ってみせた。

「んだすな、まだまだ何か新事実が出て来《く》っかもしれねえっすもんね」

長内はそう言ったが、捜査係がたった一人きりの平内派出所あたりでは、たいしたことができようはずもない。そんなことより、あまり強情を張って、それこそ上層部に睨《にら》まれないようにしないと——という危惧《きぐ》の念を抱いた。

「しかし、村上さん、あまり無理はしねえようにしたほうがええで……」

どういう説得を試みたところで、この若い捜査官が自説を曲げるとは思えない。「無理はしねえように」が、長内警部の性格からいえば、せめてもの忠告であった。

3

五月二十六日、村上は甲府へ向かった。加部伸次の本籍地を訪ねるためである。警察からの再三の通達にもかかわらず、加部の遺族は青森署に出頭してこなかった。身元の確認は指紋照合によって完了しているけれど、遺骨の引渡しなど、事務処理が片付かない。第一、遺族の無責任ぶりには腹も立った。所轄の甲府署から係官が何度か出向いたのにも、木で鼻をくくったような応対で、いっこう、らちがあかないという。

しかし、そういう状況は、村上に、願ってもない出張の口実を与えることになった。

「遺族がやってこないというのは、加部の自殺に何か思い当たることがあるためではないかと思います。一度、遺族に会って、真相を探ってみたいのですが、どうでしょうか」

村上の進言に、好人物の長内警部もさすがにあまりいい顔はしなかった。頭の中にパッと旅費のことが浮かぶ。甲府まで往復すれば二泊三日の行程か——、派出所のとぼしい予算の中で、その費用は馬鹿にならない。

「じつは、東京にちょっと用事がありまして、休暇を取って行ってきたいと思っているもので、そのついでに脚を延ばしてくればいいと思うのです」

村上は長内の気持を察して、付け加えた。

「そうかね、それだば好都合だなす。したば、ご足労だけんど、甲府さ行ってもらうかな。いや、東京から甲府までの旅費は請求してくれれば出しますで」

長内は嬉《うれ》しそうに言ったものである。

ところが、その日、村上の乗った東北新幹線が関東平野に入った正午頃、東北、北海道を中心とする大地震が発生した。

震源地は日本海の秋田沖百五十キロ付近で、のちに『日本海中部地震』と命名された、マグニチュード七・七の巨大地震である。地震の直接の被害もさることながら、直後に発生した大津波の襲来によって百名を越える人命が失われた。

道路、鉄道、水道等の公共施設の被害も甚大で、秋田、青森、北海道の警察機構は挙げてその対策に追われることになったのである。

村上はそのニュースを、東京に着いてしばらくしてから知った。直感的に、これは困ったことになったと思った。青森県の西部には妹の嫁ぎ先もあるけれど、奇妙に彼《かれ》等《ら》の身を案じる気持は起きずに、目前の捜査に支障をきたすことだけが気掛りであった。そして、村上の危惧したとおり、地震騒ぎは村上の行動を浮き上がらせてしまったのだ。長内警部は、村上からの連絡に対して、可及的すみやかに帰投するように、と命じた。それは、自分が追いかけているこの事件に引導を渡す宣告になりかねないことを、村上は本能的に察知した。

新宿駅の中央線プラットホームに立ち、村上はさんざん悩んだあげく、長内の命令を振り切るように、甲府へ向かう列車に乗った。

＊

加部伸次という男は、よくよく身内に見放されていたらしい。

「あれは、高校の時にグレて、家を飛び出してしまったヤツだから……」

加部の長兄という、もうかれこれ六十を越えようかという男が応対に出て、ほとんど表情も変えずに遺骨を受け取りながら、言った。

「その上、千葉県で人殺しまでして、家の者がどれだけ肩身の狭い思いをしたかしれませんよ。両親もあいつのお蔭《かげ》でガックリきて、死にました。昔なら勘当したところだが、いまの世の中、そうはいかない。しかし、われわれの目の黒い内はこの家の敷居は跨《また》がせないと、兄弟で決めたことです。まあ、こうして死んで帰ってきたものは仕方がありませんがね」

「そのことなのですが、仲次さんは青森県の夏泊半島というところにある、椿神社へ人を訪ねて行って、そこで自殺されたのですが、それについては何か思い当たるようなことはありませんか」

「いえ、べつにありませんなあ。だいたい、あいつのことは何も分からないのですよ」

「しかし、仲次さんが出所されてから、何か連絡ぐらいはあったのでしょう？」

「ええ、手紙と電話が時々ありましたがね、うちではあいつのことは無視する決りでしたから……」

「その手紙や電話では、何て言ってきたのですか」

「手紙は確か、申し訳ないとかいうようなことで……、電話でも同じようなことを言ってました。しかし、われわれの方は、さっきも言ったように、いっさい無視することにしておりましたから、あいつが何を言おうが知らんことで……、それに、十五年も臭いメシを食ってきたというのに、性根《しょうね》の方はさっぱり直っていないようで、相変わらず大きなことばかり言いおって、どうにもならんヤツでした」

「大きなこと、と言いますと?」

「なに、愚にもつかんことですよ。近い内に大金を持って帰るとか……」

「ほう、大金を、ですか」

「いや、そういう大言壮語はあれの悪い癖でして、いまに始まったことではないのです。どうせまた、よからぬことを考えていると思い、余計なこととは思いながら、悪いことはするなと言っておいたのですが」

「青森の方へ行くとか、そのようなことは何も言ってなかったのですか」

「青森は知りませんが、出所してから、あっちこっちと旅行しているようなことは言ってましたな」

「出所したのは、三月でしたね」

「そうです」

「その頃から旅行していたようですか」

「ええ、旅行から帰ったら、お詫《わ》びに行くとか言ってました。こなくてもいいって言っときましたが……、そうそう、その時ですよ、大金を持ってお詫びに行きたいと言ってたのは」

「すると、出所した時点で、お金を持っていたのでしょうか」

「そんなはずはないでしょう。金があれば、人を殺すことはなかったのだから」

「そうでしょうねえ……。ところで、仲次さんは日頃はどこに住んでいたか、分かりませんか。警察の調べでは、一応、住所不定ということになっているのですが、手紙には住所は書かれてなかったのですか」

「ありません。なんとかいうホテルの名前を書いてあったような記憶があるが、それだって、本当にそこに泊まったものかどうか、分かったもんじゃない」

「何か、仕事に就くというような話はなかったのでしょうか」

「ぜんぜんありませんな」

加部の兄は煩《うるさ》そうに首を振って、「もういいでしょう」と追い立てるように言った。

加部仲次は、刑務所を出たあと、「大金を持って帰る」と言い、旅に出ている。だとすると、その旅行に「大金」を稼ぐあてがあったということだろうか。

しかし、加部は結局、甲府に帰ることなく、加部の兄の言を借りれば、「あちこち」と旅をしたあげく、夏泊半島で死んだ。それはつまり、あてが外れた挫折《ざせつ》の末路だったということか。

東京へ向かう列車の中で、村上は、加部という男が辿《たど》ったであろう、さまざまな道筋を想像した。加部が持っていた「あて」とはどのようなものだったのか。そうして、とどのつまりが夏泊半島の椿神社であったことの意味とは何なのか。

列車は終着の新宿に近付いたのか、スピードを落とした。窓の向うに、国電のプラットホームがゆっくり通過してゆく。ホームの駅名の「中野」を見て、村上はちょっとした感傷にとらわれた。村上の生家のある野辺地から、南部縦貫鉄道というちっぽけな私鉄を二十キロほど南下したところに、やはり「中野」という駅がある。そこの派出所が彼の最初の勤務地であった。村上はそこに忘れられない思い出を残してきている。駅前の店に色の白い、なかなか美しい娘が働いていた。その娘に、村上は恋をしたのである。いわゆるひと目惚《ぼ》れというやつで、いま思えばずいぶんたわいないことのようだが、当時は真剣だった。娘の方も自分に好意を抱いてくれている素振りを見せたので、村上は食べもしないチョコレートや、読みたくもない週刊誌などを毎日のように買いに行った。だが、村上の恋はあっけなく散ることになる。まもなく、その娘が十五も年上の妻子のある男と出奔したという噂《うわさ》を聴いた。村上は自分の耳を疑ったものである。それではいったい、娘が投げかけて寄越した、意味ありげなまなざしや笑顔は何だったのか——。村上はいっぺんに自信を喪失し、以来、著しい女性不信に陥っている。

そんな甘ずっぱい回想に耽《ふけ》りながら、村上はふと、ある考えに襲われた。「中野」

と「中野」という同じ名前の駅の連想がそこに働いている。

（椿神社というのは、他にもあるのではないか——）

加部はレストハウス夏泊の畑井又三に、椿神社の神主の名前を訊き、「佐々木さんです」と言われ、いたく落胆の態《てい》であったという。しかし、それ以上しつこく訊くようなことはしなかった。もし、椿神社がここだけだとしたら、加部はもっと突っ込んで、尋ねる人物のことについて根掘り葉掘り問い質《ただ》しそうなものではないか。そういう人はいないと言われあっさり諦めるというのは、ここの椿神社には人が住んでいないことと、神主の名が「佐々木」であることを確認しただけで目的を達したためだろうけれど、それはまた、これまでに何度か「椿神社」に接触し、さらにまだ他に当たるべき「椿神社」があることを意味しているのかもしれない。

そのことに気付くと、村上は列車の進みがひどくノロノロしたものに感じられてならなかった。列車を降りるとすぐ、村上は平内の佐々木光麿に電話した。

「ちょっと訊きますが、椿神社というのは、そこ以外にもあるのでしょうか」

——ああ、ありますよ、三重県に伊勢《いせ》一宮の椿大神社さんがあるし、わたしらはよく知らねえけんど、他にも多分、あるんでねえかな。たしか、近江《おうみ》にもあったはずだし、愛媛県にも何かあったと思う。

佐々木宮司はそう答えた。やはり思ったとおり、椿神社はほかにもあった。だとすると、加部はじつは、それらの「椿神社」を次々に巡り歩いていたのではないだろうか。そして、目指す誰かを捜していた——。つまり、どこかの椿神社に行けば、その相手に巡り会えるという確信がある一方、それがどこの椿神社なのかは分からない、という事情があったのではないだろうか。

もしそうだとすると、その相手は加部にとって、それほど親しい関係ではなかったということかもしれない。いや、むしろ、前に長内に言ったように、加部はだまされていて、その相手がいもしない「椿神社」なるところを、さまよわされていたのかもしれない。それにしても、そんな頼りない相手を尋ね歩いていたのは、いったい何が目的だったのか？

村上は次第に、この「自殺事件」に興味が深まっていくのを感じた。こうなると、本署の指示どおりに、事件に幕を下ろすのが、ますます惜しいような気がしてならない。せめて、加部がほかの椿神社にも出向いているかどうかだけでも確かめてみたい気持にかられた。

幸い休暇は明日いっぱいまで取ってきた。一応、断りの電話を入れると、長内所長はまるで懇願するような口調で、早く帰ってきてくれと言ったが、村上は遠距離で聴き取れなかったふうを装い、わざとトンチンカンなことを言って、電話を切った。

4

　翌日、村上は電話帳で調べて、渋谷の『神社本庁』を訪ねた。全国の神社の総元締——というイメージがあったので、かなり大きな建物を想像していたが、国学院大学の広大さを前にしているせいか、古色蒼然《そうぜん》とした三階建の建物はみすぼらしい感じさえする。どこかで見たことがあるような気がして、よく考えたら平内町の役場そっくりだったので、村上は独りで苦笑してしまった。

「椿神社というのが、どこどこにあるか知りたくて来ました」

　受付で手帳を見せ、そう言うと、「それなら調査部がいいでしょう」と案内してくれた。人の良さそうな初老の男で、青森から来たと言うと、「地震で大変でしたね」とお見舞いを言う。村上は地震のことなどすっかり失念していた。そう言われて、とたんに、イライラして自分の帰りを待っているであろう長内警部の顔が思い浮かんだ。

　館内は陰気でジメジメしていて、トイレの臭《にお》いが漂うような雰囲気だ。「戦前の建築ですから……」と、男は訊かれもしないのに言い訳を言った。調査部は二階の端にある物置のような小部屋だ。「どうぞ」と押し込まれるように入ったが、人の姿は見えない。とまどっていると、うずたかく積まれた書籍の向うから若い男が立ち上がった。色白の細面で、篠田なんとかいう青年俳優とそっくりのいい男だ。神社関係の連中は男前がいい血筋に生まれているのか——と、村上はつまらないことを考えた。

「小宮です」

青年は名刺をくれた。『神社本庁　調査部・教学研究室研究員　録事　小宮純貞』とある。いかにも神社出身者らしい名前だ。『録事』というのは、戦前、神社庁が官庁であった頃の名残りで、神社本庁独特の役職名なのだそうだ。「早い話、雑用係みたいなものですね」と、小宮は笑った。じつに感じのいい青年だった。

「日本中の椿神社を探しているのです」

村上が言うと、さすがに妙な顔をしたが、加部という自殺男が、あちこちの『椿神社』を訪ねていたらしい——という経緯を話すと、急に興味を惹《ひ》かれたらしく、目を輝かせながら、身を乗り出した。

「それなら、これがいいでしょう」

立っていって、分厚い大判の書物を二冊、持ってきた。背表紙に『日本神社名鑑』と金文字で書かれている。

「現在、宗教法人として登録している神社はすべて網羅してあります。その数は約八万」

「はあ……」

『名鑑』を開きながら、村上はうんざりしたような吐息を漏らした。伊勢の皇大神宮以下、主要の神社は写真と解説入りで収録されているが、それは約六千にすぎず、他の無人社などは都道府県別に神社名と所在地だけが記入してあるという。試みに夏泊半島の『椿神社』を見てみると、やはり六千社の中には含まれておらず、青森県の膨大な数の神社名の中に小さく、その名を見ることができた。「原則として、常時活動しているような神社だけに絞ったのだと思います」と小宮は説明した。

夏泊半島の椿神社が載ってないくらいだから、他に椿神社があったとしても、「主要六千社」の中には掲載されていない可能性があるかもしれない——。そう思いながら、とにかく、一通り各都道府県の索引をしらみつぶしに見ていくことにした。だが、『椿神社』という名前にはなかなかいき当たらない。北海道から順に南へ辿《たど》ったが、石川県にきてはじめて、金沢の『椿原天満宮』というのがあった。それからまたしばらくなくて、三重県に入って『椿大神社』と『都波岐奈加等《つばきなかと》神社』というのがあった。解説を読むと、『都波岐奈加等神社』というのは『都波岐』と『奈加等』の二つの神社が合祀《ごうし》されたものであるらしい。

村上はその名を見て、『ツバキ』が『椿』だけでなく、『都波岐』もあることを知った。

「これでツバキと読ませるんですねえ。椿という漢字だけかと思っていました」

村上が言うと、小宮は、何も知らないなあ——と言いたそうな顔をして、説明してくれた。

「ツバキというのは、もともと日本の花だし、日本の言葉ですから、漢字はないのですよ。中国では、古くは、海の向うの国にある花という意味で『海石榴《つばき》』と書いたのだそうです。日本でも一時期、『海石榴』と書いていた時代があったそうですけど、いまは『椿』の字に統一されているみたいですね。『都波岐』は万葉の頃からの当字ということかもしれません。春に花が咲くので、木偏に春と書く字を作ったのだと思います」

「なるほど、なるほど」と感心しながら、村上はともかく、三重県の椿大神社と都波岐奈加等神社の住所をメモした。加部伸次が「椿神社」を訪ねて歩いたとしたら、『椿原天満宮』はちょっと違うような気がした。

『椿大神社』や『都波岐奈加等神社』なら、略して、『椿神社』と称ぶこともあり得るかもしれない。

その先をさらに探したが、またなかなか発見できなくて、ようやく山口県に到《いた》って『椿八幡宮』というのが萩《はぎ》市にあった。しかし、これも『天満宮』と同じクチで、『椿神社』とは称《よ》びそうにない。

「どうなんでしょうか。これ以外の小さい神社で、『椿神社』というのがあるかどうか調べるには、どうしたらいいのでしょうか？」

「さあ、それはやはり、残りの七万四千の神社名を全部御覧になるのが一番いいのではないでしょうか」

小宮は他人事だと思って、平気な顔で言っている。村上も覚悟を決め、隣の空いた席に腰を据えると、おもむろに北海道のページを開いた。

それから三時間近く、村上と『神社名鑑』の戦いが続いた。小宮は、飯どきになると、近くの蕎麦《そば》屋から自分のと一緒にざる蕎麦を取ってくれたり、時折、冷たい麦茶を持ってきてくれたり、若いに似ずなかなか面倒見もよかった。どういう仕事をしているのか、さっぱり見当もつかないが、外部からときどき電話で何かを問い合わせてくる以外、たいして忙しそうには見えない。静かで、調べものをするには都合のいい環境であった。

もっとも、肝心の作業の方はいっこうに捗《はかど》らない。主要神社六千は、ちゃんと五十音順の索引になっているから、『つ』の項を目当てにひと目で調べがつくけれど、具合の悪いことに、残りの七万四千社は各県ごとに単純に市町村別に区分けされているだけだ。要するに、全国の神社名をしらみつぶしに見ていくより他に方法がないわけだ。

北から順に、一県一県、丹念に見てゆく。サーッと目を通すのでは、見落としがあるかもしれないので、なんともしんき臭い作業ではある。それでも『椿』という文字を見つけると、なんだか恋人にでも会ったような胸のときめきを感じるから不思議だ。最後のページを終えた時、次の神社名が抽出されていた。

『椿宮神明社』　岡崎《おかざき》市
『隼神社』通称『椿本神社』　奈良市
『椿本大神社』　京都府笠置《かさぎ》町
『椿の森神社』　今治《いまばり》市

しかし、いずれも、単独に『椿神社』と称《よ》ぶかといえば、ちょっと疑問に思われる。こうしてみると、加部伸次が、夏泊半島の椿神社を訪ねたのと同じニュアンスで訪ねるとすれば、それは先に見付けた『椿大神社』『都波岐奈加等神社』の、三重県の二つの神社ではないかと考えられた。

『椿大神社』　三重県鈴鹿《すずか》市山本町
『都波岐奈加等神社』　三重県鈴鹿市一の宮町

両方とも三重県鈴鹿市にあるというのも、村上の食欲をそそる。村上はほとんど衝動的に意志を決めた。小宮青年に礼を言う間も惜しむように席を立って、すぐに東京駅へ向かい、新幹線に飛び乗った。
名古屋から関西本線に乗り継いで、午後三時過ぎに『河原田』という駅に着く。ここから東南へ二十分ばかり歩いたところに『都波岐奈加等神社』があると聴いてきた。こちらを先に選んだのは、『椿大神社』の方が交通の便が悪いという理由からである。河原田は少し歩くと、すぐに町並みを出外れるような寂しいところだったが、その代わり神社は素晴らしく大きかった。いくつもの社が建ち並び、村上にはよく分からないけれど、神宮寺のような建物も見える。

社務所を訪れ、そこにいた何人かの神職に加部の、事件現場での、ちょっと薄気味悪い写真を見せ、この春頃、こういう人物がやって来なかったか訊くと、意外にもすぐに反応があった。

「来ましたよ。確か四月の初め頃だったと思うが」

二人がそう口を揃《そろ》えて言った。

「来ましたか！」

村上はつい興奮して、大声を出した。

「ええ、誰か人を尋ねていましたな。こういう人は知らないか——とか言って」

「なんていう名前でした？」

「さあ、そこまでは……、そうそう、ここの宮司の名前をまず訊いてましたよ」

「宮司さんの……。で、その方の名前とは違ったんですね？」

「ええ、もちろん違いました。宮司は中跡と申しますから。ちょっと珍しいもんで、はっきりそうじゃないことが分かりました」

「すると、加部――この男ですが――の言っていた名前は、もっとありふれた名前だったのですね？」

「そうだったと思いますが、しかし、そうザラにある名前でもなかったような気もしますし……よく憶《おぼ》えてませんなあ」

「四月の初め頃というのは間違いありませんか？」

「ああ、それは間違いないですよ。三月の末頃までは進学の祈願でなかなか忙しいのですが、四月に入るといくぶん暇になりましてね、そういう時だったという記憶がありますから」

「この男ですが、その相手をどういう目的で尋ねているか、何か言ってませんでしたか？」

「言ってなかったと思いますよ。ただツバキ神社の、その、なんとかいう人を尋ねているということで」

それ以上の収穫はなかった。もう二ヵ月近く経《た》っているのだ、これだけのことを憶えていてくれればいいとしたものだろう。村上は礼を言って都波岐奈加等神社を後にした。

もう一つの『椿大神社』への道程は厄介だった。交通に不案内なので、駅員に訊いたりしながら、ともかく四日市まで出て、そこからバスに乗り、夕方近くになってやっと辿り着く始末だった。

この神社は都波岐奈加等神社よりさらに宏壮《こうそう》で、村上の目を驚かせた。大きな石碑に『猿田彦《さるたひこ》大本宮』と刻まれているところを見ると、祭神は猿田彦らしい。じつは都波岐奈加等神社もそれだったので、村上はなんだか妙な気がした。社務所に行くと、本題に入る前にまずその疑問を投げかけてみた。

「猿田彦命を祀《まつ》っているのは、全国に二千社ほどもあるのですよ。当社はその大本。つまり『大本宮』と称する所以《ゆえん》です」

白い浄衣を着た神職は、そう言って胸を張った。

確かに自慢するだけのことはある。広大な境内、長い参道、真新しい参集殿、関西の有名な財界人の寄付によって造営された茶室の建物まであって、そのさらに奥まった場所に本殿がそびえている。社務所前の広場には、次から次へと自家用車が訪れて、二十台ぐらい集まるごとにおはらいを受けていた。聞くところによると、交通安全の霊験あらたかな神社として、かなり遠方からもやって来るのだそうだ。もちろん一般の参拝者も多い。この分では、加部が現れたことなど、記憶されているかどうか心配だと思ったが、それはちゃんと憶えている者がいてくれた。

「この人なら来ました」

例のデスマスクを見ても、顔色ひとつ変えずに言った。

「ここの宮司は誰かと訊き、それから、なんとかいう名前の人はいないか、と訊いておりました」

椿大神社は垂仁天皇の二十八年（西暦紀元前三年）の創建以来山本家の世襲と伝えられている。地名も山本町というくらいだから、よほど古い家柄に違いない。

「そういう訳ですから、その人が尋ねていたのは『山本』でなかったことだけは確かです」

ここでも同じようなことを言った。そして、それが四月の初め頃であることと、加部が何という名前の人物を尋ねていたかについては憶えていないという点もそっくりであった。

村上は疲れきって、長い参道をトボトボと引き返した。考えたとおり、加部伸次があちこちの『ツバキ神社』を訪ね歩いていたことだけは的中したけれど、肝心の相手の名前が分からないのでは何にもならない。「お土産」と威張れるほどの収穫でないことは確かだった。気の弱い長内所長や、居丈高な篠原警部の顔を想い浮かべながら、暮れなずむ鈴鹿山脈を眺めている内に、村上はいかにも遥《はる》か遠くまできたことを実感して、なんとなくもの悲しい気分になった。

午後十時過ぎに東京に着き、二三時〇〇分の『はくつる3号』に飛び乗った。全身が綿のようになっていたが、帰着してからの風当たりを想像すると、気持が高ぶって、なかなか眠りにつくこともできなかった。

（しかし、こんなことでは、まだまだ俺《おれ》の捜査も終わりはしないぞ——）

村上は、覆い被《かぶ》さってくる無力感をはね返すようにそう思い、そう力みながら、いつのまにか眠った。

笙《しょう》を吹く娘

1

伊勢《いせ》の皇習館大学というと、神道の専門学校で、神官の養成機関のような印象を受けるが、かならずしもそういうわけではない。現に江藤美香《えとうみか》は国史学科に進んでいる。学科はこのほか、神道、国文学、教育学の合わせて四学科があり、卒業生の就職先も学校関係、つまり教職につく者が圧倒的に多い。とはいえ、神官への道に進む者は全体のほぼ四分の一にのぼり、それがこの学園の特色を成していることも事実だ。早い話、教育者と神職者の二つの分野だけで、卒業生の就職先の七、八十パーセントを占めるというあたりから、学生の質がどのようなものか、おおよその見当はつくのである。

皇習館大学は伊勢神宮に隣接する倉田山という台地の広大な敷地に建てられている。

緑に囲まれた立地条件はもちろんだが、伊勢という土地柄そのものが、きわめて「教育的」であるといえる。紅灯の巷《ちまた》どころか、麻雀屋《マージャンや》もパチンコ屋も、よほど足を延ばさないかぎりお目にかかれない。こんな具合に教育環境がいいところへもってきて、学則の方でもなかなかきびしいことを求めているのだから、当然、まじめ学生でなければ勤まらなくなってしまう。もっとも、逆に、卒業後の就職先が教育者であり神職であることを考えれば、そういうまじめ人間であってもらわなければ困るのだけれど……。

その「きびしさ」の象徴のひとつに寮規則がある。学則では、自宅から通う者以外の一、二年学生は、すべて寮生活をしなければならないことになっている。門限は男子学生が午後十時、女子学生は九時である。

美香の寮生活も二年目に入って、もう二ヵ月を過ぎた。寮生の三分の一は下級生。先輩面《づら》ができる機会も多少はできた。学園生活の楽しさがようやく分かりかけてきたといえそうな今日このごろである。

六月も半ばになると、夏休み中のクラブ活動についての話題が煮つまってくる。美香は雅楽《ががく》部に所属している。神職の娘だから雅楽に興味を持つのはごくあたりまえのことのようだが、美香の入部の動機はかならずしも純粋ではない。つまり、新人の入部勧誘にきた男子学生がカッコよかったせいである。当時三年、現在部長をしている佐々木貴史がそれだ。長身でスリムで、目の大きい色白の顔の、両頬《ほお》だけが少年のように紅みを帯びているようすが、いかにもりりしい感じがして、ついフラフラと入部のサインをしてしまった。

「でも、雅楽のことは何も知らないのです」

あとで気がついて、慌てて言うと、佐々木は白い歯を見せて笑った。

「なあんだ、すぐに入ってくれたから、てっきり経験者かと思ったよ」

「すみません、じゃあ取り消してください」

「とんでもない、貴重な新人をそうあっさり辞めさせてたまるもんか。なに、雅楽なんて簡単ですよ。すぐにできるようになります」

あっさり保証してくれたが、実際には言うほど簡単なわけにはいかなかった。佐々木の言うように、新人が集まらない理由も、雅楽のとっつきにくさにあるのだ。一般の人間は「雅楽」といえば、「ああ、笙篳篥《しょうひちりき》のアレね」というぐらいなもので、それも、その程度の知識があればまだましな方だ。中には「ショウヒチリキ」が単一の楽器名だと思い込んでいる者も少なくない。いうまでもなく、「ショウ」は「笙」、「ヒチリキ」は「篳篥」とそれぞれ別の楽器のことである。

ちなみに、雅楽に用いられる楽器をひととおり挙げておくと、笙、篳篥にはじまって、横笛、琵琶《びわ》、箏《こと》、和琴、羯鼓《かっこ》、太鼓《たいこ》、鉦鼓《しょうこ》を総称した三鼓《さんこ》、壱鼓《いっこ》等々となる。この中でごくポピュラーなのは、せいぜい横笛、琵琶ぐらいなもので、和琴、太鼓といっても通常のものとはいささか種類が異なるのである。

「きみはどの楽器がやりたい？」

佐々木に訊《き》かれた時、美香は一も二もなく、「笙」と答えた。笙は雅楽の楽器の中で最も個性が強く、他にまったく類似するものがないという点が、それを選んだ理由だ。

「ふーん、笙をねえ……」

佐々木はいたく感心した様子を見せた。

「そりゃありがたい、大歓迎だな。笙をやりたがる者がなかなかいなくて、じつは困っていたんだ。きみは見どころがあるよ」

見どころがあるというのはお世辞だけれど、歓迎するという点については本音であった。たしかに佐々木のいうとおり、新人八名の中で笙を希望したのは美香ひとりきり。その時点では、部員で笙を担当する者は佐々木ともうひとり、四年生の男子学生がいるだけであった。その意味で、美香は印象に残る入部のしかたをしたともいえる。佐々木はその後、なにかにつけて美香の面倒を見てくれた。もっとも、面倒を見なければならないほど、美香は手がかかったともいえるのだ。まったくのところ、笙という楽器は、ちっとやそっとでは手におえない難物で、他の部員たちが敬遠したのも無理がないと思われたのである。

笙という楽器をひと言で説明するのはたいへん難しい。雅楽の楽器といえども、他の楽器はどれも、邦楽や洋楽の楽器に似た種類のものがあって説明しやすいが、笙だけはまったく特殊だ。実物を見ても、いったいどうやって演奏すればいいのか、おそらく見当もつかないのではないだろうか。いちばん近いのがパイプオルガンだと言えば、あるいは納得できるかもしれない。そういえば、どことなく形状が似ている。ハーモニカやオルガンのようなリードがあって、空気を送ったり吸ったりすることによって音を出すところは、まさにオルガンそっくりと言えなくもない。英語で笙のことを「マウス・オルガン」と訳しているくらいだ。

ところで、難物のいわれの最たるものは、このリードにある。笙のリード、つまり「簧《した》」は、別名「サワリ」と称《よ》ばれる。「響銅」とも「佐波利」または「佐波理」、あるいは「砂鉢」とも書くという。「響銅」は本来は金属の名でありながら、笙のリード「簧」の別名にもなっているわけだ。かんたんにいうと銅と錫《すず》の合金である。正倉院の御物に「佐波理加盤」というサワリ製のかさね椀《わん》や、サワリ製の皿がたくさんあるが、これらのサワリは、たたくとよい音がするので、「響銅」の文字を当てたといわれる。

この響銅を竹製の管につけるには、松やにと蜜鑞《みつろう》を混ぜた鑞で、ちょうどハンダ付けのような具合に、笙独特の「焼金」というコテを使って固定する。これもかなりの熟練を要する作業だが、さらに問題なのは調律である。響銅は実際の音より一音高く作られているので、リードの上に鑞と砂鉄を混ぜて溶かした「オモリ」を、やはりコテで付け、一音分を下げるようにしながら調律する。想像しただけでもうんざりするような、しんきくさい作業だが、演奏者はこれができることが第一の条件なのだ。

佐々木はこういう厄介な作業も、面倒がらずに、手を取るようにして教えてくれた。文字どおり、手を取って、である。そうしなければ、意図するところが伝わらないのだ。父親以外の男性の手に触れることなどなかった美香にしてみれば、これはまさに息詰まるような体験であった。思わず身がすくみ、それでなくともぎごちない手の動きが、いよいよままならない。そのたびに、佐々木は真剣に叱《しか》った。とにかく、佐々木の笙にかける熱意は、とても、遊びやひまつぶしの対象にしているとは思えない打ち込みようなのだ。そして、そういう佐々木の演奏する笙の音色には、なるほど、それだけのことはある、と思わせるものがたしかにあった。

笙は楽器の構造そのものが非常にデリケートであるように、演奏されて出てくる音もまたきわめてデリケートであり、神秘的だ。笙の演奏に先だって、演奏者はまず笙を炭火などで充分に温めなければならない。これを「あぶる」という。こうしないと、リードに水滴が付いて音が出にくくなったり、場合によっては、リードが剝《は》がれるおそれがある。それほどに微妙で扱いにくい楽器ということなのだ。

さて、笙の音だが、笙は和音の楽器だといってもいい。もちろん単音を出すこともできるけれど、笙の本領は和音の演奏にこそ、その真価が発揮される。

笙の竹管は十七本あって、その内十五本だけが音を出す。それぞれにはふつうの管楽器と同様の穴が開いているけれど、この穴を塞《ふさ》いだ時にその管の音が出る仕組みになっている点が、他の楽器と異なる。また、吹いても吸っても同じ音階が奏でられるというのも、ハーモニカの場合とはまったく異質だ。そして、どんなに緻密《ちみつ》な調律を行なっても、出てくる音は微妙に変化していて、決して一様ではない。これは調律のミスでもなんでもなく、それがつまり笙という楽器の特性にほかならないのだ。和音の構成も洋楽におけるそれとはもちろん異なるが、構成音の一つ一つが微妙にずれていることによって、和音そのものが、なんとも玄妙にして不可思議な効果を産むことになる。

佐々木はそういう笙の性質をこよなく愛しているらしい。そして、その思いを吹き込むような、みごとな演奏ぶりを示した。雅楽部のコーチを務める伊勢神宮の雅楽奏者ですら感心するほどだから、佐々木の才能はすばらしいに違いない。美香は佐々木の演奏を聴くたびに、笙を選んでよかったと思い、自分が吹くたびに、もうやめてしまいたい思いに駆られるのだった。

2

「夏の合宿は青森へ行かないか」と言い出したのは、部長の佐々木貴史だ。

「ぼくの家は代々神職で、村社のお守りをしているのだが、ふだんは無人の社なんだ。まがりなりに神楽舞台もあるし、自由に使ってかまわないから、練習にはうってつけだと思うよ」

美香の感覚からすると、青森はさいはての地だ。それだけに、未知なるものに対する漠然としたあこがれのようなものもあった。二十二名いる部員の誰《だれ》もが賛成して、佐々木の提案どおり、青森行きが実現することになった。格安の宿泊費、ホタテの食い放題、といった宣伝文句も効いたようだ。

大学は七月三日から休みに入り、雅楽部の合宿は五日に出発した。

佐々木の実家の神社が「椿《つばき》神社」であることを、美香が知ったのは、出発前、部員たちに配られたガリ版刷りのパンフレットを見た時であった。「青森県東津軽郡平内町」という地名と、所在地の地図が描かれている。

「あら、佐々木さんのお宅も椿神社だったんですね」

「ああ、そうだけど、なにか？」

「私の家もやっぱり椿神社っていわれてるんです」

「へーえ、そうだったの、初耳だなあ。美香はたしか三重県だったよね。じゃあ、きみの家は鈴鹿《すずか》の椿大神社かい？」

「まさか……」

美香は笑い出した。

「私が伊勢一の宮、椿大神社の娘であるはずがないでしょう」

「しかし、三重県の椿神社といえば、椿大神社っていうことになるんじゃないのか」

「有名なのはそうですけど、私のところのは、正式名称は友田神社、俗称椿神社っていわれているんです」

「ああ、そうか、それで知らなかったんだ。そう、きみも椿神社のねえ……」

佐々木はあらためて、しげしげと美香の顔に見入った。その時、美香はなんだか佐々木との間に、運命的なきずなが繋《つな》がっているような気がしたのだった。

朝一番の近鉄線で名古屋へ出て、東海道、東北と二つの新幹線を乗りついで盛岡まで行き、さらに在来線の普通列車に乗換えて小湊《こみなと》駅に着いたのは、夜の八時を過ぎる頃《ころ》だった。駅には役場に勤めている佐々木の兄が、同僚二人とマイクロバスと乗用車二台で迎えに出ていてくれた。それに分乗して夏泊半島突端の椿神社に到着した時には、さすがの若者たちもげっそりと疲れきって、佐々木の母親が用意した食事にも、しばらくは手が付かなかったほどだ。

神社の社務所が彼等《かれら》の宿舎にあてられた。建ててから間がなく、壁も畳もきれいで、気持がいい。部屋は三つあって、女性七人が八畳間、男性十五人が六畳二間という部屋割も決った。いささか過密だったが、ぜいたくは言っていられない。なにしろ、宿泊費は光熱費と食事代の実費だけなのだ。

明日からのスケジュールを確認すると、交替で風呂《ふろ》を使い、上がった者から順に布団に潜り込んだ。皆、欲も得もなく眠りこけた。

午前六時起床――というのが定められた日課だったが、初日は特例として一時間遅らせた。その代わり、ほかのスケジュールはすべてふだんどおりという約束だ。起床と同時に全員外へ出て、神社の拝礼、伊勢神宮の遥拝《ようはい》。そして、大島まで往復四キロのジョギングである。夜は気付かなかったが、神社の前面には松原ごしに陸奥《むつ》湾の穏やかな水面が見える。「しめた、泳げるぞ」と誰かが歓声を上げた。もうレストハウス前の大駐車場には、海水浴客の車がつぎつぎに入ってきていた。

大島までのひと走りは、ちょうどいい運動量で、帰った頃には朝食の支度が整っている。食事の支度は女性、買物と掃除が男性、という分担だ。

食後一時間は休んで、練習が始まる。最初は各自思い思いにトレーニングに励み、次に各パートごとに音合わせ、そして合同演奏へと、ビッシリしたスケジュールが組まれている。午後三時から、ようやく自由時間になり、待ってましたとばかり海へ飛び込む連中やら、レストハウスへ土産物を冷かしに出掛ける者、家への手紙を書く者等々、それぞれに自分なりの時間を過す。

レストハウスへ行っていた男子学生のひとりが、耳よりな話を仕入れてきて、夕食の時に披露した。

「あそこの店で、五月半ば頃、変死事件があったんだってよ」

食事時にはあまり相応《ふさわ》しくない話題だったが、ひとしきり、全員の関心を引いたことはたしかだ。

「一応、自殺っていうことになっているけれど、まだ真相は分かっていないらしい。ここの派出所にいる刑事が、たった独りで、しつこく追っているんだとよ」

「ふーん、首でも吊《つ》ったのか」

「いや、青酸入りのお茶を飲んだのだそうだ」

「やだあ、気味が悪い」

女性たちは眉《まゆ》をひそめた。トイレと浴室へ行く廊下が薄暗く、夜中にトイレに起きるのは、ちょっと度胸がいる。「そんな話、しないでよ」と詰《なじ》ったが、あとの祭りだった。

「自殺って決めたのはどういう理由からだ?」

日頃ミステリーファンを自認し、自らも推理小説を書いている秀山一平という四回生が身を乗り出して訊いた。

「さあ、そこまでは聴かなかったけど……」

「なんだ、しょうがねえな、どうせなら、もっとちゃんと聴いてこいよ」

その話はそれでやんだけれど、それをきっかけに、秀山を中心に、ミステリー談義に花が咲いた。神道の学校であるせいか、学生の中には、ミステリアスな世界に関心を持つ者も少なくない。推理小説ももちろんその範疇《はんちゅう》に入るわけで、大学の図書館に出されるリクエストカードのトップが推理小説だと、職員を嘆かせている。女性のほとんどが推理ファンであることを知って、江藤美香はびっくりした。

「美香はミステリーは好きじゃないのか？」

秀山は心外そうに訊いた。

「好きじゃないってこともないんですけど、あまり読みません」

「どうして？」

「だって、推理小説って、へんにセックス描写が多いでしょう？　あれ、いやなんです」

美香は赤くなりながら、強い口調で言った。

「どうして推理小説にああいうシーンを書く必要があるのか、分からないんですよね。

とくに日本の作品にはそういうのが多いでしょう」

「だけどさ、性の問題っていうのは、人間の愛憎の根本的なものなんだからさ、人間性を描く場合、ある程度やむを得ないんじゃないのかな」

「それは分かりますけど、でも、あまり意味がなく、ただ興味本位っていうか、単に読者に受けようっていう意図が丸見えのものだって、ずいぶんあるんじゃないかしら。何ページごとかにそういう場面が出てこないといけないみたいな……」

「あははは、手厳しいなあ。たしかにそういうのもあるけどさ、しかし、そういうのは本格的な意味での推理小説の世界にはないよ。美香は不幸にして、そんな下劣なやつにばかりぶつかっているんだと思うな。なあ、そうだよな」

秀山は左右に同意を求めた。「そうよ」と女性の何人かも肯《うなず》いた。自分がエロシーンを期待して推理小説を読むと思われてはかなわない――という気持が表れている。男子学生の中から照れくさそうに、「いや、正直言って、ある程度そういうのがあったほうが面白いことはたしかだな」と言ったのもいるが、彼女たちの袋叩《ふくろだた》きに遭って、すごすごと引っ込んだ。

「少なくとも俺《おれ》は、純粋に推理を楽しめるような作品を書きたいと思っているよ」

秀山はやや尊大ぶった言い方をした。

「そうしたら、きみも読んでくれるだろうね」

美香だけに向けて言ったから、ほかの女性たちは納まらない。非難が秀山に集中して、それをきっかけに話がぜんぜん別の次元のことに移っていった。おおむね、美香ばかりがなぜモテる――というやっかみ半分の、少し下卑た話題だ。美香にしてみれば、まるで謂《いわ》れのないことだったから、「えーっ、私がもてるなんて、どーしてーっ？」と、大袈裟《おおげさ》に驚いてみせた。

「やあだ、知らぬは本人ばかりなりか。だけどあんた、ほんとにそう思ってるの？」

「うっそよー、かわい子ぶりっこして、ほんとはけっこう、したたかなんじゃないの？」と口々にはやし立てた。

「やめてーっ、勝手に決めないでよーっ」

美香は本気で怒ったが、同性の六人は笑いながら、茶目っ気たっぷりに互いに顔を見合わすばかりだし、男どもはただニヤニヤして、介入を避けている。佐々木までが、間の悪そうな顔で沈黙しているのが、美香には信じられない裏切り行為のように思えた。

「部長、なんとか言ってくださいよ」

美香が唇を嚙《か》しめて訴えると、かえって女性たちはどっと笑い声を上げた。男性の何人かもそれに和している。明らかに、美香の知らないところで、彼等は何事かを噂《うわさ》し合っている雰囲気だ。

「やめろよ、くだらない。ひとを肴《さかな》にするなんて、趣味が悪いぞ」

佐々木は顔を赤くして怒鳴った。女性たちはまだ笑い足りない様子だったが、「はあーい」と声を揃《そろ》えて言って、それを汐《しお》に食事の後片付けに取りかかった。台所へ行くと、美香は同年の清川妙子を摑《つか》まえて、「何なのよ、いったい?」と詰問した。相手は「えへへ……」と不得要領な笑い方をする。美香が本気で睨《にら》みつけると、「あとで教えたげる」と首をすくめた。

「部長と秀山さん、美香のことで喧嘩《けんか》したんだって」

浴室で二人きりになった時に、妙子は声をひそめて言った。美香は驚いた。

「私のことで喧嘩? どういうこと? それ」

「喧嘩っていうのは少しオーバーだけどさ、秀山さんが美香の独占宣言みたいなことをしようとして、佐々木さんがすっごく怒ったんだって」

「…………」

美香は呆《あき》れて、口をきく気にもなれなかった。

「それでね、部長がその時、なんて言ったと思う?」

「知らないわよ、そんなこと」

「あのね、こう言ったんだって。『俺だって、美香のことを好きだ』ってね」

妙子は自分の言ったことの効果をたしかめるように美香の表情を覗《のぞ》き込《こ》んで、「こいつめ」と美香の脇腹《わきばら》をつついた。

3

事件の詳しい続報が入ったのは、合宿四日目のことである。その日、佐々木は松野木にある自分の家に行ってきた。佐々木は部員たちに遠慮して、帰郷してからずっと家に帰らなかったのだが、ようやく、ほんとうの里帰りができたというわけだった。もっとも、それも、三時からの自由時間をフルに使って、五時半には戻ってくるという慌しさで、とてものこと、家族とのふれあいどころではなかった。

それでも、「変死事件」のことだけは聴いてきて、また食事の時間に皆に報告した。

「その死んだ男というのは、どうやらウチの神社、つまり、このお宮を目当てにやって来たらしいんだ」

「うっそーっ」「やだーっ」「やめてーっ」

たちまち非難の声が湧《わ》き起《お》こる。

「ごめんごめん、そういうつもりで言ったんじゃないんだ。じゃあ、この話はやめにしよう」

佐々木は、あっさり謝った。

「いや、やめることないよ。面白いじゃないか。聴こうよ、なあ、みんな」

「そうだそうだ」と男どもは言い、女性の中からも、ミステリーファンの清川妙子あたりが同調した。美香も「聴きたい」と声を出した。なんとなく、(似たような話がある——)と思ったからだ。

「じゃあ話すけどさ、その男はこのお宮が無人だってことを知らなかったらしいんだな。ところが、来てみたらご覧のとおり貧弱な神社で、おまけに誰もいないときている。警察は男は誰かにたぶらかされて、ここを頼って来て、失望のあまり自殺したのではないかと見ているそうだ。ここから、あそこのレストハウスへ行って、まもなく服毒自殺を遂げている」

「どこからやって来たんだろう?」

秀山が訊いた。

「住所不定だが、なんでも、本籍地は山梨だそうだ。加部なんとかいう前科者——確か、千葉県の船橋市かどこかで傷害致死事件を起こしたとか言ってたな」

「それじゃ、死んでもどうってことないやつだな」

秀山は冷たいことを言う。

「あの、幾つぐらいの人なんですか?」

美香はオズオズと訊いた。

「四十二か三ぐらいだそうだ」

ドキンとした。あの時の男もちょうどそのくらいの年代だったような気がする。

「その人、誰を訪ねて来たのかしら？」

「それが分からないんだそうだ。レストハウス夏泊の主人が、ここの宮司は佐々木だと言ったら、えらくがっかりしていたそうだから、少なくとも佐々木という名前の人物じゃなかったことだけは確からしいけどね」

「君根という人じゃ？……」と口まで出かかったのを、美香はなぜかやめた。そういう死に方をした男が、どういう形にもせよ、自分の家にかかわりのあることになるのがいやだったせいかもしれない。それに、その男が阿山《あやま》町に現れたあの男と同一人物であると決ったわけではないのだ。

とはいえ、その話が美香の胸に投じた一石は、はっきり波紋を描いて、いつまでもこだわりの尾を引きそうな予感がした。

半島のはずれのような場所であっただけに、皇習館大学雅楽部の合宿は、平内町の人々の関心を集めるところまでは、なかなかいかなかった。それでも、岬に遊びに来た観光客などが、神社の中から奇妙な音を発している雅楽の練習風景を、もの珍しそうに覗いてゆく。三軒あるレストハウスの従業員たちも、時折やってきて、夕涼みがてら、ひまつぶしをしていくこともあり、そういう聴衆を意識することによって、ある程度の緊張感が生まれるという効果があった。

その「聴衆」の中に、ひときわ熱心な男がいることに、誰からともなく気付いた。レストハウス夏泊の従業員で吉野という男だ。いつもは厨房《ちゅうぼう》の中にいることが多いので、名前を知った程度で、あまり馴染《なじみ》はないが、毎夜のように練習場に現れ最後まで付き合うという気の入れ方は、いやでも注意を引いた。もともと無口な性格なのか、ただ黙って見ているだけだが、吉野の真剣そのもののような眼差しは、いささか気になる存在ではあった。とりわけ、笙という楽器に興味があるとみえ、佐々木や美香の演奏にじっと視線を注ぐ。そしてある夜、その男が、こともあろうに佐々木の演奏にケチを付けたのだ。

「そこ、違うな」と、佐々木の手元を指差して吉野は言った。演奏を中断させるほど、充分に大きな声だったから、一瞬、険悪な空気が漂った。

「何が違うんですか」

佐々木は相手の目を弾き返すように見て、言った。シロウトが余計なことを言うな、という姿勢だ。

「指遣いが、ちょっと……」

吉野は思いがけない反撥《はんぱつ》を食らってとまどいながらも、言うことだけは言った。

「指遣いがどうだというんです？」

「そこのところ、薬指を叩いてからはね上げるようにすると、テンポがよくなるのだけど」

「えっ？……」

佐々木は反射的に指を動かしてみて、顔色を変えた。吉野の指摘はまさに当を得たものだったからだ。なるほど、確かにそういうふうに、「抑える」のではなく、「叩く」ように、竹管の穴に薬指を当て、その反動で中指を「はね上げる」と、曲の流れに鮮やかな切れ味が出る。どう工夫してもうまくいかなかったことを、第三者の目であっさり指摘した慧眼《けいがん》は、並みのものではない。

「あなたは、笙の達人ですか？」

佐々木は驚きをそのまま声に出して、訊いた。「達人」というのはいかにも大仰だが、この場面では、かえって相応しいような気がする。なんだか、武者修行の若者が、山中で好敵手に見参《げんざん》するような気組みさえ感じられて、周りの部員たちも、固唾《かたず》を飲んでことの成り行きを見守った。

「いや、達人だなんて……」

吉野は大勢の視線を浴びてたじろいだ。余計なことに口を出してしまった——という悔いが、表情にありありと現れている。年齢は三十を少し過ぎたあたりだろうか。

細面のなかなかのハンサムで、身長もそこそこある。レストハウスなんかで雑用係をしているわりには、物腰にどことなくゆとりを感じさせる。言葉の様子から察すると、土地の人間ではなさそうだ。

「どうです、一度、吹いて聴かせてくれませんか」

佐々木は階段のところまで行って、自分の笙を差し出した。吉野は目の前に突き出された笙を、まるで恋人にでも出会ったような目で、じっと見詰めた。

「とにかく、上がってください」

佐々木は笙を見せびらかすようにしながら、後ずさりして、吉野を誘った。趣味にかぎらず、自分の打ち込んでいる対象を目《ま》のあたりにしては、そのまま踵を返すわけにいかないものだ——。そう佐々木が思ったとおり、吉野は履物を脱いで、上がり込んだ。

そこは神殿の手前半分を占める、通常『神楽殿』と称んでいる板敷である。吉野は祭神に面と向かう位置にどっかと座り、捧《ささ》げ持《も》つように笙を構えた。佐々木の笙は伊勢神宮の神職から譲り受けた名器だ。それを知ってか知らずか、吉野は掌《てのひら》にしっくり収まる笙の感触を楽しんでから、おもむろに吹き口に唇を当てた。

最初、吉野はさまざまな音を手探りのように奏でていた。おそらくそれは、楽器の癖を確かめるためだったのだろう。やがて、居住いを正すと、『越天楽《えてんらく》』の一節を奏しはじめた。流麗な調べであった。微妙に揺れる音階がたがいにからみ合い、ひろがり、また一筋にまとまってゆく。単調なようで複雑なこの楽器の特性を、憎いほど巧みに捉え、こなしている。

江藤美香は、ただうっとりと聴き惚《ほ》れた。これまでは佐々木の笙に感服しきっていたけれど、吉野のそれがさらに数段優れたものであることは、誰の耳にも明らかだった。短い演奏が終わってしばらくのあいだ、声を発する者がないほど、度胆を抜かれた。

「すごいですねえ」

佐々木は率直に感嘆した。

「いや、お粗末でした。久し振りだったもので」

吉野は嬉《うれ》しそうに言って、手にした笙を慈《いつく》しむように、ためつすがめつして眺めた。

「いい笙をお持ちですね」

「ええ、伊勢神宮の方から戴《いただ》いたものです」

「ほう、神宮の……」

吉野はふと顔を上げて、すると、「皆さんはそういう関係の？……」と訊いた。

「ええ、伊勢の皇習館大学の学生です。われわれは雅楽部の合宿でやって来ました」

「そうですか」

吉野は視線を落とし、急に仕事を思い出したような素振りを見せ、「どうもお邪魔してしまいました」と立ち上がった。

「まだいいじゃありませんか」と佐々木が引き止めるのに、何度も小さく頭を下げるようにして、そそくさと立ち去った。

「何者だろう？　ただのネズミじゃないよ、あれは」

詮索《せんさく》好きの秀山が、吉野の後ろ姿を見送りながら、呟《つぶや》いた。

「部長は知らないの？」

「ああ、あの人は地元の人間じゃないからね」

佐々木は戦意を喪失したような、気の抜けた声で言った。自分のテクニックにはかなりの自信を持っていただけに、雅楽などとはおよそ縁のなさそうな男が、それこそ「達人」の境地にあることを見せつけられて、佐々木のショックは大きかった。

その夜、美香は吉野の夢を見た。目覚めてからストーリーを思い出せないような、とりとめのない夢だったが、吉野の夢であることだけははっきり分かった。斜め向うを向いている男に美香が何か声をかけたらしい。振り向いた顔が吉野だった。当然、何かの会話を交しているのだろうけれど、それはもう覚えていなかった。夢の内容はともかく、美香は吉野の夢を見たそのことに驚いてしまった。暗い天井に、見えるはずのない夢の続きを摸索《もさく》している自分に気付いて、慌てて寝返りをうった。

（どうして、あの人が夢の中に？――）

毛布をすっぽり頭から被《かぶ》って、美香は胸がドキドキと音を立てるのをはっきり聴いていた。夢に現れる男性といえば、たいていは父か教授ということが多い。いわゆる『異性』として意識する登場人物は、せいぜい佐々木ぐらいなもので、それも、笙の演奏のことか何かで、呼びかけてくるものばかりだ。夢は願望の投影であるという話を聴いたことがある。だとすると、自分が吉野に呼びかけた夢は、どういう意味を持つのだろうか――と、美香はしばらく気にかかった。

明くる日、秀山が吉野に会いに、レストハウス夏泊に出掛けていった。秀山は吉野の素姓に、ひどく興味を抱いたらしい。あいにく吉野は小湊まで買い出しに行っていて留守だった。吉野の笙の話をすると、主人の畑井又三は、「へえーっ」と意外そうな顔をした。

「吉野君にそんな才能があるなんて、ちっとも知らなかったなす」

「相当なものですよ、だいぶ年季が入っている。いったい、あの人はどういう人なんです？」

「どういうって、ただ、ここの従業員ですがな」

「しかし、地元の人じゃないそうじゃありませんか」

「ああ、よそから来た者です。この春、雪が消えてまもなく、店をオープンした早々にやってきて、確か、静岡県の浜松の人間でしたか。初めはウチのお客だったんだが、絵の勉強をしているとかで、毎日、椿の絵やら海の絵やらを描いていたっけが。そのうち金がなくなっちまって、しばらく雇ってけれって言うもんで、それで働いてもらっとるのです」

その話を仕入れてきて皆に聴かせてから、秀山は何かにとり憑《つ》かれたように考え込むことが多くなった。

軽薄な人間――ぐらいにしか秀山を見ていなかった美香にしてみると、秀山のそういう変貌《へんぼう》ぶりには興味を惹《ひ》かれた。ことに、清川妙子から、秀山と佐々木との間に恋の鞘当《さやあ》てみたいなことがあったと聴かされているだけに、いままで気にも留めなかった秀山の行動に、ふとした折、注目している自分に気付いたりもするのだった。

合宿生活の開放的な気分にスポイルされないようにしなければいけない――という戒めを、美香は絶えず自分に課しているつもりだ。それなのに、明らかにこれまでとは異なった心の動きのあることを認めないわけにいかなかった。美香自身は意識していないが、佐々木というただ一つの『偶像』にだけ向けられていた目が、秀山や他の男性にも、少しずつ平均に向けられるようになっていることも、その象徴的な表れといっていいのかもしれない。人それぞれ、さまざまな個性があるということを発見しただけでも、美香にしてみれば新鮮な驚きだったということだ。実際、興味を抱いて眺めるのと、無関心な目で見るのとでは、対象となる相手の性格までが違って見えるものだ。軽佻《けいちょう》浮薄の典型のように思っていた秀山が、存外、思索的な一面を持っていることにも、美香ははじめて気付いた。

もっとも、だからといって秀山を好きになった――というわけではない。秀山の悪癖であるしんらつな皮肉には、それが自分に向けられたものでなくとも、時には不快感を覚えたし、佐々木の重厚な雰囲気と較《くら》べれば、ずっと見劣りがする存在にしか思えない。

平内町役場の観光課長が合宿を訪れて、夏休み行事の一環として、雅楽演奏を町民や観光客のために披露してはくれまいか――と言ってきた時も、秀山一人、あまり乗り気ではない様子で、皆が課長を囲んで賑《にぎ》やかに談笑している場所から離れて行ってしまった。

「盆踊りじゃあるまいしさ、そんなの、やめようよ」

課長が帰った頃合を見すまして現れるなり、秀山は馬鹿《ばか》にしきった口調で言った。

「いいじゃないか、折角、そう言ってきてくれたんだから」

と、佐々木は鼻白んだ顔で言う。

「しかしねえ、僕はそういうのをやるために雅楽をやってるつもりはないからなあ。第一、僕の論文のテーマがどういうものか、あんただって知ってるはずじゃないか」

「ああ、『雅楽の堕落と衰退』——か。そりゃ、高尚ぶるのも結構だけど、もともと古典芸能は民俗的な風土から発展したものなんだから、そういう一般大衆との接点を大事にすることだって必要なはずだろう」

「いや、雅楽は違うさ。雅楽はれっきとした渡来文化だからね。古代の雅楽はいまよりはるかに純粋で、はるかに高踏的だったのだ。一子相伝、父子相伝といった具合に、秘伝のかたちで守られている頃の純血性こそが、見直されるべきだと、僕は思うね。それが崩れて、他の芸能と同様、形式的な伝承に移行するようになってから、雅楽の堕落は始まったんだ。僕はね、論文を書くために、あちこちの郷土芸能と称されるものを見て回ったが、そこで明らかに雅楽や宮廷舞楽を変形したとしか思えないものに、何度となくぶつかっているんだ」

「それでいいんじゃないのかなあ。そうやって風土に吸収されて、新しい地方文化として根付いていくというのが、ごく自然なありようだと思うが」

「そういうわけ知りな考え方が、僕にはたまらないんだな。たとえばさ、新潟県の糸《い》魚《と》川《いがわ》の神社で、四月の大祭に奉納される舞楽を見てきたが、これこそ、まったくの堕落した雅楽の典型を見るような気がしたね。じつに見事なまでに雅楽を土着させているんだな。それなりに演奏もしっかりして……」

能弁に語ってきた秀山の口の動きが、ふいに止まった。口ばかりか、全身が硬直したようになって、焦点の定まらない眼をしている。

「そうか、糸魚川か……。糸魚川で見たんだ……

そう口走ると、視点をクルクル回して、何か摸索している様子だった。

秀山が黙りこくってしまったので、相手の佐々木は拍子抜けのような恰好《かっこう》になった。

町の方から持ちかけてくれた催しなんだからさ、快く受けようじゃないか。なあ、みんな、異論はないだろう?」

秀山を横目で見ながら言った。もちろん、反対する者は一人もいない。秀山もその話題に興味を失ったのか、どうでもいいというように、肯いている。

その翌日から、秀山は自由時間になると、独りで小湊まで出掛けてきたり、レストハウス夏泊に入り浸ったりしては、帰ってくるとニヤニヤ笑いながら、「吉野っていうのは面白いな」とさかんに連発した。ネズミ呼ばわりしていたくせに、調子がいいわねえ——と美香は呆れる思いだったが、逆に、吉野の方はいっこうに顔を見せなくなった。学生たちがレストハウス夏泊に行っても、調理場の中に入ったきりで、店先にはあまり現れない。土産物を買う客がたてこんだりして、女の子だけでは捌《さば》ききれないような時は、仕方なく出てくるが、そういう時は学生のほうも長居しているわけにはいかないので、ゆっくり会話を交すチャンスは訪れない。

それにしても、休日の夏泊半島は予想を超えるにぎわいであった。東北といえば涼しくて、悪く言うと暗い印象を受けるが、ここは、椿の自生に象徴されるように、植生までが亜熱帯地方を思わせ、白い砂地や透明度の高い海は沖縄のそれとよく似ている。半島の付け根の『夜越山《よごしやま》森林公園』というところには、スケールの大きいサボテン園まであって、とてものこと、北の最果て——というイメージにはほど遠い。そういう雰囲気を慕うのだろう、かなり遠方の、岩手や秋田方面からも車を飛ばしてやってくる海水浴客やキャンパーの数が少なくないという。

当然のこととして、椿神社周辺にも、そうした観光客がばっこする。若いカップルが、海岸の延長のつもりで、露出度の高い水着姿のままの大胆な恰好で歩きまわったりもする。日暮れともなると、神社の背後の椿山に分け入ってゆくカップルもあり、同じ年代の学生たちには目の毒だ。いくら真面目《まじめ》な校風だからといっても、ひとりひとりはやはり現代の若者でしかないのだ。刺激的な風景に無関心でいられるはずもなかった。佐々木たちリーダーの腐心は、部員の技量の向上はもちろんだが、二十日間の合宿生活をいかに無事にまっとうするかという点にもあった。「挑発」は何も性風俗ばかりではない。もう一つの悩みは、時折やってくる暴走族まがいの若者たちが、面白半分に練習を冷かすことだ。初めのうちはもの珍しいので、おとなしく聴いているけれど、そのうちに騒ぎだす。まるでロックの野外コンサートでも楽しんでいるような具合に、口笛を吹き、拍手をするやら足を踏み鳴らすやら、品のないことおびただしい。そのために何度、演奏を中断させられたかしれない。

「静かにしてくれませんか」

佐々木がたまりかねて声をかけると、猛烈な反撃が襲ってきた。野次、怒号に加え、広場に駐《と》めてあったオートバイをわざわざ石段の上まで押し上げてきて、エンジンの空ふかしをはじめる。

「この野郎、ふざけやがって！」

血の気の多い秀山などはいきり立つが、佐々木は宥《なだ》めすかし、練習を中止することによって、衝突の危険を回避するようなありさまだった。しかし、連中の妨害は執拗《しつよう》で、いったんは立ち去ったかと思うと、練習が再開されるのを待っていたように現れては、また野次と怒号を浴びせるといった按配《あんばい》で、その都度、美香などは脅えきってしまう。いずれ何かのきっかけで、ただでは済まないような事件に発展するのではないか——という予感を、誰もが抱いたのだった。

4

一心に笙を吹いていたので、縁先に影が射《さ》すまで、美香は人の訪れに気付かなかった。

「お邪魔します」

「あら……」

瞬間、美香は雷に打たれたようなショックで、胸が震えた。すぐ目の前に吉野の姿があった。店にいる時のいつもの恰好と違って、こざっぱりしたスポーティな服装をしている。

「すみません、驚かしちゃったみたいですね。玄関で声をかけたのですが、お応《こた》えがなかったもんで」

「ごめんなさい、笙の音で聴こえなかったんです、きっと」

「お独りですか」

吉野は微笑を浮かべた目で、美香の肩越しに家の中を窺《うかが》った。

「ええ、留守番です。荷物が届く予定があるものですから」

「皆さんは海、ですか？」

「ええ、それと、駅の方まで買物」

それで、ご用は？　という目を、美香は向けた。

「ちょっと笙の音にひかれたもので……。ここ、座っていいですか？」

「どうぞ」と美香が言う前に、吉野は縁先に腰を下ろしていた。狭い濡《ぬ》れ縁《えん》に二人が座ると、膝を突き合わせるような恰好になった。美香は無意識に膝の位置を変えた。

体中がどうしようもなく固くなっているのを感じていた。

「笙はいいでしょう」

　吉野は景色の方を向いたまま、言った。

「女性で笙をやる人は珍しいですね」

「そうみたいです。変わってるって言われます」

「そうですかねえ、そんなことはないと思うが、笙を吹く女性は魅力的ですよ」

　ズバッと言われて、美香は思わず赤くなった。

「あの、吉野さんは、笙はずいぶん長いんですか？」

「長いと言えば長いです。なにしろ、子供の時からですからね。玩具《おもちゃ》代わりに吹いていました。性《しょう》が合うとでもいうのかな……、いや、これは洒落《しゃれ》じゃありませんよ。とにかく、笙を手にしていると機嫌がよかったらしい。しかし、いまはちょっと……」

「吹かないんですか？」

「ええ、笙を吹く環境じゃないですからね」

「そうでしょうか。構わないと思いますけど」

「いや、これは、ふつうの人間が聴くと、あまりありがたくない音ですよ、多分」

「そんなことはないと思います。古野さんほどの名手が吹けば、誰だって聴き惚れるに違いないです」

「あははは、どうも恐縮です」

「あら、嘘《うそ》じゃありません。私なんか、ただびっくりしちゃって、自分の筆がいやになりました。佐々木さん——うちの部長です——だって、それはもう感心してしまったほどですもの」

「いや、あの人は上手《うま》いです。技術の差があるとしたら、それは経験の差でしかありませんよ。あなたは、筆は何年？」

「三十八年ですけど」

「えっ？……」

吉野はびっくりして、すぐに気がついて笑いだした。

「失礼、そうじゃなくて、吹く方の筆のことを訊いたのです」

「あら……」

美香は真赤になって、「やだーっ、ばかみたい」と苦しそうに笑った。

「そっちの方でしたら、まだやっと一年。大学に入って覚えたのですから、下手っぴいです」

「いや、そんなことはない。あなたは根っから筆が好きなのでしょう？　音色を聴くとよく分かります。つまり、それは素質があるということです。じきに上手になりますから、頑張ってください」

「お世辞でもそう言ってくださると、とても励みになります。そういえば、佐々木さんが吉野さんに指導をお願いしたいって言ってましたけど」

「ああ、そのことなら佐々木さんから聞きました。しかし、僕は明後日にはもうこの土地を去ってゆく人間ですから……」

「うっそー……」

美香は泣きそうな顔になった。

「本当ですよ。じつは、いまもそのことを言おうと思ってきたのです」

「去ってゆくって……、あの、どちらへ？」

「自分の家に帰るのですよ」

「お宅はどちらなのですか？」

吉野は少しためらってから、「浜松の方です」と言った。そして、それ以上の質問を避けるように、早口で訊いた。

「あなたは、やはり伊勢ですか？」

「いえ、大学は伊勢ですけど、家は伊賀の方です」

「ほう、伊賀ですか。伊賀はいいところですね」

「ご存じですか？　伊賀の阿山町なんです」

「知ってますよ。あそこにも椿神社があります」

「あら……」

美香は目を丸くした。

「よくご存じですね。そこなんです、私の家」

「えっ？」と、今度は吉野が驚いた。

「そうだったのですか……。じゃあ、あなたは宮司さんのお嬢さん」

「お嬢さんだなんて、そんな立派な神社じゃありませんから」

「しかし、そうですか……。あなたがねえ……」

吉野はしばらく、感心したような目で美香を見詰めていた。黒く、とても奥深い感じのする瞳《ひとみ》だった。美香は息苦しくなって、視線を外して訊いた。

「あの、吉野さんは本来のお仕事は何なんですか？」

「仕事ですか？　いまはレストハウス夏泊の皿洗い。しこうしてその実体は、ルンペンです」

眉をしかめるようにして笑った。

「からかわないで、教えてください」

「いや、からかうわけじゃない。ほんとに定職といったものはないのですよ。これから先のことは、まだ決めていないのです。そうですね、あえていうなら、まあ、ベトナム難民の救済か何か、ボランティア活動でもしようかと思っています」

「ベトナム難民の……、ですか」

「いや、ベトナムに限りませんがね。アフリカにも膨大な数の難民がいます。彼等を救済するのは、金や物資だけでは駄目なのですよ。まず人間が必要です。僕みたいに、日本では役に立たないような人間でも、やることがいっぱいある」

「でも、吉野さんは、ご家族は？」

「いますよ、両親と妹が。しかし、もう僕がいなくてもやっていけるのです。言ってみれば、やっと解放されたというところですか。これからの人生は自分のために生きたいと思っているのですよ」

　どういう事情があるのか、美香には推量するすべもないが、吉野の目はいきいきとして、これからの旅立ちに、とてつもなく大きな夢を描いていることが、ひしひしと伝わってくる。美香は自分の小ささが恥ずかしいような気おくれに囚《とら》われた。

「いかん、いかん……」

　吉野は時計を見て、すっと立った。思わぬお喋《しゃべ》りしたことへの悔いが表情に浮かんだ。

「いつまでも油を売っていたら、マスターに怒られちゃう。どうもお邪魔しました。佐々木さんによろしく伝えてください」

　そう言うと、来た時と同じように、あっけなく立ち去った。

美香は吉野が消えた方向に視線を向けたまま、ずいぶん長いこと、じっとしていた。なんだか、秋風が体の中を吹き抜けていったような、空虚さであった。

（ああいう生き方もあるんだわ――）

そのことへのショックもあった。大学を出て、学校の先生になる――という目標しか思い描いていなかった自分と、まったくかけ離れた世界がある。女だから仕方がないというのなら、男の人だって、大同小異、似たような小市民的な生き方をしているではないか。それに較べると、吉野の奔放な生きざまの、なんと鮮烈であることか――。

美香は急に、自分を含む周りの世界が、ひどく色あせたものに思えてきた。佐々木をはじめ、いままで異性を意識していた男性たちになかった、強烈な男臭さを吉野に感じた。何か、自分の中で、得体の知れないものが動きだしそうな予感があった。

吉野がこの土地から出て行ってしまうという話は、とくに佐々木にとってはショックだったようだ。

「もう少し付き合いたい人だったんだけどなあ。せめて二十四日まではいてくれないかな」

七月二十四日の日曜日には、合宿の打ち上げ演奏会を行なうことになっている。あと一週間。平内町役場の協力を得て、あちこちに手書きのポスターを貼《は》ったり、簡単な舞台を作ってもらったりもした。

「僕が頼んでみるよ」

秀山が言いだした。秀山の専門は太鼓と笛だし、吉野と親しく付き合っているという話は誰も聞いたことがないので、皆、奇異に感じた。

「でも、明後日には出て行くんだそうですよ」

美香が言うと、何やら自信ありげにニヤニヤ笑う。

「とにかく、話してみるさ」

晩飯のあと、レストハウス夏泊が店を仕舞う頃になってから、秀山は吉野に会いに出掛けた。説得にはだいぶ時間がかかったらしいが、なんとか話をつけてきた。

「出発を延期して、二十四日までいるようにするってさ。必要ならお手伝いもするって言ってたよ。あとは美香が行って話したらいい」

「私が？　どうして？」

「いや、美香がどうしても指導してもらいたいって言っていると、そう言って頼んだのさ」

「ひどーい！」

美香は呆れて、思わず大きな声を出した。

「ははは、まあいいじゃないか。とにかく指導してもらって損はないんだろう？　ねえ、部長？」

「そりゃそうだけど、勝手に他人をダシに使うのはよくないぞ」

「堅いこと言わないでさ。それに、美香はまんざら他人ていうわけじゃないんだし」

「えーっ！」と、これは女性たちから一斉に上がった冷かしの声だ。「そういうことだったのおーっ」「他人じゃないのかあ」と続く。むろん冗談だが、この前のことがあるから、美香は完全にフランクではいられない。

「ばかだなあ、ひとつ釜《かま》の飯を食ったっていう意味じゃないか。もっとも、そんなふうに取られるのは、僕としては歓迎だけどね」

秀山はしゃあしゃあと言ってのける。部員たちはまたまた大騒ぎになった。

「よせ。そういうだらけたことを言うな」

佐々木は苦りきった顔をして、吐き捨てるように言った。

「いいじゃない、言うぐらいは。部長だってそう言いたいのだろ？　好きなら好きと言えばいいんだ。男らしくないよなあ、みんな」

誰も返事しないで、顔を見合わせている。急にしらけた空気が流れ込んだ。秀山は無理に笑おうとして、頬がひきつった。

若い男女の集団生活が、もう二週間も続いている。意識してはいないけれど、皆どこかに欲求不満がわだかまっているのだ。清く、明るく——という不文律に従って、それぞれ、それらしく振舞ってはいても、知らず知らず鬱屈《うっくつ》したものが蓄積されていて、いろいろな機会に噴き出してくる。カラッとした爆発ならいいのだが、妙に歪《ゆが》んだ形で出たりすると厄介だ。そういう意味では秀山は陽性に見えて、その実陰性で、難しい人間といえた。皆それを知っているだけに、秀山がへんに絡むような言い方を始めたことが、周囲をしらけさせた。秀山で、ほんの軽口のつもりで言ったことが、おかしな具合にこじれてしまって、なんとなく引っ込みのつかない状況になったことに当惑している。その当惑をはね除《の》けるように、なおも佐々木につっかかった。

「だいたい、だらけたっていう言い種《ぐさ》は気に入らないよな。僕はべつにだらけてなんかいないしよ、こんな面白くもない所で、文句も言わずに辛抱してるじゃないか」

「よせっ」「よしなさいよ」

何人かが同時に制止したが、遅かった。佐々木の顔色がサーッと変わった。

「秀山、お前、酔ってるのか」

「酔ってるわけないだろ。ビール一杯ぐらいで」

「じゃあ、素面《しらふ》なんだな。だったら帰れ。荷物を纏《まと》めて帰れ。なにもそんなにいやなものを辛抱してもらうことはないのだ」

「ああ、帰ってやるよ——と言いたいところだが、そうもいかないんでね。僕がいてはいろいろままならないだろうが、もうしばらくはいさせてもらうよ」

佐々木は恐ろしい形相で秀山を睨みつけた。秀山は平然とそれを見返している。美香は二人の顔から目を逸《そ》らせて、ガタガタ震えた。

消灯時間が迫っていたために、その夜はそれで済んだけれど、早晩、佐々木と秀山のあいだに何かが起こりそうだとは、誰しもが感じたことだった。美香にしてみれば、その原因の一部が自分にありそうなのだから、たまったものではない。それからの毎日というもの、佐々木と秀山の顔色を窺ってばかりいるようなことになった。

吉野には佐々木が正式に指導を頼みに行った。店にはすでに辞めることを通告してあるので、自由のきく身であったらしいが、それでも吉野は客のいない時を見計らってやってきた。初めはどういうわけか気乗りしない様子だったが、何度か演奏に加わっているうちに興が乗ってきたとみえ、笙にかぎらず、笛や太鼓にまで注文をつけたりもした。まだそれほどの歳《とし》でもなさそうなのに、よほどの天分に恵まれているのだろう。どのパートに関しても適切な指示を与え、それがすべてツボを心得たものであったから、佐々木などはすっかり吉野に傾倒しきってしまった。秀山も、少なくとも表面的にはこだわりない様子を見せている。

二十三日は土曜日で、朝からよく晴れ渡り、海水浴客の出足はこの夏最高ということだった。昼近くには三十度を超える暑さになったが、合宿生活最後の仕上げという緊張した雰囲気の中で、部員の練習にも熱が入った。しかし、さすがに猛暑には勝てず、午後は四時まで休憩ということになった。部員は秀山を除く全員が、レストハウス夏泊へ出掛けて行った。秀山は理由を言わずに、社務所の座敷でふてくされたように横になっていた。

「いよいよ明日ですね、発表会」

吉野は皆のテーブルに座りこんで、お喋りの仲間に加わった。店は時分どきを外《はず》れているので、客の数は少なかった。

「発表会と言っても、ほんの真似《まね》ごとですから」

佐々木が弁解するように言った。実際、雅楽の演奏に欠かせない太鼓や、鼓は、本格的なものは持参できず、現地で調達した、ごくありきたりの和風の太鼓と鼓で間に合わせる始末だ。

「いや、それでも、雅楽の演奏そのものがここでは画期的なことですからねえ。喜ばれますよ、きっと」

「だといいのですが、退屈されるのが関の山じゃないかっていう気がするんです」

「ははは、そんなことはないでしょう。もともと青森は津軽三味線でも分かるように、日本の伝統音楽には造詣《ぞうけい》が深い土地柄なのです。充分、反響は期待できますよ。どうぞ頑張ってください」

「そんな、他人事みたいに言わないでください。明日はよろしく頼みますよ」

「いや、それが駄目なんです。僕は昼前には出発しますので」

「えっ、本当ですか？　それはないでしょう。吉野さんの笙だけが頼りなんですから。もう一日だけ付き合ってくださいよ」

「僕もそうしたいのですが、母の容体があまり芳しくないのです。じつは先日帰らなければならなかったのを、秀山さんに無理に止められて、今日まで日延べしたわけで、これがもうギリギリのところです。堪忍してください」

「そうですか……、そういう事情があるのではやむを得ませんが、残念ですねえ」

「僕も残念です。しかし、皆さんのお蔭《かげ》で、たいへん楽しい毎日でした。有難うございました」

「いや、こちらこそ感謝しています。無理なお願いをして、済みませんでした。またいずれお会いしたいものです。浜松ならそう遠くもありませんし、一度お邪魔させてください」

「ええ、どうぞどうぞ」

吉野は立ち上がると、部員全員に向かって律儀に礼を送った。

夕食の席で、吉野の話題になると、秀山は不満そうに「ふーん」と鼻を鳴らして、
ポツンと呟くように、

「なんだ、あいつ、逃げる気か」と言った。

「おい、そういう言い方はよせよ」

　佐々木がたしなめると、ニヤッと笑ったきり、何も言わない。当然、秀山が反撥すると思っていた美香を始め部員たちは、かえって拍子抜けの態《てい》であった。

　その夜は暴走族の数がいつも以上で、例によって、練習はしばしば中断された。中断するといずこともなく走り去り、再開するとまた現れる——といったイタチごっこだ。明日の発表会のリハーサルの意味がある練習だっただけに、連中の妨害には腹が立った。ことに秀山はかんしゃくを起こして、何度も階段の上から「やめろ！」と怒鳴ったのだが、いっこうに効目はない。美香などは、秀山がいつ暴力的な挙に出るか、気が気ではなかった。秀山自身も自制心を失うのを虞《おそ》れているような様子であった。暴走族のボスと思われる男の方を睨んで、低い声で「あの野郎だな……」と呟くのが聞こえてきた。いずれ、ただではおかない、という、何か心に期するものがあるような表情が気になった。

　結局、練習は成果が上がらないまま、最終的なリハーサルは明日の朝ということにして、予定どおり九時で打ち切られた。合宿はあと一日を残すのみとあって、部員たちはそれぞれの荷物を整理するなど、消灯時間まで、慌しい気分で過した。そのせいか、秀山がふらりと外へ出て行ったことに、誰もそれほど注意を払わなかったのである。

　翌日の朝、みんなが秀山のいないことに気付いたのは、七時過ぎになってからだ。この日は演奏会のために大島往復のジョギングはとりやめになったので、朝食の時間まで、秀山の所在を気に留める者はいなかった。食事が始まって、誰からともなく、秀山の席が空いたままなのに不審を抱きはじめた。それでも、最初はトイレか何かだと思っていた。その内に、そういえば、昨夜、秀山は部屋に戻らなかったのではないか、という声が出た。なにしろ雑魚寝《ざこね》だから、一人や二人が消えていても、そう気にならない。というより、気が付かない場合が多い。隣の部屋で寝ているのではないか、と思ったりするのだ。

　だが、佐々木がそれぞれの記憶を確かめると、昨夜の十時頃、外へ出て行く姿を見かけたのを最後に、それ以後、秀山と会った者が一人もいないことが分かった。

「外泊かな？」と、みんながまず思った。外泊はもちろん禁止されているが、秀山ならやりかねない――という気がしないではない。

「しょうがないな、帰ってきたら吊し上げだ」

　佐々木が冗談めかした結論を出して、ともかく、演奏会の準備にとりかかることになった。

（おかしいな――）と、最初に不吉な予感がよぎったのは、もう九時近くになってからである。いくらズッコケるにしても、これはひどすぎる。こんなに遅れては、部長の佐々木ばかりでなく、部員みんなから吊し上げられるのは分かりきっている。秀山のようなスタイリストがそんな無様《ぶざま》な真似をするはずがない。

「何かあったんじゃないか」という意見が出た。

「何かとは、何だい？」

その反問には、しかし答えはなかった。

「とにかく手分けして探してみよう」

佐々木の指示で、部員たちは三軒のレストハウスや隣の集落にある国民宿舎などを見に走った。それでも手掛りがなく、男性は海の事故を想定して海岸一帯を隈《くま》なく探しはじめた。もうただごとではない、という切迫したものが皆の気持に伝播《でんぱ》して、誰もが息を切らし、全身汗でずぶ濡れになりながら探し回った。美香は清川妙子と組んで、小湊まで足を延ばして、駅や旅館、場合によっては病院も覗いてくることになった。

バスで小湊駅へ行くと、暗い待合室に吉野がぼんやり佇《たたず》む姿があった。駅員のいない改札口の方に向かって、微動だにしない。

「もう行ってしまうのですか？」

背後から美香が声を掛けると。弾かれたように振り向いた。

「やあ、江藤さん」

にっこり笑いかけて、すぐ後ろに妙子がいるのに気付いて、小さく頭を下げた。妙子は吉野とそう親しくしているわけではないので、遠慮がちに挨拶《あいさつ》を返した。

「いまごろどうしたんです？　演奏会の準備じゃないんですか。まさか見送りに来てくれたわけではないでしょうねえ。だったら感激なんだが」

「違うんです、ちょっと……」

その先は言い淀《よど》んだ。

「まあ座りませんか」

吉野は自分が先になって、木製のベンチに歩み寄り腰をかけた。そんなにのんびりしてもいられないのだけれど、美香は妙子を誘い、吉野と並んで座った。

「一〇時二分のやつに乗り遅れましてね、次は一一時五分の普通列車なんです。それで野辺地《のへじ》まで行って、特急に乗り継ぎます」

列車の時間まで、まだ少し間があった。

「皆さんにもう一度ご挨拶してからと思ったのですが、なんだか未練たらしいので、黙ってきてしまいました。それに、皆さん忙しそうだったし……。しかしここで江藤さんに会えるとは思いませんでしたよ」

「私だって……」

美香は言ってから、ふいにキュンと胸を締め付けるものを感じた。

「またいつかお会いできるといいですね」

思ったままを口に出した。吉野は複雑な微笑を浮かべ、小首を傾《かし》げた。

「さあ、どうでしょうか。たぶん二度とお会いすることはないと思いますよ」

「あら、どうしてですか?」

美香は非難するような目を向けた。

「いや、失礼、誤解しないでください。あなたを避けてこんなことを言うのではないのですから。つまり、人生なんてそんなものだと思うのです。いつも、過去と訣別《けつべつ》して進んでゆかなければならない……。ほら、会者定離《えしゃじょうり》というやつですよ。僕はそういう主義で生きている人間なのです」

「寂しいのですね」

「ははは、これは手厳しい。確かに寂しい性分かもしれません。しかしね、昨日も言ったのですが、僕が他人とこんなに親しく付き合ったのは、ずいぶん久し振りですよ。楽しかったというのも嘘ではありません。その楽しさに少し溺《おぼ》れすぎたと反省しているくらいです。あなたや佐々木さんといった、笙の仲間にも逢《あ》えたし、もう充分、堪能《たんのう》しました。これ以上のお付き合いは別れをつらくします」

改札が始まるアナウンスが流れた。客は僅《わず》かで、すぐに待合室は空になった。

三人は同時に立ち上がり、交互に握手を交した。

「笙はいつまでも続けてください。あれは人の心を通わせる音を出します」

吉野に手を握られた瞬間、美香は思わず涙ぐみ、慌てて手の甲で拭《ふ》いた。妙子がそれをチラッと横目で見て、驚いた顔をした。

改札口を入ると、吉野はまるで人が変わったように冷たい顔になって、真直《まっす》ぐ向うを向いて、ホームの先の方へ歩いていった。

駅を出ると、二人は土産物店を覗いて、これこれこういう人はこなかったか——と訊いた。妙な顔をされるし、恥ずかしくもあったが、仕方がない。最後に病院へ行き、そこから社務所に電話連絡を取った。

「どうしましょうか、警察の派出所へも行ってみた方がいいかしら」

妙子が佐々木に訊いている。（警察？——）と、美香はドキッとした。電話の向うの佐々木も同じ思いだったのか、しばらく待たせてから、そこまではまだいいだろう、と言ったようだ。

椿神社に帰り着くと、皆消耗した顔で階段にへたり込んでいた。「いないの？」と訊くと、一様に首を振った。

「よし、椿山の中を探してみよう」

佐々木は皆を奮《ふる》い起《た》たせるように言い、先頭に立って神社裏の椿林の中へ入って行った。椿は黒く感じるほど濃密な葉を茂らせているが、下枝は人間の顔の辺りで左右に葉を広げているので、その下を潜《くぐ》り抜《ぬ》けて歩くことができる。しかし、誰の足取りも重かった。こんな場所を探すというのは、つまり、秀山の身に重大な「何か」が起きていることを意味する。それを思うと、どうしてもほかの人間より遅れようとする気持が、無意識に働いた。

「おい、みんな、来い！」

佐々木の悲鳴のような声が上がった。全員が青ざめた顔でわらわらと集まった。佐々木が指差す、密集した椿の根方に、うつむきに倒れ伏している男の体があった。しばらく凍りついたように動かなかったが、佐々木が駆け寄るのと同時に、男性の何人かが秀山の傍に走り寄った。

「秀山！」

口々に呼んだが、反応はない。

「死んでる……」

佐々木をはじめ、死体に取り付いた全員が、さっと退いた。逆に後ろにいた者たちが一斉に近付く。

「だめよ、寄らない方がいい！」

清川妙子が叫んだ。

「警察が来るまで、そっとしておかなきゃ」

しかし、すでに全員の足跡が周辺の地面を埋め尽していた。

消える

1

あらゆる官庁施設の中で、警察は設備条件が最も劣悪だと言われる。たとえば冷房設備がそうだ。どこの役所でも、近頃《ちかごろ》は冷暖房が完備されているのに、警察には暖房はともかく、まともな冷房装置が備わっているところなど、ごく珍しい。平内派出所もご多分にもれず、カンカン照りの太陽エネルギーを屋根にたっぷり受け、そのまま屋内に放出するような設計になっている。やむを得ず、窓を開け放ち部屋の中を風が吹き抜けるに任せるのが、唯一最大の消夏法であった。

日頃は退屈なくらい平穏無事な平内町だが、夏休みになると、この町の人口に匹敵するほどの観光客が訪れる。七月二十四日は小、中学校が夏休みに入って最初の日曜日ということもあって、夏泊半島一帯は今年最高の人出になりそうな気配だという。

所長の長内警部にとっても、村上部長刑事にとっても、平内派出所勤務になって、初めて経験する夏のバカンスシーズンの到来だ。

「お手柔らかに願いてえもんだなや」

長内は町から要請のあった警備態勢に関する指示を出し終えて、額の汗を拭《ぬぐ》うと、所長席にどっかりと腰を下ろした。十二人いる所員の内の九人までが次々と出払って行き、残るは長内と村上、それに事務を執る女性の三人だけという閑散とした所内になったが、暑さは少しも緩和されない。正午を回ると同時に、水銀柱はついに三十度を越えた。

平内の観光は夏泊半島一帯はもちろんだが、夏泊半島と国道4号線を挟んで向かい合う『夜越山森林公園』というのも、この地方としてはかなり動員力のある観光施設だ。そこの中心の『夜越山』には、冬期のスキー用リフトを利用した、わが国最長の『スーパースライダー』というのがある。簡単にいうと雪のないボブスレーといったところだが、これが子供たちはもちろん大人にも大うけで、一回二百円の利用券が大《おお》袈裟《げさ》でなく、飛ぶように売れるのだそうだ。とにかく、そんな具合に人が集まれば、事故や犯罪がつきまとうのは当然の成り行きで、それを予防するために警察官の出動が要請されるというわけだが、三つの国鉄駅を含む、広大な平内町の秩序と安寧を維持するためには、十二人という派出所の人員ではいかにも少な過ぎる。目下のところ、事件の報告は入っていないからいいようなものの、もしこれで突発事故でも発生しようものなら、派出所は空っぽという事態になる。長内でなくとも、「お手柔らかに」と言いたくなる。

そして午後一時過ぎ。ついに虞《おそ》れていた「事件報告」が一一〇番を通じてもたらされた。

——椿山《つばきやま》で変死体発見！

これがその第一報である。続いて、東田沢駐在所の辻村巡査長から、「変死体は椿神社に合宿中の大学生のもよう」という報告が入った。

長内は青森署に報告を伝えるとともに、平内派出所ただ一人の捜査係刑事である村上巡査部長と、派出所近くの街頭で警備にあたっていた二名の交通係巡査を伴い、さらに例によって町立病院の老院長を拾って、現場へ急行した。また、町内各所に出動中の所員にも、急ぎ現場へ向かうよう、無線連絡を取った。

椿神社の一角は、凍りついたような沈痛な空気に包まれていた。大学生らしいグループと、それを囲む野次馬の群が、まぶしい陽光の下でじっとしている光景は異様だ。その中から、警察官の方へ歩み寄ってくる男がいた。

「皇習館大学の佐々木といいます。この合宿の責任者です」

佐々木は青ざめた顔で、しかし、しっかりした口調で言った。

「ああ、あんた佐々木宮司さんの息子さんでしたな」

長内もそのことは聞いていた。

「それで、死んだっていうのは、あんたらの仲間でしたか？」

「はい、秀山という学生です。場所はこの奥で、すでに駐在さんが行って待っています」

佐々木は神社裏の椿林の奥を指差した。

「分かりました、じゃあ、あんたたちはここで待機していてください」

そこから百メートルばかり行ったところに、辻村が制服姿で立っていて、一隊が近付くのを挙手の礼で迎えた。辻村は現場の足跡を踏み消すことのないよう、気を使っている様子だが、一見した感じでは、すでにかなりの足跡が入り乱れて、保存状況はあまりよくなさそうだった。

現場は椿の葉が濃密に生い茂り、その下の少し窪《くぼ》んだ場所に、死体が横たわっていた。ジーパンにTシャツという軽装で、白いTシャツが泥に塗《まみ》れ、背中のあたりに血飛沫《しぶき》が散っているのが見えた。

「後頭部に打撲によるものと思われる裂傷が見られます」

辻村が指し示すまでもなく、かなり遠い位置からでも、傷は見ることができた。足跡を消さないよう、運んできた板を、地上に露出した木の根から木の根へと渡して、長内と老院長が死体に近付いた。

死後十数時間——というのが、とりあえず、その場で下した判定だった。昨夜の九時頃から十二時頃——といったところだ。それ以上の詳しいことは解剖所見を待つしかない。

青森署から応援が駆けつけるまで、長内所長以下が現場に張り付くことにして、村上部長刑事ひとり、神社のところまで引き返し、佐々木たち関係者から事情聴取を始めた。

死体の発見者は佐々木ともう一人の部員だった。行方の分からない秀山を捜していて、あの場所で発見したという。

「秀山君は、昨夜十時頃、宿舎である社務所を出たきり、今朝になっても戻らず、非常に心配していたのです。今日の午後一時から、椿神社で雅楽の演奏会を行なうことになっているのに、連絡もしてこないので、これは何か事故でもあったのではないかと思い、皆で手分けして捜していたところ、あそこに倒れているのを見付けて、それで、近寄ってみたら、死んでいたのです」

佐々木は、一語一語確かめるように、区切りながらゆっくり喋《しゃべ》った。すでに「発表会」の時間は過ぎている。役場から応援に出ている観光課の職員が、町の人たちに事情を説明して帰ってもらっているのだが、みんな事件の成り行きを見ようと、野次馬に早変わりして、現場を遠巻きにする人間の数はいっこうに減る気配がない。

やがて本署の連中がやってきて、本格的な実況検分が始まった。皇習館大学の学生たちは社務所に集められ、事情を聴かれることになった。

「秀山さんは、暴走族のやつらにやられたんじゃないかと思います」

そういう発言が何人もの学生からあった。暴走族と学生たちの間がかなり険悪な状態になっていて、秀山がその急先鋒《きゅうせんぽう》だったことを、彼らは主張した。

「それじゃ、秀山さんは暴走族に仕返しをするために宿舎を出たというんですか？」

青森署の捜査係長が訊《き》いた。

「いえ、そうではないと思いますが、外を歩いているところを襲われた可能性はあると思います」

「何かそれらしい物音なり、形跡があったのですか」

「とくにそうだというわけではありませんが、あんなに煩《うるさ》かった暴走族が、夜中に急にいなくなったので、おかしいなと思いました」

「なるほど。それで、その暴走族のグループ名は分かりますか？」

「いや、分かりません」

「いいでしょう、調べてみます。それ以外に、秀山さんが殺されたことで思い当たることはありませんか」

その質問に対しては、全員が顔を見合わせるばかりで、答えは返らなかった。男子学生はともかく、女性は悲しみと恐怖で恐慌状態に陥っている者が多く、事情聴取もままならない。

一応、秀山が殺されたとみられる、昨夜十時から十二時頃までに外出した者はいないかどうか確認を取ってみたが、否定的な答えしか得られなかった。もっとも、身内同士で庇《かば》いあっているかどうかまでは分からない。いずれ、動機の有無を調べるのと並行して、ゆっくり腰を据えて個別に尋問することになる。学生たちは翌日には伊勢《いせ》へ帰る予定だったのだが、さしあたり一日、予定を延長し、さらに必要な場合、佐々木ら幹部は現地に留《とど》まることになった。

夕刻には青森署内に捜査本部が設置され、また、平内派出所内に前進基地が設けられた。平内派出所の村上にとって不幸なことに、今回もまた県警の主任捜査官は篠原警部であった。篠原はだいぶ遅れてやってきて、村上の顔を見ると、露骨にいやな表情を見せつけた。

解剖の結果、秀山の死因は後頭部打撲による頭蓋《ずがい》陥没骨折および脳内出血。ほぼ即死状態ではなかったかと推測された。凶器は不明だが、皮膚に微小な石の粉が付着していたところをみると、或《ある》いは漬物石程度の大きさの石で殴ったものかもしれない。現場にはそれに該当するものはなかったので、凶器は犯行後持ち去ったか、または、第一犯行現場は別の場所である可能性も考えられる。現場付近の足跡は、死体発見と同時に駆け付けた人々に踏み消されて、被害者本人のものさえ識別できないほどだ。それはしかし、ことによると、被害者が犯人によって運ばれてきたことを物語っているのかもしれない。

当面、捜査は凶器の発見に努めるとともに、問題の暴走族の行方を追うことから開始された。県内の暴走グループかどうかも不明だし、昨夜は、とりたてて暴走行為に関する情報は入っていないので、雲を掴《つか》むような話だが、隣接県の協力も得ながら、ブラックリストに載っているグループを片っ端からチェックしてゆく。しかし、これは時間のかかる作業だった。

夕刻までにほとんどの捜索活動は終了し、捜査員は一部を残して引き揚げた。このあと青森署で捜査会議が開かれるのだが、それには村上は参加しなかった。篠原がその必要はないと指示したのである。

「きみは現場で聞き込みを継続するように」

そう言うと、さっさと車に乗って行ってしまった。村上にしたって、篠原の顔を見るよりは、現場にいたほうがましな気がしている。

それにしても、皇習館大学の学生たちのショックは並大抵でなく大きかった。はじめの内は驚きで、むしろ事態の重大さがよく飲み込めなかったのだが、時間が経《た》って、

「事件」が今後どれほど大きな波紋を広げてゆくかに想《おも》いをいたす余裕ができるとともに、ショックはいよいよ重くのしかかってくる。それには、事件後しばらく経ってから、どっと押し寄せたマスコミの大攻勢にも原因があった。

混乱を避けるため、学生たちは全員社務所内に閉《と》じ籠《こも》り、一切の取材に対しては佐々木が窓口になって、いわばスポークスマンを務めたのだが、それでも、玄関口での記者と佐々木の遣《や》り取《と》りは、狭い社務所の奥まで、否応《いやおう》なく聴こえてくる。

——暴走族にやられたというのは、本当ですか？

——いや、分かりません。

——しかし、そういうことを言ったそうじゃありませんか。

——知りません。

——知りません、て、そう言ってるのを、町の人が聴いてるんですがねえ。

——何かの間違いだと思います。

——しかし、暴走族と何かトラブルがあったのは事実なのでしょう？

——トラブルといっても、口論程度のことですから。

——それにしたって、とにかく恨みを持っていたことには違いないでしょう。

——………。

——それとも、他に犯人の心当たりでもあるのですか？

——いや、別にありません。

——おタクたち、学生さんの中ではトラブルはなかったのですか?

——ありません。

——秀山さんには、特定のガールフレンドとか恋人はいなかったのですか。

——さあ、知りません。

——だいぶ長い合宿だそうですが、その間、部員同士で喧嘩《けんか》するなんてことはなかったんですか。

——ありません。

——女性部員もいるそうですね。

——おります。

——その中に、秀山さんの恋人はいないのですか?

——知りません。いないと思います。

佐々木は懸命に答えを摸索《もさく》しながら、記者たちの不遠慮な質問に応じている。江藤美香《えとうみか》は耳を覆いたい気持だった。記者たちの質問を通して、自分たちの内側が容赦なく切り刻まれていくような、とてつもない不快感が襲ってくる。マスコミは事件をより複雑に、より猟奇的なものとして捉《とら》えたがっている。「合宿中の大学生殺さる!」という見出しの第一報をフォローする、さらに面白い内容を貪婪《どんらん》に求めて、執《しっ》拗《よう》な質問攻めを続けているのだ。そして、いまのいままで考えもしなかった、「犯人内部説」が、記者たちの臆面《おくめん》もない言葉の端々から読み取れ、学生たちの動揺にいっそう拍車をかけた。

もちろん佐々木は言及していないが、秀山にもし、マスコミの常套句《じょうとうく》である「男女関係のもつれ」があるとすれば、その相手は美香――ということになる。しかも、三角関係の敵役《かたきやく》は佐々木自身だ。理性では否定しながらも、事件の成り行きが思いもかけぬ方向へ向かいそうな予感が襲ってくるのを、どうしようもなかった。

2

一夜明けて、金沢から秀山の遺族が到着した。高校の教師をしている父親と市立病院の栄養士をしている母親、それに一流会社の福井支社に勤務する兄の三人である。

男二人はさすがに取り乱したりはしなかったが、母親は佐々木から話を聴きながら、堪えきれずにおえつを漏らした。「あの子は小さい頃から腕白で、馬鹿《ばか》にされたりすると黙っていられない性格でしたから」というような繰り言を、ポツリポツリ話した。その性格が災いして、独りで暴走族に立ち向かうような愚挙に出たのだろう、と言っているのだ。

「まだ、暴走族の犯行と決ったわけではありません」

佐々木が言うのに、「いいえ、そうに決ってます」と強硬に言い張る。

「だいたい警察があいう人たちを野放しにしておくからこんなことが起こるのです。でも、あなたたちも留めてくだされればよかったのに……」

「よしなさい。皆さんには罪はないのだから」

父親が慌てて制止したが、学生たちは気まずい思いをすることになった。それを代表して、佐々木が「申し訳ありませんでした」と謝った。

遺族が去ると、それまで、悲しみや恐怖やとまどいだけだった学生たちの気持の中に、はじめて怒りが湧《わ》いてきた。それは、或いは犯人であるかもしれない暴走族に向けられたものでもあり、砂糖にたかる蟻《あり》のようなマスコミに対してのものでもあり、さらには秀山の母親に対するものでもあった。もっと言うなら、死者に鞭打《むちう》つようだが、秀山本人に対しても、腹立たしさがこみ上げてくる。

「なんでこんな思いをしなきゃならんのだ」

誰《だれ》かが吐き出すように言った言葉が、皆の気持を代弁していると言ってよかった。楽しく過してきた二十日間の思い出も、せっかく計画した「演奏会」も、秀山の軽率ともいうべき行動によって、すべて烏有《うゆう》に帰してしまった。どこにもぶつけようのない怒りが、時とともに膨らんでくるのだ。

警察はそこまでの足留めを要求したわけではなかったが、誰ひとりとして外出する者はいない。一歩外へ出れば、新聞記者や町の人間たちの好奇の目が光っていることを覚悟しなければならない。訊かれれば、何か答えることになり、それが余計な詮索《せんさく》のタネになりかねないという配慮も働いた。

警察は一通り部員全員から事情を聴き終わると、今度は佐々木たち幹部らを、パトカーで青森署に連れていって、より細かく、秀山をめぐる人間関係を問《と》い質《ただ》した。その結果、秀山と佐々木との間に、若干の恋の鞘当《さやあ》てのようなことがあった程度で、決め手になるようなトラブルはないことが分かった。もちろん、佐々木にも美香にも、一応の尋問がありはしたが、それがただちに事件に結びつくほどの、のっぴきならない関係ではないことが分かって、その線での追及はすぐに打ち切られた。

とはいえ、警察のそういう動向は表面に現れた部分でしか判断できないから、外部の人間には警察が追及を打ち切ったことは見えていない。尋問を受けた側の美香にしてみれば、警察がそこに着目したという事実があるだけでも、佐々木に対してこだわりを意識しないわけにはいかなかった。（まさか——）とは思いながら、万分の一でも犯人が佐々木である可能性があるかぎり、これまでどおりの気持ではいられない。そうして、そのことに象徴されるように、あれほど緊密だった部員間の信頼関係は、急速にひび割れしていくのであった。

事件後二日目の夜に入って、いよいよ明日は部員の大半が引き揚げるという、いわば打ち上げの晩餐《ばんさん》であるにもかかわらず、テーブルの周りからは笑い声ひとつ起きないありさまだ。

「こんなの、いやだわ」

清川妙子が、たまりかねたように叫んだ。元来陽気な娘で、思ったことをいつまでも腹に溜《た》めておくことができない性格なのである。

「こんなに暗いままでお別れだなんて、やりきれないじゃない。秀山さんのことは悲しいけど、私たちにはこれからってものがあるんだもん、最後はパーッと明るい気分で終わりたいわ」

「そうだ、妙子はいいこと言ってくれた」

佐々木がすぐに応じた。

「こんなことで雅楽部がガタガタになるようじゃ、死んだ秀山だって浮かばれないだろう。これから先、大学へ戻れば、もっといろいろな面倒が待ち受けているかもしれないんだ。われわれが結束して当たらなければ、雅楽部そのものが空中分解しかねないからな。よし、まず校歌からいこう！」

佐々木の音頭で校歌が歌いだされた。やけっぱちのように、腹の底から精一杯の声を出す。そのうちに女性たちの頬《ほお》には涙が伝わりはじめた。美香もむろん泣いていた。

なんだか知らないけれど、秀山の事件とは関係なく、ただ無性に悲しくてならなかった。

とつぜん、窓の網戸が引き開けられ、スポーツシャツ姿の男が顔を覗《のぞ》かせた。確か昨日から聞き込みに来ている刑事だ。びっくりした目でグルッと見回して、

「どうかしましたか？」と訊く。

「歌ってるだけですよ。いけませんか」

佐々木が突っ掛かるような言い方をした。

「いや、べつにそういうわけではないですが、通りかかったら、急に大声が上がったもんで……」

刑事は困った顔をして、挙手の礼をすると、「失礼しました」と言って網戸を閉めた。

＊

刑事は村上部長刑事である。「通りかかった」と言ったが、実際は学生たちの様子を窺《うかが》っていたところだった。しかし、不意をついてひと渡り見回した印象では、彼等《かれら》の中に後ろ暗さを感じさせるような顔は見当たらなかった。村上は社務所を離れ、レストハウス夏泊へ向かった。

　この季節になると、キャンパーたちを相手に、店はかなり遅くまで営業している。レストハウス夏泊にもまだ客が入っていた。五月の事件以来すっかり顔馴染《なじみ》になった村上だが、店主の畑井又三はあまり愛想のいい顔では迎えてくれない。グラスに水を入れて運んできて、「あまり営業妨害はしないでくださいよ」と冗談めかして、きついことを言った。

「いや、今日はお客だよ」

　村上は遅い晩飯代わりに、この店の名物の『帆立ラーメン』を注文した。

「なんだ、今日はかわい子ちゃんじゃなくて、おやじさんが店に出ているのか」

「申し訳ねえっすな。姪《めい》っ子《こ》は七時過ぎれば帰すことにしてるだで。ほれ、言うでないの。気をつけよう、甘いことばと暗い道ってよ」

　畑井は金冠を施した歯を剝《む》き出《だ》し、ヒヒヒと笑った。

「なんだ、それじゃ、もう少し早く来るんだったな。おやじさんの顔見ながら食ったんじゃ、うまくねえもんな」

「何言うだよお、おらだって好き好んで店に出てるわけでねえもんね。若い連中は気《き》紛《まぐ》れだで、いつまで経っても楽はできねえんだ」

「そういえば、店先はおやじさん一人か。いつもの男衆はいねえのか」

「吉野だべ。あれは辞めただよ。まったく、忙しくなるっつう時になって辞めるだもんねえ。こっちはたまったもんでねえで」

「なんだ、辞めたのか。ついこの前来た時はいたっけがなあ」

「んだ、辞めたのは昨日のこんだもんな」

「昨日？……」

　村上の目が光った。

「昨日辞めたのか？」

「んだ、昨日辞めて、郷里《くに》さ帰った」

「なんでそんなに急に辞めたんだ？」

「いや、急ってこともねえだ。前々から決っとったことだでよ。したけど、せめてこの夏の間だけでもいてくれたらよかったんだけどねえ」

「じゃあ、昨日までは店にいたのか」

「ああ、昼前の列車で発《た》っただから」

「というと、騒ぎの起こる直前てわけだ」

「んだ、ちょうどいい按配《あんばい》で出掛けたもんだな」

　村上は押し黙った。ラーメンができて、親父《おやじ》がカウンターまで取りに行ったせいもあるが、話をするどころでなく、吉野という男の動きが気になった。親父の話によれば、吉野の出発は約束されていたことで、事件の日に重なったのは、単なる偶然でしかないわけだが、あまりにもタイミングがよすぎるように思える。

「その吉野さんだが、郷里はどこかな」

「確か浜松だったすよ」

「何か、今度の事件について、知ってることはなかったのかなあ」

「べつにねえすべや。吉野は何も言ってはいねかったもんね」

「吉野さんと、被害者の秀山さんとは、付き合いはなかったのかな」

「いや、少しは付き合ってたんでねえかな。吉野は神社さ来てる学生さんたちと、よく一緒に雅楽だとかいうのをやっておったでよ」

畑井は村上の手元を指さして、「ラーメン、伸びてしまうで」と注意した。村上は慌ててドンブリの中に箸《はし》を突っ込んだが、二、三回ソバをすすると、再び訊いた。

「出発前、吉野さんに変わったところはなかったかねえ?」

「変わったところって、どういう?」

「いや、たとえば、ソワソワと落ち着かないとか……」

「そりゃ、出発前は誰だって落ち着かねえもんではねえかなや」

「それはそうだが……。そしたら、昨夜、事件のあった頃、吉野さんはどこにいたか分かるかね」

「事件のあった頃——って、まさかあんた、吉野が事件に関係してるとでも言うんではねえべな」

　畑井はようやく村上の真意に気付いて、目を三角にしていやな顔を作った。

「いや、そういうわけではないが、警察はいま目撃者を捜しているところだからよ。どんな小さなことでもいい、その時間帯の人間の動きを知るのが第一っていうわけだ。つまり、その、吉野さんが何かを目撃しているのではないかと、そう思ってね」

　村上は忙しく箸を使った。畑井は斜めに相手を見ながら、「ふーん」と疑わしそうな声を発した。

「だけんどよ、吉野が何か知っていればよ、出発する前に言って行くんでねえかや。あれは何もそれらしいことは言わなんだで」

「しかし、秀山さんの姿を見た可能性はあるんでないかな。もちろん、見ただけでは、そのあとで殺されるなんてことは想像もしないだろうから、何も言わないで行ってしまっても不思議ではないものな。とにかくその時間帯に、吉野さんがどこで何をしていたかが分かるとありがたいのだがねえ」

「その時間帯つうと、何時つうことかね？」

「まあ、十時から十二時ぐらいの間だな」

「それだら、寝てるかもしんねえな。九時には店の片付けも終わるし、すぐ湯っコさ入って寝るのが吉野の癖だっただから」

「部屋はどこかね」

「一番はずれの部屋だ。以前は客室に使ってただが、海風ですっかり傷《いた》んじまってよ、吉野がその部屋でいいつうだで」

「ちょっと、その部屋、見せてくれんか」

「そりゃ構わんが」

　畑井は浮かない顔で案内してくれた。店と調理場の境目のところにある板の間から奥へ廊下が伸び、廊下に面して客室が五つ並んでいる。板の間には二階へゆく階段があり、村上にとって忘れることのできない、例の加部伸次はそこで絶命したのだった。

　なるほど、客室として使わなくなったというだけあって、端の部屋はひどい傷みようだった。「海風で」と畑井は言っているが、かならずしも海風のせいばかりでなく、建物の設計上、この部屋に何か負担がかかるようなことになっているのではないか、と素人ながら村上は思った。だいたいこの町には『ホタテ御殿』と称されるほどのバカでかい家が多い。それも、東京あたりの人間が見たら「銭湯」と勘違いするような、タイル貼《ば》りの宏壮《こうそう》な建築ばかりだ。どうもあまり趣味がいいとは言い難いのだが、最初の一軒がステイタスを誇示するかのようにそういう建物を建てたところ、ほかの家も競ってそれを真似《まね》しだして、その結果、海岸線の道路沿いに一種異様な町並みを現出することになったのである。レストハウス夏泊もご多分にもれず、その様式を踏襲している。旅館業を営むのだから、大きいことはいっこう構わないのだが、やはりどこかしら無理がくる設計ということなのだろう。それでなければ、この部屋の畳や壁の傷み具合は説明がつかない。

部屋の中はガランとして何もない。

「べつに、世帯道具が必要つうこともなかっただで、当座の物しか置いてねかったな」

畑井は多少、言い訳ぎみに解説した。

「もともとは吉野はお客だったでよ、こう長いこと滞在する予定もねかったし」

「ほう、吉野さんはお客で来ていたのかね」

そのことは村上には初耳であった。

「んだ、最初は絵を描きにきてただ」

畑井は吉野が長期滞在の客であったこと、旅費を稼ぐために店を手伝いはじめたこと、等々を話した。

「予定ではもう少し早く郷里さ帰るつうことだったども、お宮さんの大学生の手伝いを頼まれたとかで、一週間だけ日延べしたんだ。それだで、こっちの都合で文句を言うわけにもいかんでなや」

「郷里は浜松だったな。住所、教えてくれんか」

「それだば、住所録見ねばなんねえな」

畑井は村上を残して行ってしまった。村上は部屋の中に入って窓を開けてみた。この部屋は建物の最北端にあたり、窓の外は原っぱ、その向う二百メートルばかりのところに椿神社の社務所の明りが見えている。ここから外へ出れば、誰にも気付かれないで秀山に接触することは可能だ。もっとも、「可能だ」というだけのことであって、それだからといって、吉野が秀山と接触したかどうか——いわんや、殺害したかどうかなど、断定できるものではないのだが……。

吉野の郷里の住所をメモすると、村上はもう一度、合宿所を訪問した。学生たちは、最前の険しさとはうって変わって何かふっ切れたように、時には笑い声さえ交えながら賑《にぎ》やかに語り合っていた。しかし、刑事が入ってくるのを見ると、さすがにいい顔はしなかった。

「まだ何かご用ですか？」

佐々木が立ってきて、玄関から一歩も入れないといわんばかりに、立ちはだかった。

「じつは、レストハウス夏泊の吉野っていう人のことで訊きたいことがあるのですがね」

「吉野さんのこと？」

佐々木は思いがけない名前を聴いたという顔になった。

「そうです、吉野さん」

言いながら村上は上がり框《がまち》に腰を下ろした。

「あの人、昨日の昼前頃、浜松の郷里へ帰ったのだそうですが、知ってますか?」

「ええ、そう言っておられましたから」

「何か、こちらのお手伝いをしていたそうですね」

「ええ、雅楽の指導をしてもらっていたのです」

「じゃあ、吉野さんは雅楽ができるのですか」

「できるなんてもんじゃないです。名人と言ってもいいでしょう」

「へえー、そんなふうには見えませんがねえ。まだ若いようだし」

「年齢はそう関係ないでしょう。ピアノでもバイオリンでも、この頃はローティーンが活躍していますす」

「なるほど、それもそうですねえ。ところで、吉野さんと皆さんとは、以前からの知り合いですか?」

「いえ、ここで初めて知り合ったのです」

「すると、やはり、雅楽が取り持つ縁、というわけですか」

「そうです」

「じゃあ、もちろん秀山さんも同じですね?」

「はあ、そうですが」

「吉野さんと皆さんの間は親しかったですか」

「ええ、親しくしてもらっていました」

「秀山さんも、ですか」

「ええ、彼はとくに親しかった方でしょう。秀山君が頼んで、吉野さんの出発予定を日延べしてもらったくらいですから」

「ほう、そんなことがあったのですか」

「ええ、お母さんがご病気だというのに、われわれの指導のために、約一週間、延期してくれました」

「それほどまで親しい関係だったのには、何か理由があるのでしょうか？」

「さあ……？」

佐々木は初めて首を捻《ひね》った。

「それは、少なくともわれわれが知っているかぎりでは、何も思いあたることはありません。秀山君が吉野さんに出発の延期を頼みに行くと言った時も、意外な感じがしたほどですから。なあ、みんな」

佐々木が座敷を見返って同意を求めるのに、全員がこっくりと肯《うなず》いた。

「すると、いやがる吉野さんに秀山さんがむりやり頼んだということでしょうか」

「さあ……、その時は誰も見ていませんから、秀山君がどういう交渉をしたのかは分かりません。しかし、あとで僕が正式に指導のお願いに行った時も、吉野さんはそれほどいやいや引き受けたというような感じはしませんでしたよ。その後の指導にも結構、熱が入っていましたからね。あの人は根っから雅楽が好きで、堪《たま》らないんじゃないかな」

「ふーん……」と村上は少し考え込んだ。

「それじゃ、逆に吉野さんと秀山さんの間に、何か揉《も》めごとがあったというようなことも、ありませんか」

「ありませんよ……、しかし、どういうことなんですか？　何か吉野さんに今度の事件に関して問題になることでもあるのですか？」

「いや、べつにそういうわけじゃないのですがね。あの人、事件のあった日にいなくなったので、ちょっと確認してみただけです」

「それだったら、吉野さんの出発日はずっと前から決っていたことですから、何も疑うことはないいんじゃないですか？」

「どうもそのようですね。レストハウス夏泊のおやじさんも同じことを言ってました。分かりました。どうも長いこと失礼しました」

村上は立ち上がって、虫のすだく声が高くなった闇《やみ》の中へ出ていった。

3

七月二十六日、皇習館大学の学生は、女性全員を含むほとんどが引き揚げて行った。残ったのは部長の佐々木と、二人のサブリーダーだけである。警察はなお事情聴取を続ける一方、暴走族に対する面通しの必要から、彼等の残留を希望した。しかし、肝心の暴走族グループは、事件後三日目に入るというのに、まったく特定できそうになかった。東京や大阪といった大都市と異なり、この付近のグループは離合集散が忙しく、警察のブラックリストに記載されるひまもないほど、早く言えば零細なものが多い。したがって、先夜のグループがはたして特定のアジトを持つグループなのかどうかさえ、はっきりしないのだ。ことによると、たまたまオートバイを持っている仲間が集まって、ツーリングを楽しんだ、いわば「暴走族まがい」にすぎなかったのかもしれないし、そうなると、皆目、雲を掴むような話になってしまう。

この日、出発した学生たちと入れ替わるように、伊勢から大学の学生部長・菊宮徳一教授がやってきた。秀山に非があるわけではないけれど、関係各方面に面倒をかけたことについて、大学を代表して挨拶《あいさつ》して回らなければならない。菊宮もつらいが、迎える佐々木たちはなおさら心苦しいかぎりだ。しかし、大学側はそれ以上、学生たちを窮地に追い込むようなことはしなかった。不幸な事件には違いないが、リーダーの責務の範囲外のこととして、寛大な措置を取ることで学内のコンセンサスが纏《まと》まっていた。菊宮からその旨が伝えられると、佐々木は正直、ほっとした。もし退学処分などということにでもなれば、神社を貸してくれた父親に対して二重のショックを与えることになる。公務員の道を選んだ兄に成り代わり、町内七社の神職を勤めなければならないはずの佐々木には、重い責任が課せられているのだった。

佐々木たちの滞在はさらに二日続き、七月二十九日の朝、ようやく伊勢への帰路に就いた。

その日の昼近く、平内派出所に配達された郵便物の中に、村上が吉野に宛《あ》てて出した速達便が混じっていた。村上は、吉野がいなくなったと知ったその日のうちに、秀山の殺された事件について何か知っていることはないか——を問い合わせる手紙を出したのだ。それにはもちろん、吉野の所在を確認する目的も籠められていた。その封書に付箋《ふせん》が貼られて戻ってきた。

『宛所に尋ね当たりません』

「どういうことだろう?」

村上は付箋の文字を繰り返し読みながら呟《つぶや》いた。宛先は畑井又三から聴いた住所どおりに書いてある。念のため畑井に電話して訊いてみたが、やはり間違いではない。

「そこへ手紙を出したら返ってきたんだがねえ、おやじさん、ちゃんと控えておいたのかい？」

――ちゃんと書いただよ。まだそんなに耄碌《もうろく》してねえだ。

畑井は機嫌を悪くして、電話を切った。

（すると、吉野が伝える時に間違えたのか？――）

村上はもう一度、住所を改めた。

『静岡県浜松市三組町一九二番八号』

この住所が、伝え間違いによるか、或いは吉野が意図的に出鱈目《でたらめ》を告げたかはともかく、まったくありもしない架空のものなのか、それとも、住所そのものは実在しても住人が違うのか、はっきり分からない。

村上は吉野がなんらかの理由によって、わざと出鱈目の住所を教えたのではないか、と考えた。

吉野は最初、レストハウス夏泊の客として滞在していたのだという。してみると、住所を控えたのは、いわゆる宿泊カードに記載したものであったわけだ。よくあることだが、旅行者は、旅先で泊まる際に、身分を偽って宿泊カードに書き込んだりする。ほんの茶目っ気でそうする場合もあるし、犯罪上の理由による場合もある。吉野の場合には、むしろ前者のケースだったろう。べつに『お目見得泥棒』を決め込むつもりで住み込んだわけではなさそうだし、いったん告げた住所を、いまさら、あれは嘘《うそ》でしたとも言いにくかったというのが真相で、かりに今回の事件にかかわりがあるとしても、よもやその時点でこのことありと予測して住所を偽ったとは思えない。

村上は吉野の「住居不明」をどう扱ったらいいものか、途方にくれた。

青森署の捜査本部はいぜんとして村上を捜査活動の枠外に置いている。むろん、それは篠原捜査主任のさしがねだ。よくよく嫌われたものだ、とも言えるし、そもそも平内派出所にその能力なし――と判断されているのかもしれない。

とは言っても、捜査本部自体にしたところで、何ひとつ実績が上がったわけではないのだ。暴走族の行方はいぜん摑めていないし、それに代わるべき捜査対象も浮かんでいない。とにかく、しゃにむに暴走族を目の敵にしているより、当座の方針を樹《た》てようがないらしい。

「吉野という男が消えてしまったのですが」

村上は、所長の長内警部に、少し控え目に提言してみた。

「事件のあった次の日なもんで、ちょっと臭いような気がするのですが」

これまで調べたことを、一通り話して聴かせた。長内も住所が偽りのものであったらしいという点には、当然ながら関心を抱いた。

「本部の方へは言ってみたすか？」

「いや、まだです」

村上は多くは語らないが、考えていることは長内にも通じる。

「一応、浜松の所轄に問い合わせてみたらどうだべかなや。うん、それは事件と関係なく、住民の移動を確認する目的つうことで、私の方でやってみよう」

長内はすぐに速達を出した。それに対する回答は八月三日に着いた。

——お尋ねの件について調べましたが、該当する住所は寺院でありまして、そこには吉野義久なる人物は居住しておりません。なお、同地番に近い周辺に関しても調査しましたが、浜松市三組町に所在する同姓の住民のいずれも、義久なる人物に思い当たる者はありませんでした。以上——

これで吉野の住所は出鱈目であることがはっきりした。いや、正確に言うと、住所か、氏名のどちらか、もしくはその両方が詐称である、ということになる。

村上は、とりあえず本署の捜査係長にそのことを電話連絡した。捜査係長は工藤という警部補で柔道四段の猛者《もさ》だ。その割に組織に対しては忠実で、でしゃばりや暴走はしない主義である。村上の報告にもあくまで慎重な対応をした。

「だからと言って、この吉野なる男が事件に関係あるかどうかは分からねえしなあ……。ともかく、主任さんに上げとくよ」

主任とは県警捜査一課の篠原警部のことだ。「お願いします」と言ったものの、村上は（こりゃ、駄目だ）と諦めた。情報の出所を知ったら篠原が無視するであろうことは、想像に難くない。ところが案に相違して──と言うべきか、当然と言うべきか、篠原は即座に反応した。それも、「なぜもっと早く報告しないのか」というお小言つきである。ただちに捜査本部の刑事が二名、浜松へ飛んだ。今度は『吉野』という名前が偽名であるという前提も加味しながら、人相・風体を示しての聞き込みを始めた。だが、付近一帯の聞き込みからは何の収穫も上がらない。どうやら、『吉野』は名前も住所もまったくの出鱈目を並べたものであるらしい。ひとつの手掛りとしては、『吉野』がなぜその住所を使ったかという点だ。『吉野』には何らかのかたちで土地鑑があるのではないか──という観点から、当該住所およびその周辺の住民に対する聞き込みを行なったが、ついにそれらしい感触は得られなかった。要するに、『吉野』は何かの理由で「浜松市三組町」という地名を記憶していて、まったくの思いつきでその住所と適当な地番を使い、それがたまたま実在したにすぎないということなのだろう。

捜査本部は次にレストハウス夏泊に残された、『吉野』のものと思われる指紋を採取して、警視庁の指紋台帳に照合した。しかし、それもまた空振りに終わった。『吉野』には前歴がないのだ。

こうなると、残るは『吉野』を重要参考人として全国指名手配に踏み切るかどうか、ということだ。しかし、これにはいささか問題がある。『吉野』は本事件の容疑者でもなんでもないどころか、『重要参考人』にするのもちょっと無理な感じだ。疑わしい点といえば、身分を詐称したことと、事件後、きわめてタイミングよく消えたことだけである。これとても、前々から出発予定があったのだし、また身分詐称の件は前述のような理由で説明できる。

なによりも、秀山と吉野との間には、とりたてて言うほどの接点がない。殺しの動機がないのである。

理想は、『吉野』が自ら連絡をとってきてくれることである。レストハウス夏泊の畑井宛に、お世話になった礼状などを送って寄越せばしめたものだ。かりに住所氏名は出鱈目でも、消印によって、何かの手掛りが摑めるかもしれない。しかし、『吉野』は完全に連絡を絶った。「吉野義久」と名乗った一人の男が、こつ然と姿を消したのである。

警察は『吉野』の追及は一時留保して、本命である暴走族の洗い出しに全力を注いだが、こちらの方もさっぱり成果が上がる様子は見られない。マスコミはようやく警察の無能を皮肉る記事を載せはじめた。もっとも、警察が執拗に暴走族を追いかけた結果、青森県内の暴走族の跳梁《ちょうりょう》が激減するという、思わぬ副産物が生まれはしたのだが……。

折角、『吉野』の件で貴重な提言をしたにもかかわらず、村上はいぜん、捜査の本流から外されたままであった。つまり、「捜査本部員」としての扱いを受けることができずにいる。平内派出所管内の、いわば自分の足元で起きた事件に対して、ただ指をくわえて傍観しているのは、それでなくても、人一倍功名心が旺盛《おうせい》な村上にとって、耐え難いことだった。

「派出所風情は黙っていろということですかねえ。それとも、勝手にやれということなのでしょうか」

村上はどうにも腹の虫が納まらず、長内所長に向けて、少しゴツイ言葉をぶつけてみた。長内は困った顔をして、「まあまあ……」と宥《なだ》めるばかりだ。以来、村上は無口になり、一日中、デスクに座ったきり、何か出動を要する事件でも起きないかぎり、動くことも止《や》めてしまった。

ただし、動かなくても、頭の回転までが止まるわけではない。じっとしていればいるほど、いろいろな考えが湧いてくるし、本署や篠原のやり口に腹も立つ。だが、その内に村上は、ふとあることを思い出した。

（そうだ、『吉野』は笙《しょう》を吹く――それも名人クラスだということだったな――）

もとより笙のことなど、村上は何ひとつ知らない。しかし、ずいぶん珍しい楽器であって、吹き手がそうザラにいないらしいことぐらいは分かる。『笙』を端緒に、『吉野』への道筋が辿《たど》れるのではないか――、そう、村上は考えた。

青森のねぶたまつり、浅虫《あさむし》の花火大会と、恒例の行事が済んで、今年の夏休みも峠を越えた。まだ秋風は立ったわけでもないのに、夏泊半島の行楽地全域に、どことなく寂しい気配が忍び寄ってくる。里帰りしていた人々は、十四日の日曜日をピークに、一斉に東京方面へ去って行った。事件発生からやがてひと月になろうとして、事件の記憶も次第に風化しかけていた。

八月十八日、村上は青森発二一時一五分の寝台特急『ゆうづる8号』に乗った。東北新幹線が開通したいまでも、長距離を安く旅行するには夜行列車を利用するにかぎる。ことに村上のように勤務をやりくりしなければならない立場の人間には一泊の時間ロスも惜しいのである。一泊、車中二泊という強行スケジュールでさえも、長内所長を説得するのにはたいへんな苦労が必要だった。

「また五月の時みてえに、無駄なゼニコ使う、なんて言われねえようにしてけれなす」

長内も最後には村上の熱意に負けて、笑いながら、しかし、ちょっぴり釘《くぎ》をさして送り出してくれた。その長内のためにも、今度こそ何か収穫を土産に帰らなければならない。とはいえ、正直なところ、村上に確たる自信などないに等しかった。「笙の一件を手掛りに、必ず吉野の行方をつきとめてみます」と大見得を切ったのは、言ってみれば村上のハッタリだ。そういう可能性のあることを希《ねが》ってはいるけれど、とてものこと「必ず」などと言えるほど確度の高い話ではなかった。

　東京へとUターンする帰省客の名残りなのか、列車はほぼ満員状態で青森を発った。北海道からの旅客も多く、車内には海産物の臭《にお》いが立ちこめて、村上はなんだか、あまり前途に希望を持てないような、もの悲しい気分に落ち込みそうだった。

伊勢から伊賀へ

1

伊勢《いせ》市の東の郊外、外宮《げくう》から内宮《ないくう》へ行く『御幸通《みゆきどおり》』が大きく南へカーブする辺りの丘陵地帯を『倉田山』と称《よ》ぶ。通りの西側には倉田山公園があり、観光コースとしてお馴染《なじみ》だ。通りの東側の広大な敷地に展開するのが皇習館大学である。都市部の学校から見ると、よだれが出そうなほど、ゆったりした空間と濃密な緑に恵まれた理想的な学園だ。文学部オンリーの単科大学だが、学内の図書館はもちろん、必要なら、『神宮文庫』『神宮徴古館』などに、全国の学者たちが研究対象にするほどの資料が豊富に揃《そろ》っている。遊び中心の考えを持つ、近頃《ちかごろ》の学生気質はともかく、真剣に学問を修めるつもりなら、これ以上の環境は望むべくもない。

大学の男子寮『精華寮』は敷地の東の外れに建っている。

太陽が正中する頃になると、地面からの照り返しがこの三階の部屋にまで届く。午前中吹いていた海からの風もやんで、蒸し風呂《ぶろ》にどっぷり浸かったような暑さになった。大学の三棟ある寮の中で、女子寮の『貞明寮』は最新設備が整っているけれど、男子寮の『精華寮』はやや劣る。延べ床面積は女子寮の方が広いのに、収容人員は二百余名対百四十余名で男子寮の方が多いというところからも、条件の悪さはおして知るべしである。

佐々木貴史は一階の浴室へ行ってシャワーを浴び、そのまま部屋には戻らないで、ロビーの長椅子《ながいす》に寝転んだ。ここだとコンクリートの床の冷たさが伝わってきて、幾分、凌《しの》ぎやすい。寮生は大部分が郷里へ帰るか、どこかへ合宿に出掛けているかしていて、寮内はガランとしている。

グラウンドで野球部の練習でもしているのか、単調な掛け声がかえって眠気を誘う。

「ちょっと伺いますが……」

突然、頭の上から男の声が聴こえた。玄関の方角だったので、はじめは寮の管理人を呼んでいるのかと思っていたが、いつまでたっても管理人の返事がなく、どうやら、その声は自分に向けられているらしいことに気付いて、佐々木は首をねじ曲げるようにして、声の方向を見た。

「やあ、あんたは確か、佐々木さんでしたね」

男は懐かしそうな声を出した。そう言われても、佐々木の位置からだと、男はちょうどシルエットになっていて、顔の識別ができない。

佐々木は座り直すと、目を細めるようにして男を見た。

「ああ、刑事さんですか」

男は平内派出所の村上部長刑事であった。名前は思い出せなかったが、合宿の時、吉野と秀山のことを訊《き》かれたことを思いだした。

「宮司さんに訊いたら、ずっとこちらにいるということだったので、はるばるやって来ました」

佐々木の顔を見てほっとしたのか、村上は急に消耗したように玄関先の床の上に腰を落とし、ハンカチで首筋の汗を拭《ぬぐ》った。

「まあこっちへ入ってください。ここはいくぶん涼しいですから」

佐々木は刑事のためにスリッパを揃え、食堂へ行って冷たい麦茶を汲《く》んできてあげた。

「あれから、平内には帰らなかったのですか？」

村上は麦茶の礼を言ってから、訊いた。

「ええ、事件以来ずっと、この寮に籠《こも》りっきりです。つまり、謹慎というわけです。いや、べつに大学がそうしろと要求したのではありませんけど、僕なりに一応、秀山の喪に服しているつもりなんです。ちょっとアナクロかもしれないですが、こうするよりほかに、責任の取り方を知らないもんだから……」

「そうですか、それは立派な友情ですねえ。秀山さんもいい友達を持ったものです」

「そんなふうに褒められると困ります。本当のところ、秀山と僕はあまりうまくいっていた方じゃなかったのですよ」

「だそうですね、われわれもそれは知っています。しかし、だからと言って、殺意を抱くほど不仲だったわけじゃないのでしょう？」

笑いながら、覗《のぞ》き込《こ》むような目をして、言った。

「あたりまえですよ。変なこと言わないでください」

佐々木は少しムキになって、村上を睨《にら》んだ。

「失礼、冗談ですよ」

「それより、遠路はるばる見えたのは何か僕に用事があるからなのでしょう？」

「そのとおりです。じつは、吉野氏の居所を捜しておりましてね、それで来ました」

「え？　吉野さんは、浜松にいるんじゃなかったんですか？」

「そうなんですよ。浜松の住所にはお寺がありましてね。どうやら、レストハウス夏泊の宿帳には出鱈目《でたらめ》を書いたらしい」

村上はこれまでの、吉野に対する警察の「捜索」の状況を説明した。

「残念ながら、はっきりした容疑者というわけではないので、指名手配をするわけにもいきませんでね」

「容疑者……、というと、吉野さんは秀山の事件に関係しているんですか」

「いや、そこまでは分かりません。しかし、事件後すぐに姿を消したことといい、住所が偽のものだったことといい、疑うには充分すぎる条件を備えていると考えていいでしょう。ただ、吉野氏と秀山さんとの間には、それほどの繋《つな》がりはないし、いわんや、殺したり殺されたりするような関係にあったという根拠はまったくないので、警察としても手をつかねているというのが実情なのですよ」

「吉野さんが住所を偽ったというのは、どういう理由からなのでしょうか」

「それも憶測でしかないのですがね、あの人は最初はお客としてレストハウス夏泊に滞在していたわけで、その際、そう悪気はなく、出鱈目の住所を教えてしまって、あとで訂正するのも具合が悪くなった——というのが真相ではないかと考えています」

「なるほど。しかし、それだったら、吉野さんを追及する理由はないと思いますが」

「いや、そうはいきません。警察は事件が解決されるまでは、たとえ無駄と分かっていても、疑う余地のあるものはすべて当たってみないと気が済まないという因果な商売ですから。それに、吉野氏の場合は、事実関係がはっきりしないというだけで、被疑者に近いくらいの条件を備えている人物ですからね。秀山さんとの関係だって、われわれがキャッチしていないというだけで、まだ何か隠されたものがあるかもしれないのです」

「そう言えば……」と、佐々木はふと思い付いて言った。

「確かに、吉野さんに対して、秀山には妙なところがありました」

「ほう、妙なところですか」

村上は興味深そうに、目を光らせた。

「じつは、事情聴取の時にお話ししましたけど、吉野さんの出発予定を延長させる交渉は秀山がやったんですが、それはちょっと意外なことだったのです。というのは、その時まで、秀山が吉野さんと親しいなんて、誰《だれ》も知りませんでしたからね。秀山は太鼓と笛が専門だったし、吉野さんの笙《しょう》とは関係なくて、ほとんど付き合いはないように見えたんです。ところが、秀山は強引に吉野さんを説得してきた。いや、そのことはいいとしても、そのあと、吉野さんがどうしても帰らなければならなくなった時に、ひどい言い方で非難したんです」

「非難？」

「ええ、『なんだ、あいつ、逃げる気か』って言いまして。もちろん僕は、そんな失礼なことを言うなって窘《たしな》めましたが。いま考えると、なんでそんな言い方をしたのか、妙な気がしますね」

「そうですか、秀山さんは吉野氏のことをそんなふうに言ってましたか……」

村上は真剣な顔になった。

「ちょっとお訊きしますが、秀山さんが吉野氏にお金か何か貸していたようなことはないでしょうかねえ」

「秀山が金を、ですか？　それはないでしょう。彼はそんなに懐に余裕のある方じゃないですよ。むしろ逆に借金をするのなら分かりますがね。実際に知っているわけじゃないけど、彼がサラ金業者から金を借りて、追いかけられていると言う話を聴いたことがありますよ」

「しかし、いまのお話のように、秀山さんが吉野氏のことを悪く言っていたとすると、何かそれなりのことがあったということになりませんか？」

「そうなんですよ、ですからおかしいんです。もともと、吉野さんの出発を一週間延期してくれるよう、無理に頼んでおきながら、『逃げる気か』なんて言えた筋合じゃないんです」

「なるほど、まったくですな。そうすると、いよいよ吉野氏との間に、他人の知らない特別な約束か何かがあったということなのかもしれません」

「そんなものがあるとは思えませんけどねえ……。それはそうと、刑事さんは吉野さんを捜しに来たと言われたんじゃなかったですか？」

「ええ、そのとおりですよ」

「それで僕のところに見えたというのは、どういうわけですか？」

「それはもちろん、佐々木さんに訊けば、吉野氏の消息が摑《つか》めるかもしれないと考えたからです。いや、とにかく警察はいろいろ手を尽して、吉野氏の所在をつきとめようとしてはいるのですがね、前歴はおろか、運転免許も取っていませんでした。あと残る手掛りといえば、吉野氏が笙の名人であったという、そのことぐらいしかないのです。そこで、吉野氏と雅楽を通じて親しい関係にあった皇習館大学の皆さんなら、ひょっとすると本当の住所を聴いているかもしれないし、かりに分からなくとも――現にそのようですが――何か捜査のとっかかりになる緒《いとぐち》が発見できるのではないか、と、そう思っているのです」

「そうでしたか……、しかし、折角ですが、僕には吉野さんの居場所など、まったく思いあたりませんよ」

「まあそう先を急がずに、ゆっくり考えることにしましょうや」

村上は旨そうに喉《のど》を鳴らして、コップに三分の一ほど残っていた麦茶を飲み干した。

「聴くところによれば、笙という楽器を吹く人は、ごく珍しいのだそうじゃありませんか」

「ええ、まあそれは確かです」

「吉野氏はその一人であるばかりでなく、名人クラスだという。ということは、同好の士というか、仲間たちの間ではかなり知られた存在であるはずですよね。そうでなくても、独特の音が出る楽器なのだから、隣近所では有名でしょうし、とても隠れているわけにはいかないと思うんです。佐々木さんも笙を通じていろいろな人と付き合っているでしょうから、吉野という人のことを知ってる人に繋がる可能性は充分あるのではないでしょうか」

「それはそうかもしれませんが、しかし、僕の知っている人なんていうのは、ごく一部に限られているのですから……」

「いや、それほど広い範囲である必要はないですよ。吉野氏の話す言葉ですがね、比較的、標準語に近いものだったそうじゃありませんか。しかも、ちょっと上方《かみがた》なまりのようなところもあった、と畑井さん——レストハウス夏泊のおやじさん——は言ってるのですがね。そうすると、むしろ中部地方——それも、吉野氏が言ったとおり、浜松に近い辺りである可能性が強いように思えるのです。たとえば静岡県、愛知県、岐阜県、三重県、滋賀県、奈良県といった辺りです」

「そういえば……」と、佐々木はふと思い出した。

「吉野さんは、われわれが伊勢の皇習館大学の学生だと知った時、ちょっと表情が変わって、急に立ち去ったことがありました」

「ほうっ」

　村上は思わず身を乗り出した。

「すると、もしかして、こちらの大学のOBではないのですかな」

「いや、どうですかねえ。そういう感じではなかったけど……。ほら、先輩面《づら》というでしょう。もしOBだったら、瞬間的にでもそういう表情を見せると思うんですよ。それがありませんでしたからね。しかし、雅楽をやっているのですから、ひょっとすると、神職の方で関係しているのかもしれません。それで、皇習館大学という名前に反応した、ということは考えられると思います」

「なるほどなるほど、それはあり得ますね」

「しかし、吉野さんは確か、レストハウス夏泊では絵を描くために滞在していたのではなかったのですか？　だったら、むしろ美術学校か何か、そっちの関係を調べた方が早いのではないですかねえ」

「いや、絵はあくまで趣味ということで、それほど熱心ではなかったそうですよ。それに較《くら》べると笙は本物だったわけでしょう」

「そうですね、本物でしたよ。なにしろ年季が入っていますからね。そう、なんでも子供の頃から吹いていたのだそうですから」

「ほう、そんな話までしたのですか」

「いや、それはまた聴きです。うちの部員の女の子が聴いたのだそうです」

「誰です？　その女性は」

一瞬、佐々木の目にためらいの色が流れたのを、村上は見逃さなかった。

「江藤美香《えとうみか》っていう子なんですがね。やはり筌《や》をやっている」

「ああ、それじゃ美人の女性でしょう。少し痩せた、目の大きい……。あ、いや、ちょっと僕も憶《おぼ》えているのですよ」

村上は照れくさそうに笑った。

「すると、その江藤さんという女性は吉野氏から、かなり細かい話を聴いているわけですね」

「さあ、細かいかどうかは知りませんが、たまたまわれわれが出払って、彼女独り留守番をしている時に吉野さんが来て、しばらく二人だけでお喋《しゃべ》りをして、さっき言ったようなことを聴いたのだそうです。それから、事件のあった日、秀山を捜しに行って、小湊駅《こみなと》で吉野さんに会って、列車に乗るのを見送ったとか言ってました」

「ほう、それじゃ、それ以外にも何か参考になるようなことを聴いているかもしれませんな」

「それはまあ、そうですが」

「それで、そのお嬢さんは、いまどこにいますか？」

「いつもは女子寮ですが、いまは実家に帰っているのじゃないでしょうか。もしなんなら連絡を取ってみましょうか」

「それはありがたい、ぜひお願いしますよ」

佐々木の言ったとおり、江藤美香は阿山《あやま》町の自宅にいた。

2

佐々木からの電話で、青森から刑事が来たと聴いた瞬間、美香は心臓に錐《きり》を刺し込まれでもしたようなショックを感じた。

（やはり、あの男のことを訊きに来たのかしら——）

夏泊半島の椿《つばき》神社で死んだ男は、この春、ここを訪れた中年男と同一人物だったのだ——と、美香は思ったのだ。そのことを知っていながら、警察に教えなかったのは、やはり罪になるに違いない。刑事は私を連行しに来るのだろうか。しかし、私は本当にあの男がそうだという確信はなかったのだもの……。

（いや、いまだって知らないんだわ。警察がどう思おうと、私は何も知らなかったことにしなければ——）

さまざまな考えが頭の中を駆け巡って、佐々木の言葉もほとんど上の空だった。

——美香ちゃん、分かったのかい？　刑事さんがね、きみに会いにそっちへ行きたいのだそうだ。都合はどうなんだい？

「あ、すみません。ちょっと聴き取れなかったもんですから。あの、それは別に構いませんけど。いま家はごたごたしていますから、柘植《つげ》駅前のスナックでお会いするのではいけないでしょうか」

（この家に刑事が来るなんて知ったら、父か母かどっちかは、確実に心臓がおかしくなるわ——）

「ユーカリっていうお店で、一軒しかないからすぐ分かりますけど」

——それはいいけど、きみ、ちょっと声がおかしいんじゃない？　具合でも悪いの？

「いいえ、大丈夫です。ちょっと走ってきたものですから」

——じゃあいいんだね。駅前のスナック……、ユーカリだったっけ。すぐ分かるんだね。

背後にいる刑事と言葉を交す様子があって、、

——たぶん、二時間ぐらいかかると思うけど、必ず行くそうだから、間違いなくそこに来てください。いや僕は行かない。まだ謹慎中だからね。

電話が切れてからも、美香はしばらくの間は胸がドキドキして息苦しかった。

「誰か来るん？」

　母親のとき子が訊いた。

「うん、佐々木さん。ほら、大学の雅楽部の部長をやってる。このあいだの合宿の精算のことで、ちょっと訊きたいことがあるんだって」

「だったら家へ来てもらえばいいじゃない」

「やだあ、恥ずかしいもん」

　美香は逃げるように自分の部屋に戻った。（私は何も知らない、知らない、知らない……）と何度も繰り返し、刑事に何を訊かれようと、その一線だけは崩すまいと、心に鍵《かぎ》を掛けた。

　江藤家から柘植駅までは、自転車で二十分ばかりの距離である。一時間半たったら出掛けようと思いながら、時間がきてもなかなか踏ん切りがつかず、結局、ギリギリになってから家を出た。

　関西本線・柘植駅は草津線の起点にもなっている。上下合わせて八十本近い列車が発着するちょっとした交通の要衝だが、その割に駅舎はお粗末で、駅前の風景もいかにも寂しい。ここから南へ二キロばかりのところを東名阪《ひがしめいはん》自動車道が走っていることもあって、この路線はますます寂れるばかりなのである。しかし、そのお蔭《かげ》で、駅から出て少し歩けば、ひなびた伊賀の里の風景が手つかずのまま展開しているというよさもあった。

江藤家のある阿山町友田からは、集落を二つと、小さな丘を一つ越えてくる。踏切を渡り、最後の長い坂を登りつめたところが柘植の駅だ。この辺りはすでに伊賀町で、幼馴染に会うこともない。

時計は三時を回っていた。一四時五二分の急行だとすると、もう到着しているはずであった。美香はおそるおそるユーカリのドアを開けた。「いらっしゃいませ」という、テープに吹き込んだ声が無表情に美香を迎えた。こういう機械仕掛けのこけおどしが好きな店で、美香はあまり好きになれない。

「やあ、こっちこっち」

東北なまりのはっきり分かる声が、テープの声にかぶさるように響いた。窓際の席で見憶えのある刑事が立ち上がって、オーバーな仕種で手招いている。

「こんにちは」

美香はお辞儀をしながら近付いた。

「どうも、お呼びたてしてしまって、申し訳ないですねえ。何頼みますか？　僕は焼きソバを頼んだところです。なにしろ、昼飯も食ってないもんでして」

刑事はそこまで一気に喋り、思い出したように、

「村上です、よろしく」

と言った。ずいぶんクーラーの効いた店なのに、額といわず首筋といわず、汗が吹き出ていて、見ている美香の方が暑苦しくなるほどだ。

美香は冷たいコーヒーを注文し、女の子がそれと焼きソバを一緒に運んできた。鉄皿の上でジュージュー音を立てている大盛りの焼きソバには、目玉焼きが載せてあった。

「これこれ、いやあ、豪華ですねえ。さっき入ってきた時、あそこのお客さんが食べているのを見まして、それでこっちも食べたくなったってわけです。どうもいやしいもんで、ひとのを見るとすぐ欲しくなる」

村上部長刑事は手を擦り合わせるようにしながら、ニコニコ顔でフォークを摑んだ。その仕種があまりにも無邪気だったので、美香は思わず笑ってしまった。

「あ、笑わないでください。美女に笑われると、胸が一杯になって、喉を通らなくなりますから」

村上は上目遣いに美香を見て、急いで皿をテーブルの端の方に寄せ、美香の視線から逃れるような恰好《かっこう》になった。

「済みません。あの、見ませんから、もっとこっちで食べてください」

美香は慌てて体の向きを変え、視線を逸《そ》らしたことを態度で示した。村上がきわどいところで言ったお世辞が、美香のピーンと張りつめていた気持を少しやわらげ、この「招かれざる客」に対して、ほとんど好感といってもいいようなものを抱いた。

それからしばらくの間、村上は黙々と大盛り焼きソバに立ち向かっていた。この人はきっと、一つのことを始めると、のめり込む性質に違いない――と美香は思った。

「やあ、どうもお待たせしてしまって……」

村上はフォークを置き、グラスの水のお代わりを要求してから、ようやく美香に向き直った。

「吉野さんの行方を捜しているのです」

単刀直入に、村上は言い出した。

「あの人が言っていた住所は出鱈目でしてね、浜松市ということだったのですが、そこにはなんと、お寺が建っているのですよ」

自分の予測していたこととは別の話が出たので、美香は面食らった。村上は一通り、これまでの経過を説明してから、

「ところで、江藤さんは吉野氏から昔のことを聴いているのだそうですね」

「昔のこと？」

「ええ、吉野氏が子供の頃から笙を吹いていたとか、そういったことです」

「ああ、それでしたらお聴きしました」

「それでですね、そのほかにも何か個人的な話を聴いておられるんではないかと思い

ましてね。どうです？　何か話しませんでしたか？」

「さあ、これといって……、高校ぐらいまで笙を吹いていたけれど、それから、なんでも家を飛び出したとか仰言《おっしゃ》ってました。それで二年くらいブランクがあったそうですから、二年後には家に戻ったということなのでしょうか。それぐらいのもんですよ、昔の話というと……」

「何か、住んでいる場所を連想させるようなことは言ってませんでしたか？」

「ええ、浜松としかお聴きしてません」

「そうですか……」

村上は落胆の色を隠さず、目を閉じて腕を組んだ。一千キロの旅をしてきてこの程度の収穫では、帰るに帰れない——という悲哀感がにじみ出ている。

「そういえば、あの方……」

と美香は呟《つぶや》いた。村上は薄目を開けて、こっちを見ている。

「吉野さんは神職に何か関係がある方じゃないのでしょうか、それとも……」

美香は急に言い淀《よど》んだ。そのあとを続けるのは、差し障りがあるかもしれない——。

「ああ、神職のことは佐々木さんも言ってました。雅楽のことに詳しいのと、皇習館大学のことで、ちょっと妙な反応を示した点から、そうとも考えられるということでした」

そう言ってから、しばらく美香の様子を窺《うかが》っていたが、美香が押し黙ってしまったので、催促するように言った。

「いま、『それとも』と言われたようだが、何かほかにもあるのですか？」

「え？……」

美香はチラッと視線を送った。刑事はいままでと違う鋭い双眸《そうぼう》を見せている。美香は慌てた。

「ええ、あの、あの人、もしかするとこの近くの人じゃないかと思うんです」

「ほう、そうですか、あなたもそう思いますか。いや、僕もその意見なのです。佐々木さんにも言ったのですがね、吉野氏の言葉は標準語に近いが東京近辺ではなく、少し上方寄りの、たとえば静岡から三重県、奈良県辺りにかけての人じゃないかと思うのです。つまり、そういうことでしょう？」

「え？　ええ、それもありますけど……」

「すると、ほかにも何か？」

「吉野さん、ウチのことを知っていたんですよね」

「……おタクのこと？　というと？」

「ウチが椿神社だっていうことを、です」

「なんですって？……」

村上は口をアングリ開けて、美香の顔に見入った。

「おタク……江藤さんの家は椿神社なんですか？」

「ええ、佐々木さんのところと同じです。もっとも、合宿の前までは知らなかったのですけど」

「いや、そんなことはどうでも……、しかし、驚いたなあ。そうですか、江藤さんは椿神社のお嬢さんでしたか。じゃあ大変な方なんですね。いえね、僕は五月に起きた自殺事件の捜査にからんで、おタクへ行ったのですよ」

「えっ、ほんとですか？」

「ええ、行きました。ずいぶん立派なお宮さんですねえ。ちょうど僕が行った時、交通安全のお札をいただく自動車がズラーッと並んでいましてね、壮観でしたよ。しかし、そうですか。あなたがねえ……」

「あ、それ、違うんです」

美香はようやく気が付いた。

「村上さんが仰言るのは、伊勢の椿大神社のことで、それは鈴鹿《すずか》の方ですから」

「そう、鈴鹿でした。それと違うのですか？」

「違います、ウチのはそんな立派なのじゃなくて、佐々木さんのところと同じ、無人社ですから」

「しかし、椿神社なんでしょう?」

「ええ、ふつうはそう称んでいます。でも、正式の名は友田神社……」

「ふーん、なるほど。すると、神社本庁や役所には友田神社として登録されているわけですね」

「ええ、そうだと思いますけど」

村上はふたたび腕組みをして考えてから、

「そうすると、吉野氏はおタクが椿神社だということを知っていたのですか」

「ええ、家が阿山町にあると言ったら、あそこにも椿神社がありますね、と仰言ったのです」

「なるほど、そのことを知っていたわけでしたか……。ところでどうなんでしょうか、友田神社が椿神社だということを知っているのは、どのくらいの範囲内に住んでいる人でしょうかねえ?」

「さあ、考えてみたこともありませんけど……、三重県の人でも、知らない人の方が多いんじゃないでしょうか。でも、椿に興味のある人でしたら、ずっと遠くでも知っているかもしれません」

「そうか……、吉野氏は夏泊半島で椿の絵を描いていたとか言ってたな……。すると、ここにも絵を描く目的で来たことがあるのかもしれない……。いや、来ていないとしても、話には聴いて、知っていた可能性がありますね」

自問自答すると、村上は黙りこくった。美香はそんな村上を横目で見ながら、『あのこと』に気づかれはしまいかと、ハラハラしていた。その気持が逆に作用したかのように、村上は不意に言いだした。

「そうだ、あの男——加部伸次も来ているんじゃないかな？　ねえ江藤さん、夏泊半島の椿神社で自殺した男のことは聴いているでしょうが、それらしい男は来ませんでしたかね。たぶん、三月か四月頃だと思いますが」

（ついに、きた——）

美香は気が遠くなりそうなのを我慢して、精一杯、落ち着いたふうを装って言った。

「さあ、私は四月には大学の寮の方に入りますから」

「あ、そうでしたね。しかし、どうでしょう。お宅の辺りをウロウロする怪しい男はいませんでしたか？　そう、こんな顔をしているんですがね」

村上は警察手帳のあいだから、名刺判サイズの写真を取り出してテーブルの上に置いた。何気なくそれを覗き込んで、美香は思わず悲鳴を上げた。写真は中年男のデスマスクだったのである。妙にふてぶてしく、むくんだような顔が、白眼を剝《む》き出《だ》し、唇の端からは黒い血のよだれを流していた。白黒の写真であるだけに、かえって生々しい実感を伴って、見る者に不気味に迫ってくる。

「あ、これは失礼。あなたには刺激が強すぎましたかねえ」

村上は周りの客たちの好奇と非難の目が集中するのにへきえきしながら、慌てて写真を片付けた。美香は目の上に右掌《てのひら》を当てがうようにして、項垂《うなだ》れたきり動かない。

「大丈夫ですか。どうも申し訳ありません。すっかり驚かしてしまって……」

村上は狼狽《ろうばい》して、しきりに謝っているのだが、じつは美香のショックは死人の顔写真を見せられたためではなく、その男の顔が、まぎれもなくあの時の中年男のそれだったからであった。

「済みません、ちょっとびっくりしたものですから」

美香はようやくショックから立ち直って、訊いた。

「この男の人は、夏泊半島の椿神社に誰かを訪ねて行ったのだそうですね」

「そう、それで、その相手に会えなくて、前途に悲観して死んだ——というのが警察の解釈ですけどね。しかし怪しいもんです。僕なんかは、いまだに自殺かどうかさえ分からないと思っているくらいですからね。あ、いけねえ、こんなこと言うと、また上司に怒られてしまう」

村上は屈託なさそうに笑ってみせた。しかし、それとは裏腹に愚痴が出る。

「まあ、自殺でもいいんですが、とにかく、その動機の説明が、僕には納得いかないものでしてねえ。この男は加部伸次といいましてね、前科者なんです。それも人を殺している。十五年の刑期を終えてこの春出所したばかりなんですがね。まあ、就職難の時代だし、親戚《しんせき》からは絶交されるし、先行き不安だったところへもってきて、頼りにして訪ねた相手がいなかったために絶望的になったのじゃないか、というふうに警察は考えたわけですよ。しかしですよ、さっきの写真の男が、そんなことぐらいで死ぬようなタマに見えますか？　しかもです、懐にはまだ八万ばかりの金が残っていたのですよ。僕ならせめてその金を全部使い切ってから死にますね。この焼きソバなら、二百個も食えるんですからねえ」

村上はそう言って、きれいに平らげた鉄皿の上を、しみじみした目で眺めた。

そういう時の表情には、どことなく少年っぽさがほの見えて、美香は相手が刑事であることを忘れてしまいそうな気がした。

「しかし、今回はそのことで来たんじゃないんです。話を吉野氏に戻して、笙という楽器は、おそらくごく限られたメーカーしか作っていないと思うんで、そのセンから辿《たど》る方法もありそうです。また、吉野氏が誰かに笙を習ったと考えられますから、その先生を捜すという方法もある。いずれにせよ、雅楽の世界はそう広くはないのでしょう？　人脈をたぐれば、どこかで吉野氏にぶつかると思うのですがね」

「ほんと、そうですね」

さすがによく考えるものだ——と美香は感心した。

「そうすれば、案外早くに見つかるかもしれませんですね」

「ははは、そうだといいのですが、そんなに簡単にいくかどうかは分かりませんよ。第一、『吉野』という名前が偽名である可能性も強いのですからね。それに、かりに吉野氏を見つけたとしても、秀山さんの事件と関係があるかどうか、なんの保証もないのです」

「あ、そうか……」と、美香はまた感心した。

「やっぱり、専門家となると、いろいろなケースを想定するものなんですねえ」

「それはまあ、確かにいろいろ考えはしますが、しかし、それでも抜けたところが多いものですよ。むしろ固定観念が邪魔をして、見落としが多いということだってあるかもしれない。素人探偵の方が、われわれの思いつかない、意外な盲点を衝《つ》くということもあり得るのです」

「そんなもんでしょうか……」

相槌《あいづち》を打ちながら、美香の胸にちょっとひっかかるものが浮かんだ。

「素人探偵」という言葉から、ある連想が走ったのである。

(あの時、秀山さんはなぜあんなに面白がっていたのかしら?——)

ぼんやりした顔で黙りこくった美香が、村上には退屈をもてあましているように見えた。

「どうも忙しいところ、わざわざ出てきてもらって、恐縮でした。ところで、最後にひとつだけ訊きたいのですが、雅楽の演奏家――特に、笙の演奏家はやはり京都に多いのでしょうか？」

「いえ、それは昔のことです。いまはほとんどの方が東京にいるんじゃないかしら。確か、上野の方の神社に雅楽の大きな会があって、大抵の方がそこの会員になっているとか聴きました」

「何ていう神社か分かりませんか？」

「さあ、分かりません」

「神社本庁で訊けば分かるでしょうか？」

「そりゃもちろん分かると思いますけど。村上さんは神社本庁を御存じなんですか？」

「ええ、以前、加部の自殺事件の時に、一度行ったことがあるんですよ」

村上は時計を見て、立ち上がった。

「じゃあ、これから東京へ行って、明日の朝、そこへ行ってみます。そこの会の人たちを片っ端から当たれば、何か分かるかもしれません」

「大変ですねえ」

「ええ、手掛りのまったくない事件ですからね、警察も必死なんですよ」

笑いながら言った言葉だったが、実感が籠《こ》められていた。

＊

村上を駅に見送って家に帰ると、美香は佐々木に電話した。

——どうだった？　刑事さんから電話もらったけど、何か得るところがあったようじゃないか。

「いいえ、そうでもなかったんです。それより、ちょっと気になることがあったんですけど」

——気になるって、どういうこと？

「電話では長くなりますから、明日、そっちへ行きます。佐々木さんのご予定はいかがですか？」

——僕の方は例によって謹慎しているしか、これといった予定はないけど、きみが出てくるのなら、近くまで出て行くぐらいは構わないよ。

「じゃあ、十一時に図書館のロビーに行きます」

——ＯＫ、それがいいな。学内なら、まだ謹慎のイメージは損なわれないかもしれない。

佐々木はそう言って、笑いながら電話を切った。

3

夏休みも終わり近くなると、論文を纏《まと》める者や、いいかげん懐の寒くなった連中で、結構、図書館は賑《にぎ》わっている。二人きりで会うといっても、とてもデート気分というわけにはいかない。それでかえって、この場所を選んでよかった――と美香はひそかに思った。秀山の事件があってから、なんとなく佐々木との間に溝が出来てしまったような、疎遠というほどではないにしても、ちょっとギクシャクしたものを感じているのだ。

しかし、佐々木の方はいっこうにこだわりを抱いていないらしい。少し遅れてやってきて、美香を発見すると、嬉《うれ》しそうな顔になって、小走りに近付いた。

「よう、久し振り。元気そうじゃないか。あんなことがあったから、ショックを受けて寝込んでいるんじゃないかと、心配していたんだ。よかった、よかった、安心したよ」

人の目がなければ、抱きしめでもしそうな様子だった。真面目《まじめ》人間の佐々木が、こんなふうにあけっぴろげで親しさを見せるのは珍しい。長い謹慎生活に倦《う》んで、人恋しさを託《かこ》っていたのだろう。美香はそんな佐々木を見て、やはり来てよかったと思い、そう思った時、もう少しで涙が出そうになった。

佐々木は面倒見よく、自動販売機からコーラを買ってきて、美香に勧めた。

「で、気になることって？……」

コーラをひと口飲むなり、佐々木は話を促した。美香は気持を整理してから、言った。

「じつは、これからお話しすることは、ここだけのことにして、内緒にしてもらいたいのですけど。もしそうでないと、困るんです」

「へえ、なんだか深刻そうな話だね。いいよ、べつに人に言ったりはしないよ」

いかにも軽い言い方だったので、美香はさらに念を押した。

「ほんとに、約束してくれますね」

「ははは、信用がないんだなあ。約束しますよ。天照大神に誓って」

佐々木が大袈裟《おおげさ》に柏手《かしわで》を打つので、美香も苦笑してしまった。

「あの、五月にレストハウス夏泊で男の人が自殺した事件があったっていうの、憶えていますよね」

「うん、もちろん憶えてるよ」

「その時の自殺者の写真、昨日、刑事さんが見せてくれたんです」

「ふーん、グロテスクだったろう。刑事はそういうの平気だからね、趣味の悪いことをするなあ」

「いえ、それはいいんですけど。それでですね。その男の人なんですけど、じつは、この春、私、会っているんです」

「えっ？　その自殺した男にかい？」

「ええ、自分の家の近くで」

「ほんと？　間違いなくその男なのかい？」

「間違いありません……。ほんとのこと言うと、夏泊半島でその話を聴いた時、もしかすると同じ人じゃないかなって思ったんですけど、なんだか、そういう人と——それも自殺した人とかかわりあいになるのがいやだったもんで、黙っていたんです」

「そうか、すると、やはりその男はあっちこっちの椿神社を訪ね歩いていたんだねえ。警察でもそう言っていたが、ただ、男がいったい誰を訪ねていたのかが分からないらしい」

「それ、私は知っているんです」

　美香は思いきって、素早く、言った。

「ん？……」

　一瞬、佐々木は意味を解せなかったらしい。美香の顔を穴の開くほど見詰めてから、

「それ、どういう意味？」

「ですから、その死んだ男の人が誰を訪ねようとしていたのかを、知っているんです」

「美香ちゃんが?」

「ええ、その人、私にウチの椿神社のことを訊いて、その時、『神主さんの名は君根さんていうのではないか?』って言ったんです」

「ほんとかよ、それ……。ほんとなら、えらいことじゃないか」

佐々木は目を丸くして驚いた。

「ええ、大変なことだと思います。でも、いまさら刑事さんには言えないし、それに家が大騒ぎになるのは困りますし。第一、その人、自殺だったのだから、別に警察に届けることもないと思うんです」

「うーん、それはどうかなあ……。警察はともかく、昨日の刑事は必ずしも自殺とは思っていないらしいからねえ。何かの参考ぐらいにはなったんじゃないかなあ……。で、名前、なんて言ったっけ?」

「君根さんです。ぼく、きみの君に、根っ子の根」

「そうか、するとあの男――えーと、加部とかいったな。その加部は『椿神社の君根』という名前を頼りに人捜しをしていたわけか。しかし、君根という人はどこの椿神社にいるのかな。少なくとも僕のとこの神社には、そういう名の関係者はいないよ」

「それも分かっているんです」

「えーっ！……」

佐々木はいよいよ驚いて、少し身を引くような恰好で美香を見据えた。

「君根さんていう人、私の一家が来る前まで、あそこの椿神社で宮司を勤めていたんだそうです」

「きみの家が来る前って、いつ頃のこと？」

「七年前のことです」

「そうか、それじゃあ、加部はその頃は刑務所に入っていて、君根さんがいなくなったことは知らなかったんだ。……いや、しかしおかしいな。もともと君根さんがそこにいることを知っていれば、あっちこっち訪ね歩く必要はないわけだよね。ということは、つまり加部は君根さんがどこの椿神社にいるかまでは知らなかったことになるな」

「そうなんです。加部っていう人は、とにかく、『椿神社の君根』ということだけ知っていて、それであちこち捜し回ったんだと思います」

「だけど、加部に訊かれた時、美香ちゃんはなぜ教えてやらなかったの？」

「じつは、その時点では私も知らなかったんです。あとで父に訊いて、はじめて知りました。それで、悪いことしちゃったと思って、すぐに追いかけたんですけど、もう間にあわなくて……」

「そうか、加部はそういう運命だったんだね」

「でも、あの時、もし私がそのことを教えていれば、みすみす自殺することもなかったんじゃないかと思うと、なんだか気の毒で……」

「だからさ、それもこれも運命ってやつさ。きみの責任じゃないよ」

「そうかもしれないけど、やっぱり気になります」

「しかし、いつまで気に病んでいたって仕方ないじゃないか。それより、その君根さんていうのは、加部とどういう関係にあるのかな。それに、加部があういう死に方をしたって知っているのだろうか？」

「さあ、知らないんじゃないかしら。だって、加部っていう人が自殺した事件の記事は、向うの新聞にしか載らなかったのでしょう？　私たちだって、夏泊へ行ってはじめて知ったのですもの」

「そりゃそうだけど、君根さんは加部が訪ねて行くほどの関係なんだろ。だったら、加部の実家の方から連絡するとかして、知っているかもしれないよ」

「かりに知っていても、ああいう人とは付き合いたくないでしょうし、名乗り出て面倒に巻込まれるようなことはしないでしょうね」

「それもそうだね。してみると、きみが加部に君根さんのことを教えなかったのも、偶然とはいえ、君根さんには幸いしたのかもしれない」

とりあえず、それがこの問題に関する一つの結論のようなことになった。佐々木はその余韻を味わうかのように、残り少なくなったコーラを飲み干した。

「あの、もう一つ、気になることがあるんです」

美香は自信なさそうな声で言い出した。

「これはちょっと私の考えすぎかもしれないんですけど、夏泊半島の合宿の時、吉野さんが飛び入りで演奏を聴かせてくれたあと、秀山さんが吉野さんのことを調べにレストハウス夏泊へ行ってきて、しきりに『面白い面白い』を連発していたの、憶えていません？」

「ああ、憶えてるよ。そういえばそんなことがあったっけね。だけど、それが何か？」

「それなんですけど、秀山さんはいったい何がそんなに面白かったのかって、ちょっと不思議な気がしてきたんです。もしかすると、私たちが気付かなかった何かを秀山さんは発見したんじゃないかしらって、そう思ったんです」

「ちょっと待ってくれよ。何かを発見したって……、つまり、吉野さんに関する何かを見つけたっていうわけ？」

「ええ」

「何かって、何?」

「ほら、秀山さん、推理マニアで、自分でも推理小説を書くって言ってたでしょう。そのくらいだから、事件に関連して何か変わったことに気が付いて、それで時々、レストハウス夏泊に出掛けていたんじゃないかしらって……」

「ストップ! どうもよく分からないけど、いま言った『事件』というのは、加部某が死んだ事件のことなのかい?」

「ええ、そうです。すみません、ひとり合点で」

「ほんとだなあ。きみの頭の回転が早いのか、それとも、僕の頭が悪いのか、どっちかなのかもしれないけどさ。しかし、そうは言うけどさ、あの事件では警察がさんざん洗い尽しているんだよ。それで何も発見できないのに、素人の秀山が、それも単独で、何を発見できたっていうんだい?」

「でも、昨日、刑事さん——村上さんが言ってたんですよ。時には素人探偵の方が、警察の気付かないような盲点を衝くことがあるって」

「そりゃ外交辞令というもんじゃないかな。警察は素人の推理なんかには洟《はな》も引っ掛けないというのが本音だよ、たぶん」

「そうでしょうか……」

美香は少し不満だ。それが正直に顔に現れたのを見て、佐々木は言った。

「しかし、まあ、かりにそういう発見を秀山がしたとしてだよ。美香ちゃんはそれがどういうものだと思うわけ？」

「それは分かりませんけど、ただ、吉野さんのことについて何かを摑《つか》んだことだけは確かなような気がするんです。それで……」

美香は気息を整えてから、言った。

「そのことが、ひょっとすると、秀山さんの事件に結びついているのではないかと思ったんですけど……」

「ということは、つまり、秀山を殺したのは吉野さんじゃないかってこと？」

「ええ、もしかすると、ですけど……。それに、吉野さんが明日、出発すると聴いた時、秀山さんはこう言ったんですよね。『なんだ、あいつ、逃げる気か……』って」

「うん、確かにそう言った。そのことはね、僕も妙だと思ったから、刑事に話したんだ」

佐々木の顔も次第に深刻になってきた。

「事実、秀山が殺されたのはそれから間もなくだったわけだし。しかも、予定どおりとはいえ、翌日、吉野さんは出発してしまったのだしね。あげくの果て、住所は出鱈目で、どこへ消えたかも分からない……。現実に警察が吉野さんの行方を追っているという状況は確かにあるわけだし、そういうことなんかを考え合わすと、きみの言うのも一理ないわけではないかもしれないなあ……」

そう言うと、しばらく考えてから、一転して、邪念を振り払うような勢いで言った。

「しかし、そういうのはすべて偶然の符合かもしれないしねえ。それに、あの吉野さんに、そんな大それたことができるとは、とても考えられないんじゃないかい？」

「それはそうですけど……」

「第一さ、あの筆の名人を疑うなんてことは、僕には到底、できそうにないよ」

（そうかもしれない――）と美香は思った。佐々木は吉野という人物に心底惚《ほ》れ込《こ》んでいるのだ、そういう偶像みたいな存在に対しては、どんな角度から見ようと、疑いを抱くことなど、思いもよらないのかもしれない。

佐々木は、神職であり小学校長である父のもとで、恐らく厳しいしつけを受けて育ったに違いない。そうして、いままた神道を学ぶ学生だ。真直《まっす》ぐな道だけを歩んできたと言ってもよさそうだ。人を疑ったりするようなことは、本質的にできない性格なのだろう。学友の死に対して責任を感じ、長い喪に服すなどという旧弊を実行するあたりに、その片鱗《へんりん》を見ることができる。その点、あの秀山とは対照的だ。秀山は家庭的にはまずまずといっていい環境だが、なにかにつけて秀才の兄と比較され、ずいぶんひねくれた少年期を過したと述懐していたことがある。頭はいいのだが勉強が嫌い

——というタイプだ。物の見方も真直ぐというわけにはいかない。どちらかといえば皮相的に見て、目に見えている裏側を読もうとする。しかし考えようによっては、それだからこそ、物の本質を見極めるということはあるのではないだろうか。推理小説を書こうとしているほどの人間には、誰しも多かれ少なかれ、そういう体質があるのかもしれない。

人間性ということでは、もちろん美香は秀山なんかより、はるかに佐々木が好きだ。しかし、今回のこの件に関するかぎり、佐々木のまともな反応の仕方にはもの足りないものを感じた。ありていに言えば、失望した——のである。折角の自分の着想に、佐々木ならもっと的確な判断をプラスしてくれるのではないかと期待していただけに、その失望の度合は大きかった。

結局、美香は折角思い付いた疑惑について、何の発展も解決も得ることなしに、阿山町の家に帰ることになった。

その日の夕飯の席で、美香は何気ない口調で父親に訊いた。

「ここの神社の前の宮司さん——君根さんは、どうしてここから出て行ったの？」

「わしもよくは知らんが、かなりの年配で、勤まらなくなったというふうに聴いとるよ」

「会ったことはないわけ？」

「ああ、その話があって、わしがここを見に来た時には、君根さんはすでに立《た》ち退《の》かれたあとだったしな」

「そう……」

君根がそんな高齢者では、事件とかかわりようがなさそうだ。

「そやけど、美香はなんでそんなこと訊くねん?」

「うん、ちょっと気になることがあったもんやから」

「何ね、それは?」

ずいぶんためらってから、美香は言った。

「合宿で青森県へ行ったでしょう。そこで自殺した人がいるのよ。その人、そこのお宮さん――やっぱり椿神社っていうんだけど――そこを訪ねてきて、君根さんていう人はいないかって言ったんやて」

実際には、加部はその時『君根』という名前を出したわけではなかったのだが、話を分かりやすくするために、美香はそう脚色した。それは充分効果的で、隣にいる母親のとき子が、思わず「ええっ?」と声を出した。

「それやったら、前に美香が訊かれたんと同じ人やないの?」

「うん、どうもそうらしいねん」

「ふーん……」

と、今度は父親が美香の顔を見詰めた。

「その人はほんまに自殺やったんか？」

「警察はね、一応そう言ってるけど、中に一人だけ、そうじゃない、殺されたんではないかって言ってる刑事さんがいるそうよ。ポケットに八万円も持っているし、おかしいとか言うて」

「その、自殺した人はどういう人やね？」

「加部っていう人で、人を殺したとかで、十五年間も刑務所に入っていたんやて」

美香は自分の知っていることを、ポツリポツリ話して聴かせた。

父親はそれに合わせるように肯《うなず》きながら、箸《はし》を使っていた。真面目に聴いているのかどうか、美香には分からなかった。

4

神社本庁は老朽化が進んでいるせいか、冷房が入っている割に涼しさを感じない。歩いて行った村上は、中に入ったとたん、むしろどっと汗が出た。しかし、小宮純貞は涼しい顔で村上を迎えた。よほど修行ができているに違いない。

「やあ、しばらくです。事件は解決しましたか？」

のっけから、小宮は村上にとって、あまり嬉しくない挨拶《あいさつ》をした。考えてみると、あれから三ヵ月経《た》っている。一般人の感覚からすれば、いいかげん片付いてもいいという頃なのかもしれない。

「いや、あの事件は自殺でしたから……。今回は別の事件のことなのです」

村上はそう言って、あまり深く追及されないうちに話題を変え、雅楽会のことを訊いた。

「ああ、それでしたらたぶん、『小野雅楽会』のことでしょう」

さすがに調査部にいるだけあって、即座に答えた。

「台東区下谷二丁目にある『小野照崎《てるざき》神社』というところに本拠を置く会で、そこの宮司さんが主宰しておられるのです。日本の雅楽奏者のそうそうたるメンバーが所属していますよ。いらっしゃるなら、地図を書きましょう。神社本庁で聴いてきたと仰言れば、よろしいでしょう」

渋谷から下谷までは、ほぼ地下鉄銀座線一本で行けるので、便利がいい。村上は小宮におそわった道順に従って、下谷の小野照崎神社を訪れた。この辺りは典型的な東京の下町で、戦前からの家もまだ残っている。ちょっと裏通りに入ると、浴衣姿の老人が団扇《うちわ》片手に立ち話をしているようなところだ。

小野照崎神社はそれほど大きいという規模ではないが、氏子連中がしっかりしているらしく、神殿は古いながらも手入れが行き届いているし、境内のたたずまいも清潔で、しっとり落ち着いた雰囲気だ。鬱蒼《うっそう》とした大木の陰に入ると、ほうっと救われるような気分になった。

神社本庁で聴いて来たというと、刑事と名乗らなくても、ちゃんと応対してくれた。あいにく雅楽会の会長である小野宮司は外出中ということだったが、その子息のキビキビした若い神職が相手をしてくれた。

「雅楽の演奏家のことについて、お話をお訊きしたいのですが」

「雅楽のどの楽器でしょうか？」

「あ、そうそう、笙です。笙の名人クラスと呼ばれるような人は誰か、といったようなことを知りたいのです」

「笙ですか……、それでしたら、宮内庁雅楽部の豊野秀明さんにお訊きになるのがいいでしょう。あの方なら名人だと思いますから」

「ブンノさん、ですか」

「ええ、『豊《ゆたか》』に野原の野と書いてブンノというのです。平安初期から続いている、笙の名門です」

「はあ、平安……、ですか。そんなに古くから、ずっと続いているのですか」

「いちばん古いのは多《おお》家《の》でして、こちらは奈良時代からです。雅楽はそういう特定の家の方々に相伝されることによって、昔の形式を失わずに伝えられてきたのです」

父親が雅楽会の会長をやっているだけあって、ジュニア神職も古典芸術の信奉者であるらしい。話す言葉にも力感があった。

「では、その豊野さんは、平安以来の血筋というわけですか」

村上は正直に感嘆した。自分の家系なんてものに、あまり関心を抱いたことのない村上にとって、古代から連綿として続いている家柄が現実の社会に活動していることが、信じられないような気がする。

「もちろんですよ。会えばお分かりになります」

青年神職はそう言って笑ったが、その意味は宮内庁へ行って、豊野秀明に会ったとたんに理解できた。豊野はいかにも貴族的な、鼻筋の通った顔立ちをしていたのだ。今年三十九歳だそうだが、老成した雰囲気を備えた人物で、例の神社本庁の小宮と、一脈通じるものがある。

「平安以来、ずっと笙一筋のお家柄だそうですね？」

村上が恐る恐る訊くと、豊野は照れ臭そうに、

「ええ、他に能がありませんから。しょうもないことです」

あまり上等でない洒落《しゃれ》を言って笑った。千何百年の家柄といっても、べつに化物というわけではなさそうだ。

「じつは、笙の名人クラスと呼ばれる人について、お訊きしたいのですが。そういう人は、いったい何人ぐらいいるものでしょう？　いや、もちろん豊野さんも含めてですが」

「そうですねえ、厳しいことを言えば三人、少し甘い点をつけるなら五人、といったところでしょうか」

　豊野はあっさり言った。

「はあ……、そんなに少ないのですか」

「ええ、笙をやる人自体が少ないですし、難しい楽器ですから」

「その中に、吉野という人はいますか？」

「吉野さんですか？　いませんね。聴いたことのないお名前ですが、その方も笙をやられるのですか？」

「ええ、なんでも名人クラスの吹き手ではないかという話ですが」

「それは、どういう方が仰言るのですか？」

「学生さんです」

「ははは……」と、豊野は失笑した。

「いや、失礼。しかし、そういう方が言うのでは、あまり確かな判定とは言えないのではないでしょうか。いったい、どこの大学です？」

「皇習館大学の学生さんですが」

「皇習館大学……、というと、私も何度か指導に行ったので、知らないわけではありませんが、あそこのリーダーはなかなか熱心な青年で、笙の技量の方もかなりのものでしたよ」

「ああ、そのリーダーですよ、教えてくれたのは。佐々木さんというんです」

「そうそう、佐々木君でした。そうですか、佐々木君がそう言っているのですか……。それなら、ある程度信憑性《しんぴょうせい》がありそうですが……。しかし、そんな人がいるものですかねえ……」

豊野がしきりに首を捻《ひね》るので、村上は不安になった。

「いそうもありませんか？」

「いや、それはもちろん、はっきりしたことは申せません。われわれの知らないところにも、隠れた名人がいることだって考えられないわけではありませんからね。それに、内部にいる人間が言うのもおかしなものですが、雅楽の世界は一種の閉鎖社会のようなところがありまして、いくら実力優秀でも、門外の方に対しては、割と冷淡に扱うようなところがあるのです。ですから、そういう人材に関する情報が入ってこない可能性も充分にあるわけでして……。それで、その名人といわれる方は、お幾つぐらいの方ですか？」

「三十二、三歳といったところです」

「それはまた、お若いですねえ……」

豊野は目を丸くした。

「私も若い方ですが、そんなお若い方で名が知られている方というのは、聴いたためしがありません。もしも、佐々木君が言うように、本当に名人クラスの人だとしたら、やはり、隠れた存在ということになりますね」

豊野はふと気が付いて、訊いた。

「その人は何か事件を起こしたのですか？」

「いや、そういうわけでなく、ある事件捜査の参考人として捜しているのです。その人の住所が分からないもんで。いや、じつを言いますと、名前の方も本名かどうか、はっきりしなくて、ただ、笙の名人ということだけが頼りというわけなのです」

「笙を吹かれる方で、しかもそのお年で名人と言われるような人、ですか……」

豊野はしばらく考え込んだ。

「もしかしたら、山田さんあたりが知っておられるかもしれない……」

「山田さんと仰言ると？」

「笙をお作りになっている方です。山田仙太郎さんといって、京都に住んでおられます」

「京都、ですか……」

「ええ、京都です。もともと雅楽は京都が本場だったのですからね。明治維新の東京遷都で、雅楽の連中も東京へ移ってきましたが、製造者はそのまま京都に本拠を置いたままだったのです。材料になる竹が豊富にあるということもありますが、なによりも、落ち着いて仕事のできる環境といえば、やはり京都にかぎるということだったのでしょう」

村上は京都と聴いて、ガックリきた。もう一度西へ向かう気にはなれない。

「じつは、昨日、伊勢の方から戻ってきたところなのでして、今日の夜行で青森へ帰らなければならないのですが、東京にはメーカーはないのでしょうか？」

「メーカー、ですか。笙はメーカーという感覚ではないのですが、とにかく製作者は京都ですね。それも、名人クラスの人が使う笙ということになると、山田さんでしょう」

「その方に訊けば、分かりますか」

「断言はできませんが、笙の名手といわれるくらいの人なら、まず名器を使うでしょうから、当然、山田さんの作品ということになります。注文主の控えを見れば、大体の見当はつくのじゃないでしょうか。手紙でも出して、問い合わせてみたらいかがです？」

「なるほど、それがいい」

手紙で済むと聴いて、村上は急に元気づいた。

「ただし、山田さんはなにぶん名人肌の方ですから、気が向かないと、なかなか返事をくれないかもしれませんよ。一応、私からも葉書を出しておきますが」

「それはありがたい、助かります。なに、多少の時間がかかるのは覚悟の上です」

村上は早速、手紙を書いた。

――あなたのお作りになった笙を使っている、名人クラスの演奏者の名前をお教え願いたい。社会的に認められていないような人でも、実力があると思われる方なら、ぜひお教えいただきたい。お差支《さしつか》えなければ、そういう人々のリストをコピーしてお送りいただきたい。――

そういった趣旨を、村上が知っているかぎりの丁寧な文体を使って書き綴《つづ》った。封書をポストに入れたあとで、村上はポストに向かって手を合わせ、頭を下げた。

美香の推理

1

八月二十二日の月曜日、美香《みか》は阿山《あやま》町役場に、中学時代の同級生で戸籍係をやっている竹中という男を訪ねた。

自分がこんなに詮索《せんさく》好きな女だということを、いまのいままで、美香は考えてみたこともなかった。大学の他の女の子たちのように推理小説が好きなわけでもないし、とりたてて、好奇心の強さを自覚したこともない。その美香が、いまや自殺した加部と、殺された秀山の二つの事件のことで頭が一杯になっている。

あの、およそ魅力というものに縁のない中年男の加部仲次と言葉を交したばかりでなく、加部が椿《つばき》神社に訪ねた人物の名が『君根』であることを知っている唯一の存在がこの自分であるという「重み」が、美香の心を衝《つ》き動《うご》かしているのかもしれない。

「前の宮司さん――君根さんの移転先、調べられんやろか？」

「そりゃ、すぐ調べられるけど、そんなもの、美香は何にするん？」

竹中は妙な顔をした。

「うちの神社の故事来歴を知りたいのよ。前の宮司さんなら、詳しいんやないかと思って」

「よっしゃ、ほかならぬ美香の頼みやもんな」

竹中は気軽に引き受けてくれた。

『東京都港区麻布十番×丁目××番地×号』

これが君根家の移転先であった。前の宮司の名前が『君根友則』であることも、美香は初めて知った。

「東京か、えらい遠いんやな」

美香はちょっとがっかりした仕種《しぐさ》をしてみせた。

「まあええわ、その内、行くチャンスもあるやろ」

竹中に礼を言って引き揚げてきたが、実際問題として、いつ東京へ行けることやら見当もつかない。夏泊半島の合宿で小遣いのほとんどを使い切ってしまったし、来月分の小遣いをもらうには、まだちょっと早すぎる。父の正之《まさゆき》は本業の神職以外に農協に勤務して生計の足しにしているのだが、その給与は二十五日に支給される。しかし、小遣いだけでは東京までの旅費を賄えない。残る手段は貯金を下ろすことしかないのだ。

考えたあげく、美香はとりあえず、君根友則あてに手紙を出すことにした。――加部という人が君根家を訪ねて来たが、前の宮司さんがそうだと知らず、そのまま帰してしまった。その人は青森県で自殺してしまったが、お心当たりがあるかどうか――という内容の手紙を、苦労して綴《つづ》った。返事が来る頃《ころ》には大学が始まってしまう可能性があるので、こっちの住所を大学の寮のそれにしておいた。

二十六日に今月分の小遣いをもらうと、美香は慌しく支度を整え、寮へ戻った。新学期までまだ一週間あるので、「なんでそんなに急ぐん?」ととき子はけげんな顔をしたが、「ちょっと調べ物があるから」と言い訳した。なんだか、いっぱしの探偵のようでもあり、秘密を持つということに、一種の快感に似たものを美香は感じていた。

『君根友則』からの返事は三十日に着いた。こなれた女文字で、――お手紙を拝見したが、主人・友則は病臥《びょうが》中につき、代筆で失礼する。お尋ねの加部様という方には心当たりはなく、人違いではないか――といったことを、古風な文章で綴っていた。

美香はがっかりした。気持のどこかで、こういう結末に終わることを予想していたけれど、それだけに、かえって模範答案を読むような物足りなさを感じた。さりとて、君根が嘘《うそ》をついているとする根拠もない。また、かりに心当たりがあったとしても、のっけから『自殺者』として照会したのでは、「知らない」と答えるのが当然かもしれなかった。

しかし、君根友則がどう言おうと、加部伸次という男が『椿神社』の『君根』を訪ねていたのはまぎれもない事実なのだ。それも、伊達《だて》や酔狂でなく、恐らく全国の『椿神社』を巡り歩いてでも捜し当てようとしていたと考えられる熱意をもって――である。しかもそのあげく、加部は絶望の果てに自殺を遂げたほどではないか。

君根からの返事を手にしながら、美香はかえってこのままでは済まされないような、あえて言えば闘志に似た思い入れが強まるのを感じた。もっとも、だからと言って、どうにも動きようのない状況であることには変わりない。女であり、一介の学生でしかない自分に、いったい何ができるというのか――。そのジレンマの狭間《はざま》で、美香の心は揺れ動いた。

九月に入ると寮生たちは続々郷里から戻ってきた。その連中に会うたびごとに、美香は合宿で秀山が殺された事件の真相を訊《き》かれた。ニュースで知った者もいるし、学友から伝え聴いた者もいる。事件後一ヵ月も経過していながら、犯人の目処《めど》も立っていないということから、さまざまな憶測を交えて質問してくる。中には、明らかに雅楽部員の中に犯人がいるのではないか、と露骨に推量する者もいたりして、聴く側にしてみればかなり不愉快なことであった。

だが、そうやって繰り返し、秀山の事件について質問されることによって、美香の脳裏には事件に対する関心が、そのつどリフレッシュされるという効果があった。

――秀山一平は、なぜ、誰《だれ》に、殺されたのか――

この素朴な疑問は、じつは加部某の問題なんかよりははるかに大きな謎《なぞ》であるはずだ。それを等閑視していたのは、事件が自分などの手に負えるような代物でないどころか、警察でも手を焼いているほど、まったくの別世界の話だという先入観があったからにほかならない。ところが、青森から村上刑事が来て加部の写真を見せられたことを契機に、美香の頭の中で、残り滓《かす》のようにひっかかっていた記憶の断片が、相互に干渉し合い、おぼろげながらも、推理の糸口らしきものの形を現したような気がするのだ。

それにしても分からない事柄や、不明確な知識のなんと多いことか。そういうもの一つ一つをクリアにしないかぎり、事件の解決どころか、全体像の把握すら覚束無《おぼつかな》いに違いない――。そう思って、美香はいま抱えている謎をノートに書き出してみることにした。

1　加部はなぜ君根友則を尋ね歩いたか？

2　加部はなぜ自殺したか？

加部伸次の事件は、本質的には自分には無縁のことなのかもしれない。しかし、死んだ加部と会っている美香としては、他人事として放置できない気持だ。
そして問題の秀山が殺された事件に関する謎は、

3　吉野はなぜ身分を偽ったか？
4　秀山は吉野について何かを知ったのか？
5　七月二十三日の夜、秀山はどこへ、何をしに行ったのか？
6　秀山は誰と会ったのか？　その人物が犯人か？
7　秀山はなぜ殺されたのか？
8　吉野はどこへ消えたのか？
9　吉野は秀山の事件をいまだに知らないのか？
それとも、知っていながら、現れないのか？

ざっと挙げただけでも、これだけある。いままで経験したことのないような、世にも恐ろしい事件が二つもいっぺんに襲ってきたのだから、当然かもしれないが、美香は呆《あき》れるような思いで箇条書を眺めた。そうする内に、さらに疑問が湧《わ》いてくる。たとえば加部伸次と君根友則はどういう関係なのか——、加部の死はほんとうに自殺だったのか——といったことも忘れてはならないのだった。加部が伊賀《いが》の椿神社を先にして夏泊半島を後にした理由なんかにも、ひょっとすると意味があるのかもしれない。そんな事情は警察はもちろん知らないことだし、かりに知ったとしても、取るに足らないことなのかもしれない。そういうつまらないことに目がいくのは素人の悲しさであり、女の浅はかさというものかもしれない。

そんなふうに反省しながらも、美香の重箱の隅をほじくるような詮索はとめどなく続いた。

そうして、ふとした拍子に、妙な疑問に思い到《いた》ってしまった。

（吉野さんは、いったい、夏泊半島に何をしに行ったのだろう？）

そんなこと、誰だって不思議に思わないのかもしれない。でも、不思議に思わないことこそ盲点なのじゃないかしら——と美香は考えたのだ。「素人探偵の方が警察の思い付かない盲点を衝く」と村上刑事が言っていたのは、こういうことかもしれない——。そう思いはじめると、疑問はますます膨《ふく》れあがるばかりだ。

吉野は椿の絵を描くお客として、レストハウス夏泊に滞在していた。そして、懐が乏しくなったので、レストハウス夏泊の厨房係《ちゅうぼうがかり》としてアルバイトさせてもらうようになったという。趣味としては、ずいぶん熱心なものというべきだろう。しかし、その割に絵の方はあまり進まなかったそうだ。見たわけではないからなんとも言えないが、笙《しょう》の素晴らしさと較べると、そうたいしたものではなかったらしい。少なくとも、絵によって生計を立てる――といったものでなかったことは間違いない。

それにしても、吉野の本来の職業は何だったのか？　年齢は三十二、三。働き盛りと言っていい。呑気《のんき》に絵を描いたり、金が無くなればアルバイトで凌《しの》いだり、という気儘《きまま》な暮らしが彼の実体なのだろうか。

そして、あの笙の素晴らしい技量はどこでどのようにして会得したものだろう――。美香の思い描く「吉野像」は、彼の謎の大きさに比例して、とてつもなく大きく、そして奇妙なことだけれど、次第しだいに一種不可思議な魅力をもって迫ってくる。それは、本人は気付いていないが、美香にとって危険な状況と言ってよかった。美香の吉野に対する特別な関心は、夏泊半島の合宿所で語り合った時から、すでにその伏線が芽生えていたのだ。

少女は「女」へと脱皮する過程で、一度は大人の男に憧《あこが》れる。その対象は教師であったり、歳《とし》の開きのある兄の友人であったり、タレントであったりするかもしれない。とにかく、日頃の仲間であるボーイフレンドの幼稚っぽさが鼻につくようになったら、彼女はそういう状況にあると思っていい。社会常識から言えばまったく箸《はし》にも棒にもかからないヤクザな男に、身も心も捧《ささ》げ尽《つ》くすような愚行に走るのも、彼女にとって、その男の悪の部分さえも、何かしら陰影と謎に満ちた魅力として映るからなのである。

いまのところ、吉野は美香にとって好奇心の対象でしかない。少なくとも美香自身はそう思っている。その向う側にある危険なものの気配など、まったく気付いてはいなかった。

新学期が始まった九月五日、雅楽部の顔合わせがあった。事件のしこりはいぜんとして尾を引いていて、気勢の上がらないことおびただしい。それでも、どうにか後期のスケジュールを決め、秋の文化祭についての段取りをつけて散会した。

「その後、何か変わったこと、あった？」

佐々木が寄ってきて、言った。

「変わったことって言いますと？」

美香は自分でもびっくりするほど、そっけない返事をした。佐々木は、（あれっ？）というような目を向けた。

「やだなあ、事件のことに決っているじゃないか」

「ああ、そのことですか」

「なんだ、興味なさそうな言い方だね」

「だって、あれはもう何もないっていう結論を出したのでしょう？」

少し非難の意味を籠《こ》めて言ったのだが、佐々木には通じなかったようだ。

「そりゃ、何もないと思うけどさ。しかし、事件が解決しない内は、いろいろ考えてみるのもいいんじゃないかと思うよ」

「そう言えば」と美香は思い出したように言った。

「君根さんに問い合わせたんですけど、加部という人は知らないということでした」

「ふーん……」

佐々木は不思議なものを見る目で、美香を見た。

「なんだ、何もないって、けっこう動いているんじゃないか」

「でも、手紙出しただけですから。それから、君根さん——君根友則さんていうんですけど——かなりのお年で、いまご病気なんですって。奥さんが代筆でお返事くれました」

「そうか、それじゃ、ますます事件には関係なさそうだねえ。それでどうなの、美香ちゃんも納得いったわけ？」

「さあ……、まだ分かりません」

「分からないって……、何がさ」

「たとえば、吉野さんが夏泊半島に何をしに行ったかというようなことだって、考えてみると、よく分からないんです」

「あれ？　きみ知らなかったの？　吉野さんは絵を描きに行ったのだそうだよ。それで、金が無くなって、仕方なくレストハウス夏泊の手伝いをしていたんだ」

（だめだわ――）

美香は思ったとおりの、ごくスタンダードにパターン化された佐々木の反応に、またしても失望しないわけにいかなかった。そこまでなら誰だって考え付く。その当たり前みたいなところに、「不思議」を感じなければ、眼の前の壁は突き破れないのではないか――。

反射的にそう思って、そのあとすぐ、美香は自分の不遜《ふそん》さに気付いて顔が赤くなった。

その夜、美香は一つ置いた隣室の清川妙子をロビーに誘いだした。雅楽部の仲間では、最も親しく付き合っている同期生だ。太り過ぎを気にしている癖に甘い物に目がない、陽気な娘だった。

「推理マニアの妙子を見込んで、ぜひ教えてもらいたいんだけどさ」

「何よ、ばかに下手に出るじゃない。気味が悪いわねえ。男の口説き方なんか、教えてやらないわよ」

「そんなもん、教わらんでもいいわ。どっちかって言ったら、口説きの断り方の方ね」

「よく言うよ。それじゃ、何？」

「妙子、推理小説はずいぶん読むんでしょう?」

「まあね、本格物だったら、たいてい読むようにしてるつもりよ」

「それでね、探偵の人が推理する時だけど、どういう点に注意して推理するものかな」

「どういう点て、いろいろあるけど……。何なの、それ? 妙なこと訊くわね」

「妙でもなんでも、教えて欲しいのよ。つまり、推理のコツっていうか、ポイントっていうか」

「そうねえ、そんなふうに分析して考えたことないけど。まず常識的には、事実関係を摑《つか》むことでしょう。それも、名探偵ともなると、凡人の気がつかないような、ごくつまらないことにヒントを得る——なんていうのが多いわね。もちろん分析力もなきゃだめよ。それから、仮説を樹《た》てることかな。事件の全体像を頭の中で思い描くのよ。もちろん想像でね。それも、やっぱり凡人には思いもよらない、奇想天外なストーリーをね。それから、あとは勘かなあ。第六感にピンとくるなんてやつね。それだけ揃《そろ》えば、まあ大体、名探偵の素質ありっていうことになるんじゃない」

「事実と仮説と勘——ね。分かった。これだけあればいいのか……」

「あははは、あっさり言うわねえ。だけど美香、あんたそれ訊いて、どうしようって言うの? 推理小説でも書くつもり?」

「うん、そうかもしれないわよ」

「やめときって。また秀山さんみたいなことになっちゃうから。ミステリーなんて、ひとの書いたものを読んでりゃいいの。自分で書いたりするもんじゃないわよ。推理作家なんて、根暗な人種がなるものなんだから」

「だったら、私にも資格あり、かもよ」

「何言ってんのよ、美香が根暗だなんて……」

言いかけて、妙子は急に深刻な顔になると、まじまじと美香を見て言った。

「そうか……あんた、ひょっとすると、本質的には根暗なのかもねえ……」

「ばっかねえ、やなこと言わんといてよ。気にするじゃない」

そう言って笑ったけれど、美香は妙子の言ったことが胸に刺さった。

(本当に自分は、本質的には陰湿な性格なのかもしれない——)

そんな気がしてならなかった。

2

「ちょっと折入って話があるんだ」

佐々木からそういって呼出しがかかったのは、新学期に入ったその週の土曜日のことである。「午後、倉田山公園で待っている」という言葉から、何かいままでの佐々木とは別人のような深刻さを感じて、美香は緊張した。

『倉田山』は伊勢の観光コースのポイントであるのとは別に、皇習館大学の学生にとっては、象徴的な存在であり、神聖な意味を持つ場所だ。わざわざそこを選んで佐々木が自分に何を告げようとしているのか、美香はある種の期待と不安を交々《こもごも》抱いた。

「歩きながら話そう」

佐々木はあまり美香の顔を見ないようにして、半ば背を向けて歩きだした。美香は仕方なく、並ぶというより、半歩あとから随《つ》いてゆく恰好《かっこう》になった。

「来年、卒業と同時に、僕はおやじの跡を継いで、平内町七社の宮司になる」

佐々本はぶっきらぼうに言った。

「平内の七社というのは、自宅のある松野木という集落にある深山神社を筆頭に、例の椿神社のほか、小さな氏神様が五つ。まあ、それほど威張れるようなものじゃないが、田舎では氏神の一つ一つにも重要な意味と存在価値があってね、それなりにやり甲斐《がい》のある仕事だと、僕は思っている」

美香は相槌《あいづち》を打つこともないので、黙って聴く一方だった。

「青森は寒いところだが、平内の町はきみも知っているように、ホタテのお蔭《かげ》で経済的に恵まれ、そのせいか、人の気風が穏やかで、住み心地はそう悪くないと思う」

「…………」

「僕の家族は、神官の父と、父の補佐役として禰宜《ねぎ》をやっている母、役場に勤めている兄、弘前《ひろさき》の大学へ行っている妹と僕の五人なんだ」

「…………」

「きみの家族は？」

佐々木は初めて美香の顔を見た。

「父と母と妹と私、です」

「そう、男の兄弟はいないの」

「ええ」

「すると、きみが卒業して、跡を継ぐわけ？」

「べつにそうは決ってません。父はお前の好きなようにすればいいって言ってますけど。でも、本音を言うと、そう希望しているんじゃないかしら」

皇習館大学の卒業生には、神職の資格が与えられることになっている。神職には『正階・明階・浄階』の三段階があって、その内の明階の資格を得ることができるのだ。旧時代には女子には原則として宮司の資格は許されなかったが、民主化以後、望むなら女性でも宮司になることができる。もっとも、現実に女性が高位の神職に就いている例はごく珍しい。一般的にいって、女性が神社に出仕するのは巫女《みこ》か、或《ある》いは佐々木の母親のように、補佐役の『禰宜《ねぎ》』としてである。

「きみ自身は、どう思っているの？」

　と佐々木は訊いた。

「まだ決めてないですけど、いまは中学校の先生になろうと思っています」

「そう、それでもお父さんは困らないの？」

「ええ、たぶん……」

　佐々木は足を停《と》めた。美香もそのままの間隔を保って立ち停まり、佐々木の顔を見上げた。

「美香ちゃん、将来、僕と結婚してくれないか」

「………」

　美香は唾《つば》を飲み込んだだけで、声が出なかった。

「もちろん、ずっと先のことだけど、僕は来年になればここを出ていくし、そうなれば、きみと逢《あ》う機会はほとんど無いに等しいのだし、いまの内に僕の気持だけは言っておきたいんだ。いや、もちろんいま直《す》ぐ返事をくれなんて言わないが、遅くとも、今年中にはそれなりの心づもりができれば、と思っている。まだ学生生活の半ばにも達していないきみに、こんな申し出をして、気持を乱すことになるのは分かっている。しかし、僕が真剣にきみを愛していることだけは分かって欲しい」

佐々木はそこまで一気に言うと、ピョコンと頭を下げ、あっけにとられている美香の脇《わき》を擦り抜けるようにして、走り去った。

美香はそのままの姿勢で立ちつくして、佐々木の後ろ姿を見送ることもできなかった。

もしかすると、そういう類《たぐい》の話が出るのではないかな――、という予感は多少あった。しかし、まともにプロポーズをぶつけられるところまでは考えていなかった。美香は、仲間から「カマトト」とからかわれるほど、オクテに育った。どちらかと言えば妹の利香の方が、むしろそういう意味での発育はいい。姉妹の会話でボーイフレンドだとか性的なことに触れる話題になると、いつもトンチンカンなことを言うのは美香である。

美香が佐々木に好意を抱いていないといえば、嘘になる。ただしそれが性的なニュアンスを持つものかとなると、はっきりそうでないと断言できる。美香の佐々木に対する好意は、いわば「憧れ」である。(この人と私は、運命的なきずなで結ばれているのだ――)などと思うこと自体、まだ未成熟な証拠と言っていいだろう。現に、――」佐々木のプロポーズを受けて、美香はぼうぜんとした。それは「嬉《うれ》しさのあまり――」などという性質のものではない。ただ、要するにあっけにとられたのである。(どうしよう――)と美香は当惑した。

もしこれが、もっと以前の段階だったら、美香はほとんど盲目的に佐々木の愛に従ったかもしれない。だが、今度の事件——とくに吉野の行方不明に関する佐々木の平凡きわまる対応の仕方などで、美香の佐々木観がいくぶん変質した。

考えてみると、吉野が現れるまでは、美香にとって佐々木はまさに偶像的存在であったのだ。真直ぐで、真面目《まじめ》で、頭がよくて、統率力があって、そしてなによりも筆の天才で……、と、非の打ちどころがない先輩だった。

そこへ吉野という人間が出現した。吉野が佐々木より優れた資質の持主か否かは、もちろん分かりようがない。けれども、吉野の陰影のある雰囲気や大人の落着き、ゆったりした語り口、そして佐々木を遥《はる》かに上回る筆の技量などを見てしまったあとでは、佐々木の若さは、いかにも見劣りがする。その上、ばかげたことだが、吉野の謎めいた失踪《しっそう》さえも、美香にとっては外国映画でも観《み》ているようなミステリアスなものに思えるのだ。それと、佐々木の稚拙な、おまけにホタテの臭《にお》いがしそうなほど現実的なプロポーズとでは、最初から勝負の行方は決っているようなものかもしれなかった。

とはいえ、佐々木の唐突な申し出は、「結婚」という極めて具体的な設問によって、美香の男性観に一つの結論を求めることになった。そして、美香は否応《いやおう》なく、佐々木と対比するかたちで吉野の存在をはっきりと意識しないわけにいかなくなったのだ。

それは美香にとって、佐々木のプロポーズ以上に驚くべきことだった。吉野義久という得体の知れない男のことを思い浮かべただけで、なぜ胸がうずくのか、さっぱり分からなかった。美香は、もしかすると吉野は悪人なのかもしれない、と思っている。だからその正体を暴いてやりたいという好奇心が、自分の吉野に対する関心のすべてだと思っていたのだ。いや、いまだって、そう信じていて、よもや自分の好奇心が言いがたき思慕の変形だなどとは想像もしていなかった。

そういうわけで、佐々木のプロポーズに、美香は嬉しさと重苦しさを半々ずつ感じた。佐々木と結婚したあとのことを想像すると、自分の一生がほとんど見えてしまうようなのも、何となく物足りない気がする。青森の小さな神社の宮司夫人として、町の人々からはある程度の尊敬を受けるかもしれない。もしかすると、中学校の教諭をしながらでも、やっていけるのかもしれない。それでも、ずうっと先の方まで見通せてしまいそうな人生ではないか。

（そんなんでいいの？　美香——）

美香は自分自身に問いかけてみて、急いで首を振って歩きだした。

公園を出て道路を渡ろうとしたところで、小走りに駆ける足音と一緒に、「美香！」と声がかかった。振り返ると清川妙子が、丸っこい軀《からだ》を揺らし、額から汗を吹き出して近寄ってくる。息を弾ませながら、「見たわよ」と言った。

「怪《け》しからんぞ、こいつめ」

それが癖で、美香の脇腹をつつく。

「なんのこと?」

「とぼけたってあかん、わいの目は節穴と違うで」

河内弁《かわち》でおどけて言って、美香の腕を摑むと、グイグイ引っ張って、もう一度公園の中へ入った。木陰のベンチを選んで腰を下ろすなり、笑いを含んだ目で睨《にら》みながら、

「美香、プロポーズされたんでしょう。あれはそういう姿だったもん、すぐ分かるわ」

「………」

「ほれみい、図星なんだ。いいなあ、もてるやつは」

「よくないわ、困ってるところだもの」

「憎たらしいこと言うねえ。あの佐々木さんに惚《ほ》れられて、何の不足があるのさ。あ、そうか、大学辞めてすぐに結婚してくれっていうの?」

「まさか、そんな無理言う人じゃないわよ」

「だったら困ることないじゃない。美香だって嫌いじゃないんでしょ?　佐々木さん」

「そりゃそうだけど……」

「それとも、青森へ行くのがいやなの？」

「そんなこともないわ」

「じゃあ何なのよ。誰か好きな人でも他にいるの？」

「…………」

「いるの？　美香に？……」

妙子は目を丸くして、美香の顔を覗《のぞ》き込んだ。

「誰なのさ。大学のやつ？　いや、違うな。それだったら見逃すわけないもん。まさか親が決めた相手だなんて、古風なこと言うんじゃないだろうねえ」

「そんなの、私だっていやよ」

「だったら誰なのよ。言いなさいよ、ケチケチしないでさあ」

「分からないのよ」

「分からないって、何がさ？」

「うーん……、だから、よく分からないの」

「何言ってんのさ、それじゃ、分からないのはこっちでしょうが。何がどう分からないっていうのよ」

「自分の気持が、よ」

「だからさあ、どういう気持のことなのよ？　じれったいわねえ」

「そんなに責めないでよ」

「責めるわけじゃないけど……、あれ？　美香、泣いてんの？　ばっかねえ、何も泣くことないじゃない。そんなにいやなことなら、無理に話さなくってもいいんだから。だけど、どうしたの？　いったい……」

ほんとうに、美香の目からは涙が溢《あふ》れてきた。べつに、そう悲しいわけでもなかったから、美香自身、驚いたくらいだ。

「あら、どうしたのかな。なんで泣けるの？」

うろたえて、手で涙を拭《ぬぐ》う美香の様子を、妙子はじっと窺《うかが》った。

「分かったよ、美香……」

妙にトーンの落ちた声で、妙子は言った。

「吉野さんでしょう」

「えっ？……」

反射的に、美香は妙子から顔を背けた。

「やっぱりそうかあ。あの時、そんな予感がしたのよねえ。美香は純粋培養だから、ヤバいなって思ったんだ。あの人、カッコいいもの。ちょっとヤサグレた感じがあってさ、そのくせ、どことなく余裕があって、謎めいた魅力があるものねえ」

妙子の言うことの一つ一つが、思い当たることばかりだったので、美香はびっくりしてしまった。

「だけど、あの人、いなくなったんでしょう？　あっそうか、こないだ、推理だの探偵だのって訊いてたわけは、それなのね？」

仕方なく、美香は肯《うなず》いた。これで、はっきり妙子の指摘を肯定したことになる。

「驚いたなあ、美香が吉野さんに惚れるとはねえ」

妙子はじっと美香を見て、感に堪えぬと言わんばかりに首を振った。

「違うのよ、そんなんじゃないのよ」

「そんなんじゃないって、だって美香、あんた愛しているんでしょ？　吉野さんのこと」

「だから分からないって言ってるじゃない。ただ、なんとなく気になるっていうか、自分の考えが整理できないだけなのよ」

「ばっかねえ……」

妙子はおかしそうに笑った。

「そういうのを、われわれの世界では恋愛って呼んでるんだけどねえ。もっとも、向うは知らないいんだから片想《かたおも》いともいうかな。それで美香、あんたどうするつもりなの？」

「どうするって？」

「決ってんじゃない。佐々木部長のプロポーズを受け入れるのか、それとも吉野の君《きみ》を捜し出して、想いのたけを打ち明けるか……」

「分かんないわよ、そんなこと」

「ちぇっ、また分かんないか。あたしなら喜んでお受けしちゃうんだけどな。悪くないじゃない、宮司夫人ならさあ。あんな、どこの風来坊だか分かんないみたいな人、やめときなさいよ。といっても、恋は盲目だからねえ、言うだけ野暮ってものか」

「そんなに冷たいこと言わないで、相談に乗ってくれたっていいじゃない」

「そりゃ、乗るけどさ。だけど、あたしなんかより先に、お宅のおやじさんが問題でしょ。美香んところ、女の姉妹だけなんだから、跡継ぎの問題をどうするか考えなきゃいけないいんじゃない？」

「それは多分、問題ないと思うけど……」

そうは言ったものの、美香はやはりそのことは気にかかった。父は最終的には、「お前の好きなようにすればいい」と言うだろう。しかし、本心はそうじゃないのかもしれない。美香か、或いは利香のどちらかに婿を取って、自分の後継者にしたい気持は、あって当然という気がする。

友田神社は、同じ『椿神社』でも、鈴鹿《すずか》の椿大神社と較べようもなく零細な神社だ。

父親の正之は神職だけでは生計が立たないので、農協に出ている。

かつて、神社の多くは国家の庇護《ひご》下にあって、官幣《かんぺい》、もしくは国幣として国庫から幣帛《へいはく》料が下賜されていた。戦後、その制度が崩壊すると同時に、神官職は未曾有《みぞう》の財政危機に直面することになった。それでも、観光の名所になっている神社や、初詣《はつもうで》などで膨大な賽銭《さいせん》収入のあるような大神社はそれほどの危機的状況に見舞われずに済んだけれど、財政基盤のない中小の神社はまともに、変化の荒波をかぶることになった。住民の寄付金や、たまにある地鎮祭などの謝礼などでは、老朽化する建造物の修復も覚束無い。神官みずから労働に出て身過ぎ世過ぎのことを計らわなければならないのだ。

そういう意味から言えば、神職には職業的な魅力はあまりないはずだ。それなのに、父がなぜ公務員の職を投げうって神官の道を選んだのか、本当のところは美香にもよく分からない。ただ、父がそれを天職と信じていることだけは間違いなかった。口に出しては言わないが、社会の繁栄のもう一方にあるモラルの荒廃を食い止める礎石として、神社や神官の存在を考えているらしかった。その点、佐々木が言っていたような氏神の存在価値を見直すという考え方と、一脈あい通じるところがあるのかもしれない。

美香にはそこまでの『思い入れ』はない。神官もひとつの職業として認識していた。

だから、それだけでは生計も立たないような職業に対しては、はっきり言って、それほど魅力を感じていないことは確かだ。ただ、もし父が胸の内でひそかに、自分を後継者として期待しているとしたら――ということも考えないではなかった。僅《わず》か七年とはいえ、父は父なりに神社の経営に腐心し、氏子たちとの交流にも積極的にあたってきたと思う。身の周りにある自然――山や川、森、道をはじめ、一木一草にいたるすべての存在――に素朴な畏《おそ》れを抱くところから、人の生き方の出発点があるとする父の考え方そのものも嫌いではない。なろうことなら自分が跡を継いで、父が蒔《ま》いた「理念」の小さなタネを育《はぐく》んでいきたいような気持もないではない。

妹の利香にはまったくその気がない以上、もし自分という後継者がいなくなれば、父の引退、もしくは死と同時に、江藤《えとう》家は椿神社を去らなければならない。そうなると、あの神社は君根家と江藤家の二代にわたって主を失うことになるわけだ。

そう思った時、ふと美香は、君根家には後継者はいなかったのか――という考えが頭を掠《かす》めた。

――君根友則には子息はいなかったのだろうか？

何気ない思い付きから、美香は重大なことを連想したのだ。

3

週明けに、美香は阿山町役場の竹中に電話した。同じ町にいても、中学を出てからほとんど顔を合わせたこともない相手が、たて続けに連絡してきたので、竹中は驚いていた。

「忙しいところ申し訳ないんやけど、また訊きたいことがあるの。いいかしら？」

――ああ、美香のためなら、何度でも。それで、今度は何かな？

「この前の続きなの。ほら、前の宮司さんの君根さんのことだけど、君根さんのお宅には、お子さんはいなかったのかしら？」

――なんや、そんなことか。さあ、そう言われてみると、僕にもよう分からんが、いたのと違うかな。ちょっと待って、誰かに訊いてみるから。

「あ、それなんやけど、あまり他の人に知られたくないのよ。竹中さんだけで、こっそり調べといてくれへんかしら」

――なんや、それじゃ、僕と美香だけの秘密かいな。カッコいいな。

竹中は笑って、快く引き受けてくれた。

いったん電話を切って、しばらくたってから掛け直すと、美香が期待していたとおりの返事だった。
——君根さんには男の子と女の子がいるわ。子というても、どっちも僕なんかより
だいぶ上やけどな。息子さんが君根則和《のりかず》さんいうて、昭和二十五年八月十八日生まれ
だから、いま三十二か三ぐらいかな。娘さんは君根ゆう子——昭和三十二年十二月二
十日生まれ……、けどそんな娘さんがいたなんて、知らなかったなあ。あのお宮さん
にはよく行っとったけどなあ。美香ちゃんのことはなんべんも見てるが、そうかなあ、
娘さんがいたかなあ。
竹中はしきりに不思議がっているけれど、美香は満足した。むしろ、あまりにも想
像したとおりなので、とっさには声も出ないほど驚いた。
——もしもし、聴こえたんか？
竹中が大きな声で訊いている。
「あ、聴こえたわ、ちょっとメモしてたもんだから。どうもありがとう。それからね、
頼まれついでに、もうひとつ頼まれてくれんかしら」
——ふーん、何ね？
「その則和さんとゆう子さんていう人、どういう人だったか。とくに、椿神社をなぜ
継がなかったのか、そういうことについて、もし中学時代の同級生なんかがいたら、
それとなく訊いといてもらいたいんやけど……」

——同級っていうと、僕らより十二、三年先輩か。ＯＫ、役場の中にも誰かいるやろ。訊いといてあげる。急ぐんか？

「うん、できたら、なるべく早い方がいいけど。でも、そんな無理言ったら悪いし……」

——いいって、ほかならぬ美香の頼みやもんな。その内、いいこともあるやろし。

「ごめん。今度帰った時、お礼さしてもらうわ」

明日、あらためて電話することにして、受話器を置いたけれど、その日一日、美香はうずくような興奮が収まらなかった。

君根家に子供がいた——。それも二人も。

あたりまえのことのようだが、美香はいまのいままで、加部伸次は君根家の当主——君根友則を尋ね歩いていたのかとばかり思っていた。考えてみると、訪ねる相手はその家族だった可能性だって、充分あり得るわけだ。そして、案の定、君根家には則和とゆう子という子供がいたという——。

加部はその兄妹のどちらかを訪ねようとしていたのではなかったのか——。いや、恐らく年齢から見ても兄の則和の方だと考えられそうだ。

もしそうだとすると、加部と君根則和の関係はどういうものということになるのだろう？

加部は十五年前、人を殺して刑務所に入ったのだった。その頃は、君根則和はまだ十七か八――、高校を出たか出ないかという歳だ。その頃知り合ったのだろうか――。それとも、そうだ、もしかすると刑務所の中で知り合ったのかもしれない――。すると、君根則和もまた前科者か。何やらキナ臭い風景が見えてきたではないか。

美香は布団に入ってからも、なかなか寝付かれず、眠ったと思うと、今度はたてつづけに、ストーリーのはっきりしない、恐ろしい夢をいくつも見た。

翌日、九時になるのを待ちかねたように、美香は阿山町役場に電話した。

――えらい精勤やな。大学の方はいいのんか？

竹中は笑いながら皮肉った。

「もう授業は始まってるけど、ちょっとサボってるのよ。だから早く教えて」

――へえへえ、分かりました。あのな、君根則和いう人は、伊賀上野の高校へ通っていたのだが、高校を出るとすぐに東京の方へ働きに行ってしもうたそうやから、神社の跡は継ぐ気はなかったらしい。それで僕なんかは知らなんだのやな。

「じゃあ、それっきり帰ってこんの？」

――いや、そうでないんや。七、八年前にひょっこり戻ってきて、病気がちの宮司さんとおふくろさんを連れて、この町を出て行ってしまったそうや。噂《うわさ》では、親父《おやじ》さんを東京の大病院に入院させるためだったという話で、とにかく、見違えるほど立派になっとったそうだが、町の者にはろくすっぽ挨拶《あいさつ》もしなかったもんで、氏子連中はだいぶ気い悪くしたらしいがな。それから、娘さんのゆう子さんいう人の方やけど……。

こっちの方はどうでもいいような気がしたのだが、美香は辛抱づよく、「ふんふん」と相槌を打った。

――その人は小児マヒか何かで、ずうっと病院に入院しとるんやそうや。そやから、顔も見たことがないはずやわ。

「妙なこと訊くようだけど、その君根則和という人、何か、刑務所に入るような悪いことをしたのと違うかしら?」

美香が質問したとたん、竹中はおかしそうに笑いだした。

――ははは、人間つうのは同じようなことを考えるもんやなあ。その則和さんが戻ってきた時、町の者は、やっぱり同じように、『あれは東京でなんぞよからぬことでもして、金儲《かねもう》けをしたんじゃないか』と噂したんだそうや。しかし、もし刑務所に入ったのなら、家の方にも警察から連絡はくるはずやし、そうなったら狭い町のことやもの、みんな知ってしまうやろし、ということは、つまりそういう事実は何もなかったということやな。そりゃ、悪いことしても刑務所に入らんで済む政治家みたいのもいるけどな。

「そう……、でも、その人、どうして神社の跡、継がなかったのかしら？」

——そりゃ、あんなうだつの上がらないお宮さん継いでもしようがない……、あ、いけんわ、ごめん、えらいこと言うてしまったな。

「いいのよ、気にしないから。確かにうだつが上がらないんだもの」

美香は苦笑しながら、竹中の失言を許した。

君根則和が父親の神職を継ごうとしなかったのは分かるような気がする。自分がもし男で、しかも溢れるような野心を持っていたら、あんな、それこそ「うだつの上がらない」神社に縛られてなんかいたくなくなるに違いないと、美香も思うのだ。

——もっと何か役に立てることがあったら、言うてや。どうせ暇やから、なんでも承りまっせ。

竹中は失言の帳尻《ちょうじり》を合わせようというつもりか、愛想がよかった。

「どうもありがとう。そうだわ、もしできるなら、君根則和さんが昔、阿山町を出て行ってから、どこに住んでいたか分かるといいんだけど」

——ということは、いまの住所とは違うわけやな。

「それは分からないけど、多分、違うんじゃないかしら。山梨県の甲府とか、千葉県辺りかもしれんし」

——山梨に千葉か……、なんぞ心当たりでもあるんか？

「そういうわけじゃないけど……」

美香は言葉を濁した。山梨にしろ千葉にしろ、いずれも加部仲次ゆかりの地だ。君根則和が加部と接触する機会があるとすれば、その近くに住んでいたためかもしれない……と考えたのだが、べつに確信があるというわけではない。

——よっしゃ、ともかく調べてみるわ。戸籍謄本には出てなかったから、ちょっと難しいかもしれんがな。なんか、探偵ごっこみたいになってきたな。

竹中はやけに張り切って、陽気に言った。変化に乏しい、穏やかな生活の中で、美香からの奇妙な依頼は竹中にとって、ちょっとした刺激剤になったのかもしれない。そのことは美香にも言えることであった。いや、美香にとっては一層、身近な意味をもっているだけに、単なる野次馬根性ではなく、のめり込むような興味の対象になっていた。

丸一日待ってから、美香は竹中に電話を入れた。気持は急《せ》いていたけれど、今回の依頼はそんなに簡単なものではないという予感があったのだ。

——ズバリ的中したで、美香ちゃん。

竹中はのっけから弾んだ声を出した。

——君根則和さんは、転出はしなかったので戸籍謄本には出ていないが、当時、同級生が名簿を作るため、おふくろさんから東京の住所を訊いたことがあるそうや。それで、引越し先がどこやと思う？　なんと千葉県なんや。千葉県船橋市市場四丁目×番×号。

「船橋！……」

竹中の言う住所をメモしながら、美香は興奮して、思わず大きな声を出した。はっきり記憶しているわけではないが、最初に佐々木がレストハウス夏泊の「自殺」の話をした中で、加部伸次が事件を起こした場所というのが、確か『千葉県船橋市』と聴いたような気がする。

その日の午後、雅楽部の部室で佐々木に会った時、美香はそのことを確かめてみた。

「加部が事件を起こした場所だって？」

佐々木は眉《まゆ》を曇らせて辺りを見回してから、他の部員に聴こえないように、小声で言った。

「美香ちゃん、きみ、まだそんなこと調べているのかい？」

非難する言い方だったので、美香もつい、「そういうわけじゃないんですけど……」と、煮え切らない返事になった。佐々木はじっと美香を見詰めて、

「あとで話したいことがあるんだ、五時に公園のこの前のところで待っている」

早口に言うと、クルッと向うを向いてしまった。

まだ日中の残暑は厳しいけれど、夕方近くなると、さすがに涼風が立つ。公園の木

陰では、もうカーディガンが欲しくなるほどだった。美香の方が先に着いてしまって、二十分ぐらい遅れて、佐々木は駆け足でやってきた。

「悪い悪い、ちょっと事務局で学割の証明書をもらうのに手間取ったもんだから」

汗を拭《ふ》き拭《ふ》き、謝った。

「学割って言うと、どこか旅行するんですか？」

「ああ、明日の休日から日曜日までかけて、ちょっと田舎に帰ってこようと思ってね」

「青森ですか」

「うん、どうしてもはっきりさせてしまいたいことがあってね」

「………」

佐々木の様子にちょっと引っ掛るような雰囲気を感じたので、美香は黙っていた。

佐々木もそれっきり押し黙って、この前と同じように歩きだした。かなり歩いてから、突然、振り返ると、少し恐い目で美香を見ながら、ゆっくりりした口調で言った。

「きみ、吉野さんのことが好きなんだって？」

美香は心臓が破裂しそうなショックを受けた。何か言おうと思いながら、口がこわばって、すぐには言葉が出ない。辛《かろ》うじて、「清川さんですね」と無念の意思を籠めて、言った。

「ああ、彼女から聴いた。しかし、彼女を責めるのはやめたまえ。きみのことを心配して話してくれたんだからね」

美香は唇を嚙《か》んで、沈黙した。

「どうも僕にはよく分からないんだ。きみは吉野さんのことを、秀山の事件に関係しているのではないかって疑っていたくらいだからね。ところが清川君に言わせると、そういうふうに関心を抱くこと自体が、つまり、愛情の変形だっていうんだな。それに、きみもあえてそれを否定しなかったそうじゃないか」

「よく分からないって言ったんです」

「それはつまり、消極的な肯定っていうことになるんじゃないの？」

「…………」

美香はふたたび沈黙し、佐々木はしきりに首を振った。

「清川君はきみのことを、とても危険な状態だって言ってたよ。いや、僕もそう思う。僕が言うとおかしな受け取られ方をするかもしれないから、清川君の言葉を借りて言うけど、美香ちゃんは、勝手に考え出した虚像に恋しているんじゃないかって、そう言うんだ。いままで見たことのない世界に触れて、その未知なるものに憧れているだけだって言うんだな。つまり、吉野さんはきみにとって偶像なんだよ。偶像崇拝者は他人の言うことなど耳に入らないものだから、それを止《や》めさせるためには、偶像そのものを破壊する以外、方法はない。吉野さんという、秘密のベールに包まれた人物の本性を暴かないかぎり、きみの崇拝は止まないに違いない。それで僕は青森へ行くことにした」

「え？……」

美香は思わず顔を上げた。

「そのために青森へ行くんですか？」

「ああ、青森の警察へ行って、その後の捜査がどうなったのか、吉野さんの居所や実体は摑めたのか、そういったことを聴いてくるつもりだ」

瞬間、美香の脳裏には、村上部長刑事の人懐こい顔が浮かんだ。

「そうですか。青森へ行くのですか……」

「いや、もちろんそのためだけではないよ。きみのことを父親に相談するためでもあるのさ。しかし、その意味から言っても、最大の目的は吉野さんのことだ。それで、その結果、吉野さんの正体が分かって、虚像が実像になったら、美香ちゃん、このあいだの返事をしてくれるね。いや、もちろんイエス、ノー、どちらでも僕はきみの気持を尊重するつもりだ。ただ、幻影に邪魔されるようなことだけはないように願いたいものだね」

「分かりました」

美香はきっぱりした態度を示した。事実、吉野のことを調べに行ってくれる佐々木に、激励の言葉を贈りたいくらいだ。

「そう。その言葉を聴いて、僕も気分よく出発できるよ」

佐々木はやっと緊張から解放されたと言わんばかりに、肩の力を抜いた。それを待っていたように、美香は訊いた。

「あの、それで、さっきの質問ですけど、加部という人が事件を起こした場所……」

「えっ?……」

佐々木は意表を衝かれた顔になった。

「なんだ、まだそのことを訊くのかい?」

「ええ、どうしても知りたいんです」

佐々木は苦笑して、諦《あきら》めたように言った。

「加部が事件を起こしたのは、千葉県の船橋というところだそうだよ。しかし、美香ちゃんも、あっちこっちと、いろいろ気が回るもんだねえ」

なんと皮肉られようと、事実そのとおりなのだから文句の付けようがない。それより、美香は自分の記憶どおり、加部の事件現場が船橋であったことで勇気づけられる思いがしていた。

「糸魚川《いといがわ》」の謎

1

佐々木が青森へ発《た》ったあとを追うようにして、第何号だかの台風が来た。九州に上陸してまもなく熱帯性低気圧に衰え、その後、本州の日本海側沿いに東北地方を斜めに横切るコースを進んだので、伊勢《いせ》付近にはこれといった影響はなかったが、進路にかかった地方はかなりの被害が出たということで、テレビではさかんにそのニュースを報じている。

その時、美香《みか》は夕飯を済ませ、お茶を飲みながら食堂のテレビをぼんやり見ていた。

『――台風の影響により、本州中部の山岳地帯を中心にかなりの豪雨に見舞われ、降りだしてから六時間の雨量が、多いところでは二百五十ミリから三百ミリに達しました。そのため、各地で雨による被害が出ております。長野県の大町市から新潟県糸魚川市に通じる国道148号線、通称松本街道では、豪雨による土砂崩れが数ヵ所で発生して全面通行止め。また、国道と並行して走る国鉄大糸線も、白馬大池と平岩間で不通になっております。さらに新潟県側を流れる姫川の水嵩《みずかさ》が増し、下流にあたる糸魚川市では洪水のおそれも出てきたので、厳重な警戒態勢を布《し》いて――』

お茶を口許《くちもと》まで持っていった状態で、美香の動きが止まった。

（糸魚川――）

テレビから流れ出た音声の、その部分に、ふと引っ掛った。「糸魚川」という固有名詞をどこかで聴いたような気がする。いつ、どこで、誰が言っていたのだったかしら？――。糸魚川に知人がいるわけでもないし、行ったこともない。大きな事件があったという話も聴いたことがなかった。それなのに、「糸魚川」というアナウンサーの言葉を耳にした瞬間、美香の胸は原因の分からない、黒い不安に重苦しく閉ざされた。そこから逃れ出ようとして、思考をめまぐるしく回転させる内に、ふいに、その闇《やみ》の中に閃《ひらめ》くものを、美香は発見した。

「あっ……」

思わず小さく叫んだ。隣で一緒に食事をしていた清川妙子が、びっくりした目を向ける気配があった。美香は何事もなかったような顔をとり繕うと、「御馳走《ごちそう》さま」と言って席を立った。この前の一件以来、妙子に対して不信感のようなものができている。

部屋に戻ると、同室の二人は外出中だった。美香はベッドに横になって、天井を見ながらさっきの思索の続きに没頭した。妙子の前では素知らぬふりを装ったけれど、胸の鼓動は収まっていなかった。

「糸魚川」と言ったのは、秀山一平だったのだ。夏泊半島の合宿の時、佐々木と何かの議論をしている中でそう言ったのだ。

「糸魚川で見た……」

確か、そんなふうな言い方だった。

(あれは何だったのだろう?——)

『議論』の中身は雅楽や舞楽の庶民化とか堕落とか、そういった話だったように記憶している。秀山が雅楽の堕落を嘆いて——、そう、あちこちの郷土芸能を見て歩いて、ひどく失望したとか言っていたのだ。そうして、突然、「糸魚川で見た」と言ったのだ。それもただごとではない顔付きで、そう言った。そうだ、確かにあの時、秀山は重大な発見をしたに違いない。

「糸魚川で見た——」

(何を?——)

美香は頭の中にある秀山の面影に問いかけてみた。

（秀山さんは、いったい何を見たと言ったの？）

秀山と佐々木の間で交された問答を、その時の情景ごと思い出そうと、目をつぶり、思考を集中する。しかし、別にこれといったことは思いつかない。あの時の会話は、平内町役場の観光課長が演奏会の話を持ち込んできたことに対する相談だった。そのことから雅楽の堕落――という思いがけない話題へと、話が発展したのだった。

そして――、話の途中でふいに秀山が、「糸魚川で見た……」と言った。

（何を？――）

美香はベッドの上にあぐらをかいて、自分の頭を両手でポカポカ殴った。

（どうしてお前は、そんなに頭が悪いの？――）

すぐそこまで出てきていそうで、どうしても思い浮かばない。たまらない焦燥感が、背中の辺りを駆けめぐる。

美香は住所録を開いて秀山の実家の電話番号を調べると、十円玉を山のように用意してロビーにある赤電話のダイヤルを回した。

――はい、秀山でございます。

あの、気の強そうな母親の声が応じた。美香はこちらの身分を明かし、お悔やみを言ってから訊《き》いた。

「あの、秀山さんは、新潟県の糸魚川へいらしたことがあると思いますけど、ご存じありませんか?」

——ああ、そのことでしたら存じておりますよ。確かこの春休みでした。なんでも卒業論文のための取材だとか申しまして、行って参りましたが。

「何を取材なさるとか、そういうことは仰言《おっしゃ》っていなかったのでしょうか?」

——ええと、それはなんとかいうお宮さんのお祭で、舞楽をやるとか申してましたから、きっとそのことだと思いますけど。

「神社の名前はお分かりになりませんか?」

——ええ、そこまではちょっと……。

それは調べればいいことだ。美香は礼を言い、もう一度お悔やみを述べてから電話を切った。

地図で見ると、秀山の実家のある金沢から糸魚川までは、そう遠くない距離だ。おそらく秀山は日帰りで気軽に出掛けて行ったのだろう。糸魚川駅の近くに『天津《あまつ》神社』という文字が読み取れた。

(ここかしら?——)

美香は図書室へ行って、地名辞典を開いた。それに糸魚川市の天津神社で行なわれる舞楽のことが書かれていた。毎年四月十日の例大祭に、この神社では喧嘩神輿《けんかみこし》と並んで、古くから稚児《ちご》舞を中心とした舞楽が奉納され、国の無形文化財に指定されているという。秀山はその舞楽を取材したに違いない。そこで「何か」を見たというのだろうか？――。

（でも、おかしいわ――）

美香は気が付いた。大祭の行なわれる四月十日といえば、すでに新学期が始まっている。雅楽部の活動も当然、平常に戻っていたはずだ。その時期に秀山が欠席したというような記憶は美香にはない。そういえば、秀山の母親も、はっきり「春休みに……」と言っていたのだ。

しかし、秀山が糸魚川へ行って何かを見たのは間違いない――と美香は思った。

（どうしよう……）

美香は泣きたいような衝動に駆られた。なぜ、こんなにまで秀山の言ったことが気になるのか、自分でもさっぱり説明が付かない。いや、実際は分かっているのに、あえて心理の底に隠して、見ないようにしているのではないか――という気もする。しかし、どのみち、その正体を見極めなければ、自分の気持が収まらないことも確かなのだ。美香は銀行へ走って、虎《とら》の子《こ》の貯金から、ギリギリ旅費に必要な分だけを引き出すと、翌朝、糸魚川へ向かった。

八時三五分名古屋発の、高山本線・急行『のりくら1号』に乗ると、富山に一三時二四分、富山から北陸本線に乗り継いで糸魚川到着は一四時五〇分。これが最も早い便ということだが、それでも伊勢からだと八時間の長旅になる。

　糸魚川は地図の上では、日本海の荒波に直面していて、いかにも魚臭い町のようだが、駅を出てみると、こぢんまりとした静かなたたずまいだった。ことに、駅裏の住宅地には、まるで伊勢の町並みを思わせるような落着きがある。天津神社の境内はその住宅地のすぐ背後に広がっていた。この地の『一の宮』と称されるだけに、想像していたのよりはるかにスケールが大きく、美香は少し気後れがしたほどだ。

　拝殿と二つの本殿の脇《わき》を通って、境内の東の外れにある社務所まで、結構、距離があった。社務所の玄関を入り、恐る恐る声をかけると、上品な婦人が顔を出した。若い娘の客を見て、不思議そうに首を傾《かし》げている。美香は皇習館大学の学生であることを名乗ってから、用件を切り出した。

「あの、こちらのお宮の大祭の時に奉納される、舞楽のことについてお訊きしたくて参ったのですけど」

「はい、どのようなことでしょう?」

「たとえば、いつごろの起原だとか、楽器の編成ですとか、舞楽の内容とか……、です」

「あ、それでしたらお父さんの方がいいわね。ちょっとお待ちください」

　婦人が引っ込んで、しばらく待たせてから、浄衣姿の、大柄でいかつい顔の神職が現れた。それがここの宮司で、「吉倉です」と名乗り、「まあどうぞお上がんなさい」と、愛想よく玄関脇の応接室へ招じ入れてくれた。

「大学の卒業論文のテーマなんです」

美香はいくぶん緊張しながら言った。

「ほう、あなたもですか」

吉倉宮司は驚いたように言った。

「えっ？　すると、私の他にも何方《どなた》か、同じようなことでこちらに見えているのでしょうか？」

「ああ、来ましたよ。そうだ、確かあなたと同様、皇習館大学の学生さんじゃなかったかな。金沢の人だとか言っとったようだが」

「じゃあ、秀山さんですわ、きっと。秀山さんて仰言いませんでした？」

美香は思わず急《せ》き込《こ》むように、言った。

「そうねえ、そんなような名前だったですよ。そうすると、あなたのお友達でしたかな」

「ええ、先輩です。それで、秀山さんがこちらにお邪魔したのはいつ頃《ごろ》のことでしょうか？」

「ええと、あれは三月の末頃だったと思うが……。どうもはっきり憶《おぼ》えておらんのですが」

「あの、春の大祭の時ではありませんか？」

「え？　いや、大祭は四月十日ですからな、それよりだいぶ前ですよ。しかし、大祭の話――ことに奉納舞楽の話を聴きたいといってみえたのでしたが。あなたも同じでしたかな」

「ええ、そうなんです」

「そうですか。それだったらわざわざここまで来なくとも、その秀山さんとかいう人にお聴きになったらよかったですよ。あの人はずいぶん熱心に研究なさっとったようだから。なにしろあんた、四時間ものビデオテープを全部見て行かれましたからなあ。わしなんかより、詳しいかもしれん」

吉倉は大きな口を開けて笑ったが、美香は逆に湿っぽい顔になった。

「あの、じつはその秀山さんなのですけれど、お亡くなりになったんです」

「えっ……」と、宮司は口を開けたまま、表情が変わった。

「そうでしたか、そりゃあお気の毒に……」

「それで、秀山さんはこちらで何方《どなた》かとお会いしているらしいのですが、お心当たりはありませんか？」

「何方か、というと、誰のことですかな？」

「誰かということは、分からないのですけど……」

「はあ?……」

宮司が妙な顔をしたので、美香は慌てて注釈を加えた。

「何方か分からないのですが、でも、誰かと会っているのです。その、何て言いますか、たとえば、珍しい人——、というような……」

「ここで、ですかな?」

「ええ、たぶん」

「いや、その時は秀山さん以外にお客はいなかったと思うが……。うん、誰もおりませんでしたぞ」

「あの、それは間違いないでしょうか?」

「間違いないって……、ああ、間違いはないと思いますよ。しかし、ここを出てから誰かと会ったというのなら別ですがな」

美香はがっかりして、肩を落とした。この場所以外で会った人物だとしたら、ちょっと手掛りが摑《つか》めそうにない。そして、ついに美香は最後の望みを籠《こ》めて、心に秘めた「人物」の名を口にした。

「あの、ちょっとお聴きしますけど、宮司さんは吉野という方をご存じありませんか?」

「吉野さんねえ、知らんこともありませんが」

「えっ？　ご存じなんですか？」

美香は胸が締めつけられるような感動に襲われた。

「うちの氏子に一軒、吉野さんというのがおることはおります」

「その方は雅楽を演奏なさいますか？」

「ええ、まあ演奏しますな。お祭りの時は必ず出ていますから。かれこれ三十年ぐらい勤めているんじゃないですかな」

「三十年……、と言いますと、その方はお幾つぐらいの方でしょう？」

「五十幾つになったか、ちょっとはっきりしませんがな」

美香は張りつめたものが、全身からスーッと抜けるのを感じた。それでも気を取り直して、訊いた。

「吉野さんには、ご家族はいらっしゃらないのでしょうか？　たとえば、息子さんとか、甥御《おいご》さんとか」

「息子はおりませんな。甥御さんはどうか知りません。しかし、いないんじゃないですか。ずいぶん長い付き合いだが、聴いたためしがありませんからな」

考えてみれば、吉野などという姓はどこにだってあるのだ。宮司の知り合いの吉野が、（あの）吉野である可能性は微々たるものに違いない。

「ところで、わしはこれから仕事で出にゃならんのですがな。こんなところで失礼させてもらってよろしいでしょうかな？」

「あ、申し訳ありません。お忙しいところをお手間取らせまして……」

美香は深ぶかと頭を下げた。ガックリきている様子が宮司にも分かったのだろう、気の毒そうな顔で言ってくれた。

「折角、遠いところを来てもらったのだし、もしよければ、秀山さんが見て行かれたビデオを、あんたも御覧になったらいい。ちょっと長いが、途中まででも何かの参考にはなるでしょう。これは、国の無形文化財に指定されたのを機会に、ＮＨＫがライブラリーのために撮影して行ったもんですからな、なかなかよく撮れております。卒業論文を書くのなら、わしの話なんかを聴くよりはためになりますよ」

美香はすっかり失念していたが、そもそもの触れ込みは、「卒業論文を書くため」ということだったのだ。いまさら、それはもう結構ですとも言えず、見たくもないビデオテープに付き合うことにした。吉倉宮司はビデオをセットして、後のことを夫人に委《ゆだ》ねると、時計を気にしながら外出して行った。

ビデオはまず天津神社の由緒から始まった。創建は八〇二年といわれ、現在残っている大拝殿は一六六二年の建築とされる。その辺りはハイスピードで回してもらって、大祭関係の部分を探し出した。夫人はいやな顔もしないで、美香の頼みを聴いてくれる。

大祭の目玉は二つある。一つは喧嘩神輿と称《よ》ばれるもので、大祭の午前中、神社の境内全域を使って、二つの町内会がそれぞれの神輿を担いでぶつかり合う、勇壮なものだ。当日は境内にさじきも連なって、三万人の見物客がつめかける。この地方では「四月十日の大祭り」として古くから知られているという。

そして問題の奉納舞楽の歴史も、一説では室町期からと伝えられる。真偽のほどはともかく、用いられる舞楽面や振付は、三つある舞楽の流儀の内、天王寺派といわれるものにかなり近い。親不知《おやしらず》子不知《こしらず》の難所によって、陸上の往来が隔絶されているようなこの地に、どうしてこうした文化が伝来したのか、興味を惹《ひ》かれることではあった。

画面は舞楽の練習風景に移っていった。酒焼けしたような顔の老人たちが、神妙な姿勢で笛を吹き、太鼓を打つ様子は微笑《ほほえ》ましい。演奏される楽器が、笛と太鼓に限られているあたりに、中央の芸能が土着する過程での省略を読み取ることができる。初期の頃は、恐らく他の楽器もある程度揃《そろ》っていたのだろうが、やがて、笙《しょう》などの、難しい楽器は淘汰《とうた》されていったに違いない。演奏者はもちろん、楽器そのものの維持も困難をきわめたことであろう。そうやって、貴族文化は郷土芸能として根付くことになる。それを秀山は「雅楽の堕落」と言って嘆いたのだ。ビデオを見ながら、美香もその秀山の気持は心情的に理解できるような気がした。

画面は熱の入った練習風景を写し出している。そして、突然、美香は大声を発した。

2

「あっ、吉野さん……」

宮司夫人はびっくりして、美香を振り返ると、目を丸くして言った。

「あら、吉野さんを知っておいでした？」

「ええ……」

美香はようやくの思いで、かすれた声で答えた。その間にも、画面はどんどん変わってゆく。

「済みません。いまのところ、もう一度見せていただけませんか」

「はいはい」と、夫人は気軽にテープを戻すと、さっきの場面を選び出して、今度はスローモーションで回してくれた。

（やはりそうだわ――）

あの吉野が、練習している人々の背後から真剣な眼差しで、笛の音に聴き入っている。カメラは演奏者たちを嘗《な》めるようにパンしているところで、吉野の顔は三十秒あまり画面の中にあった。服装は冬物のスーツらしいが、美香は平内の駅で別れた時のことを思い出して、懐かしさのあまり、ほとんど泣き出しそうになっていた。

やはり秀山は、この地で吉野を見ていたのだ。ただし、ビデオテープの中で――。そのことを思い出した時、秀山は吉野がなぜ夏泊半島にいるのか、ずいぶん不思議に思ったことだろう。それは美香とても同じことだった。見たところ、吉野は立派な身形《みなり》だし、ちょっとした青年実業家タイプと言ってもいい恰好《かっこう》をしている。その吉野がどうして、あんな辺鄙《へんぴ》な場所で、レストハウスの調理場を手伝わなければならなかったのだろう？　いや、それより何より、吉野はなんのために夏泊半島へ行ったのだろう？――」

画面の方は、稚児舞を舞う子供たちの練習風景に移っていたが、美香にはそんなものはどうでもよくなっていた。

「あの、吉野さんは絵をお描きになるのですよね？」

美香は訊いてみた。

「さあ、吉野さんが絵をねえ……。ちょっとピンときませんけど、でもあの方も定年で暇ができたから、絵でも始めたのかもしれませんわねえ」

「えっ？　定年？……」

美香は驚いた。

「定年、て言いますと、どういうことでしょうか?」

「あら、それはご存じじゃなかったですか。吉野さんは去年、五十七の定年で勤めをお辞めになったそうですよ」

「あ、あの、済みません。もう一度テープをさっきの場所まで戻してください」

美香はうろたえて、声がもつれた。どうやら、夫人の言っている「吉野」は別人のようだ。さっきの場面が出ると、美香は(あの)吉野の顔を指で示して、

「私の言っている吉野さんは、このひとですけど」

「あら、その方も吉野さんでしたの? それは知りませんでした。私の言う吉野さんはこの方ですよ」

宮司夫人は「吉野」の前で、一心に笛を吹いている初老の男性を指差した。

「まあいやだわ、吉野さん違いでしたのね」

夫人はおかしそうに笑っているが、美香はそれどころではない。

「じゃあ、こちらの吉野さんのことはご存じないのでしょうか?」

「ええ、知りませんでした。この土地の方じゃないと思いますけど……。でも、もしかしたら吉野さんのご親戚《しんせき》の方かもしれませんわね」

「あ、そうですね。じゃあ、こちらのおじさんにお訊きすれば分かりますね? あの、この方のお宅を教えていただけませんでしょうか」

「ええ、いいですよ。すぐ近くですから、なんならご案内しましょう」

夫人はどこまでも親切だ。ビデオを片付けると、サンダルをひっかけて表へ出た。社務所の裏手に小川が流れていて、それを渡った辺りはひなびた住宅地である。その一軒に「吉野」の表札が掛かっていた。もうすぐ吉野の消息が摑めると思うと、美香はすっかり気持が上ずった。

だが、吉野老人はあっさり首を横に振った。

「わしは知りませんよ、吉野ちゅう人は。うちの親戚にその年頃の男はおりませんしなあ」

宮司夫人は困った顔で美香を振り返った。美香はすがりつくような声で言った。

「あの、ビデオで見たんですけど。おじさんの後ろにいたスーツ姿の男の人ですけど……」

「ああ、あのビデオならわしも見せてもろうたが、あの男の人かいな。ネクタイを締めた」

「ええ、そうですそうです。あの吉野さんです」

「いやあ、あの人なら吉野さんと違うでよ。なんというたか忘れたが、吉野ではねえことだけは確かだ。それだったらわしと同じ名前だもんな、忘れっこねえだし」

「えっ？　吉野さんじゃないんですか？」

「うん、吉野とは言わなんだな」

「でも、名前は言ったんですか？」

「ああ、言うたが、どうも、忘れてしまったなあ」

「あの、おじさんとはどういう関係の人だったのですか？」

「関係って、別に関係はねえが、わしの笛に感心したとか言うて、一所懸命聴いとったですよ。しかし、あの人もなかなかのもんじゃと、わしは睨《にら》んだな。専門は笙をやるとか言うとったが、笛のコツもよく知っとるようじゃった。あとでじっくり腰を据えて、一杯やりながらでも話をしたいと思っとったのだが、なんでも、ここの舞楽の評判を聴いて、通りがかりにちょっくら立ち寄ったので、時間がねえとかで、そのまま行ってしまったのだが、今時珍しい人だったなあ」

老人は目を細めて、青年の面影を偲《しの》ぶ様子だった。

美香は知らず知らずのうちに涙ぐんでいた。あの吉野がここに来て、笛を聴いて感動したという情景が目に浮かぶような気がした。椿《つばき》神社の合宿を覗《のぞ》いていた時の、真剣そのもののような表情といい、佐々木の演奏に、思わずクレームを付けたことといい、あの人は純粋に雅楽の虫なんだわ――と思い、そう思ったことに、自分で感動していた。

「あの、私にもおじさんの笛を聴かせていただけないでしょうか？」

「ほうっ……」

吉野老人は美香の突然の申し出に驚いたようだが、すぐに相好《そうごう》を崩した。

「いいですとも。いや、嬉《うれ》しいことを言うてくれますなあ」

いそいそと立っていって、錦《にしき》の袋に納めた笛を持ってきた。床の間を背に正座し、笛を構えると、いままでの素朴な田舎老人に、近寄りがたい風格のようなものが感じられた。笛は横笛――いわゆる竜笛で、音域が広く、それだけに自在なテクニックが駆使できる楽器だ。老人の演奏はこれまで美香が耳慣れたものとは一風変わったものだった。多少の「都振り」は残っているけれど、陽気で自由な楽想をのびやかに吹奏している。それはやはり野趣というべきものに違いない。そして、何よりも旋律《せんりつ》が自然な方向に流れてゆく。初めて聴く者にとっても、少しも違和感がなく、ほぼ期待どおりの音階が次々に展開してゆく曲想は、なんとなく演歌に共通するものがあるような気さえした。

美香は吉野老人の笛に聴き入りながら、『吉野』が、自分と同じ――いや、それ以上に強く、老人の笛に感動しのめり込んだであろうことを、まるで美香自身の体験のように実感できた。

「いかがでしたかな?」

笛を持つ手を膝《ひざ》の上に置くと、老人はもう素朴な顔に戻っている。

「素晴らしかったです。感激しました」

美香は率直に、思ったままを言った。老人は嬉しそうに、うんうんと肯《うなず》いた。

「お若い人がこういうものを好んで聴いてくれるようになれば、わしらは本望ですがなあ」

しかし、美香にしてみれば、いつまでも余韻を楽しんでいるわけにはいかない。老人の気分を損なわないように、控え目な口調で訊いた。

「それで、さっきの方ですけど、どちらの方かも分かりませんでしょうか？」

「ああ、あの人ねえ。ええ、分かりませんなあ。なにしろ、練習の合間に、ちょっと言葉を交したぐらいなもんでしたからなあ」

結局、それ以上の進展は望めそうもなかった。美香は老人の家を辞去して、宮司夫人に鄭重《ていちょう》に礼を述べると、糸魚川駅の方へ向かった。もう四時半を過ぎていて、今日中に伊勢へ帰り着くことはできない。美香はなるべく安そうな旅館を選んで、宿を取った。

時期外れなのか、もともと客の少ない所なのか、旅館はガラガラに空いていて、その分、女中のサービスがいい。ちょうど湯が沸いたばかりだといって、すぐに風呂《ふろ》を使うようにしてくれた。風呂に入ると、疲れがどっと出たらしく、美香は横になって部屋のテレビを見ているうちに、ウツラウツラしてしまった。

「あら、お疲れみたいですね」

お茶を運んできた女中の声で目が覚めた。起きようとすると、「いいんですよ。宿泊カードここに置いときますから、後で書いといてくださいい」と言い残し、そのまま行ってしまった。美香にとって、それはありがたい配慮であった。本当に欲も得もなく、ただひたすらに眠かった。ぼんやりした頭の中で、『吉野』のことを考えていた。吉野とは、いったい何者だったのだろう——なぜ、そんな偽名を使ったりしたのだろう——。いや、偽名を使ったのは、村上部長刑事も言っていたように、ほんの悪戯《いたずら》心からだったかもしれないけれど、いったい、何のために夏泊半島なんかへ行ったのだろう——。そして、秀山は『吉野』について何を知っていて、「面白い、面白い」を連発していたのだろう——。そのことと、秀山が殺されたこととの間には相関関係があるのだろうか——。

美香は少し眠ったのかもしれない。何かの物音で目を覚まし、喉《のど》の渇きを覚えて、座卓の上のお茶に手を伸ばした。不安定な恰好をしていたために、冷えた茶が茶碗《ちゃわん》から溢《あふ》れ、指を濡《ぬ》らした。

その瞬間、美香の脳裏には、一つの情景がありありと浮かんだ。

美香は座り直して、右手の茶碗の中をじっと見詰めた。黄色い液体が、かすかに揺れている。恐る恐る口に近付けて、舌の先で味わってみた。むろん、何の変哲もない、すっかり冷えてしまった、いくぶん出がらしらしい茶の味がした。

（でも——）と美香は思った。（あの時のお茶には青酸加里が入っていたんだわ）

夏泊半島で死んだ加部伸次は、いまとそっくり同じような状況で茶を飲んだと聴いている。そして、その茶に入っていた青酸加里によって、即死した。

（あの女中さんに殺意があれば、私は死ぬことになっていたんだわ——）

ばかげた話には違いない。女中に殺意があるはずはない。もちろん、レストハウス夏泊の手伝い、畑井三津子にだって、そんなものはありはしなかったのだ。だからこそ、警察は加部の死を自殺で処理した。

しかし、もし手伝いでなく、他の誰かに殺意があったとしたら、自分にしろあの時の加部にしろ、まったく無防備の状態ではなかったのか——。そう考えると、美香は慄然《りつぜん》とした。

警察は殺意のある人間を特定できなかったから、加部の死を自殺と認定した。実際問題として、あの日、あの場所で、あれほど巧妙に殺人を実行できる条件なんて、そうザラにあるものではない。よほどの手練《てだれ》が殺人者であって、加部をピッタリつけ狙《ねら》っていたとしても、レストハウス夏泊の人たちに感づかれないように侵入するだけでも容易なことではなかったに違いない。警察がそう判断したことは、むしろ当然というべきだろう。

しかし、仮に加部を殺した人物が、じつは内部の人間だとしたら、犯行はいともたやすかったのではないか。早い話、お茶を運んだ手伝いの畑井三津子が犯人なら、加部はさっきの美香のように、まったく無警戒に、起き抜けに喉の渇きを癒《いや》す一杯を、一気に飲み干しただろう。もっとも、警察はその点も抜かりなく調査した上で、シロの判定を下したはずだ。なんといっても、加部はまったく夏泊半島には縁のない人間だったのである。要するに、フラッとやってきて、毒を飲んで死んだ——。これでは誰が見たって自殺としか考えられない。殺しの動機を持つ者など、一人もいるわけがないのだ。

(それでも、もしかして——)と美香は執拗《しつよう》に考えを推し進めた。

(内部の誰かが犯人だとしたら——)

美香はその思い付きに、自分で驚いてしまった。清川妙子が言っていた『名探偵・三つの条件』の内の一つ、「仮説を樹《た》てること」に、これはあてはまるのかもしれない。加部の死を『殺人』と仮定すれば、犯人は内部にいなければならないし、しかも、加部が接触してくる一瞬のチャンスを捉《とら》えて殺しを実行できる準備がなければならない。ドロナワではないが、加部の顔を見てから青酸加里の手配をするのでは遅いのだ。もっとつきつめて言えば、犯人はあらかじめ加部の来ることを予測して、手ぐすね引いて待っていた——ということになる。

秀山も、いまの自分と同じことを考えたのではあるまいか——。つまり、夏泊半島のあの場所に、加部を待っていた『殺人者』がいたと——。

そういう着想が生じるのは、あの場所に、いてはならない人物がいた、ということによるのではないか。いや、言葉を変えれば、「いることが不自然な」人物——ということだ。その人物に出会ったからこそ、秀山はそういう着想を抱くことになったのでは？——

そうだ、『吉野』があのレストハウス夏泊の調理場で働いているなどというのは、どう見ても不自然ではないか。恐らく秀山はそう思い、レストハウス夏泊へ行ったり、小湊《こみなと》からひそかに電話して、『吉野』の住所が詐称であることなどを調べたりしたに違いない。

その結果、秀山は『吉野』への疑惑を固めた。『吉野』が出発しようとした時、強引に引き留めることができたのも、そういう疑惑をチラつかせて脅したからだろう。もしかすると、金品を巻き上げるような真似《まね》もしたのかもしれない。いや、抜目のない秀山のことだ、恐らくそうしたに違いない。それに、秀山はサラ金の返済に汲々《きゅうきゅう》としていたはずだ。もし秀山にその気があったなら、『吉野』が七月二十四日にどうしても出発すると決めた時、そのまま見逃すわけはなかったに違いない。

「あいつ、逃げる気か……」と言った秀山の言葉の意味は、こう考えてくると、初めて納得がゆく。秀山はあの夜、金づるの『吉野』を脅しに、レストハウス夏泊の『吉野』のところへ出掛けて行ったのではないか。秀山にしても後ろめたいことをしているのだから、他の者たちに知られないように、『吉野』の部屋の外から訪れたことは充分、考えられる。

そうして、悲劇は起きた——。

美香は悪寒に襲われて、肩をすくめた。この仮説が愚にもつかない妄想であることを願った。

しかし、冷静に考えれば考えるほど、この事件ストーリーは非の打ちどころがないように思えた。欠点があるとすれば、第一に、『吉野』に加部伸次を殺さなければならない、どのような必然性があったのかが分からないこと。第二に、加部があの時期、あの場所に現れるということを、『吉野』がどうやって予測できたのか——ということだ。

第一の点はともかく、第二の点については、こうも考えられる——と美香は思った。つまり、『吉野』には必ず加部が来るという予測はなかったのだが、青酸加里だけは肌身離さず持っていて、とっさの役に立てた、ということ。『吉野』が調理場から加部が来たことを見ていたとすれば、三津子の報告によって、お客の加部がどうやら眠ってしまったらしいと知って、急いで犯行にとりかかったと考えられないこともない。

その場合、トイレへでも行くようなふりをして、裏の非常階段からこっそり二階へ上り、熟睡している加部に気付かれずに、茶碗の中に毒物を落とすことは、そう難しい作業ではなさそうだ。

(でも、何のために?——)

あの『吉野』に、加部を殺さなければならない動機があったとは、美香にはどうしても考えられない。それが美香の推理の壁であるのと同時に、唯一の救いでもあった。

3

美香が糸魚川に着いたのと同じ頃、佐々木は平内警察官派出所の村上部長刑事を訪ねている。

捜査に進展が見られないせいか、それとも、四年続きの冷夏で、地元の景気が悪いせいか、派出所の空気はなんとなく寒々しい。

「吉野氏の行方はまだ分かりませんよ」

村上は渋い顔をして言った。帰郷してから、佐々木が村上を訪ねるのはこれで五度目だ。伊勢でのこともあるので、最初は愛想がよかった村上としても、こう繁々とやって来られては渋い顔もしたくなる。それに佐々木の言うことといえば、判で捺《お》したように、「吉野さんの行方は分かりましたか?」である。

「ぜんぜん分かりません」と、はじめに答えておけばよかったのだが、ついうっかり、

「まもなく分かる予定です」と口を滑らせたのが、佐々木に希望を持たせることになった。

しかし、村上の『つもり』としては、掛値なしに、「まもなく分かるはず……」だったのである。

「京都からの手紙さえ届けば、なんらかの手掛りが摑めると思うんだがねえ……」

村上は、なかば祈りにも似た声を出した。

「山田仙太郎さんという笙作りの名人がいてね……」

「仙太郎さんなら知ってますよ」

佐々木は言った。

「およそ、笙を真面目《まじめ》にやろうとする者なら、いつかは『仙』の刻印のある笙を吹きたいと念願していますからね。しかし、仙太郎さんの手紙って、どういうことなんですか?」

「いや、だからね、要するに、笙の演奏家の優秀なのは、大抵、その山田仙太郎という人に笙の製作を依頼するだろうから、山田さんに訊けば隠れた名人の存在も分かるのではないかと、……あ、これはね、あんたも知っている豊野秀明さんが教えてくれ

たんですよ」

「へえー、豊野さんに会われたんですか」

「会いました。まあそういうわけで、一応、こっちの注文どおり仙太郎さんがやってくれれば、筌の製作依頼者の名前が全部リストアップされてくることになっているのです。その中に吉野氏の名前か、またはそれらしい人物の名前が入っていることは、まず間違いないですよ。あんな若さでそれほどの吹き手は滅多にいないという話ですから」

「そうですね、僕もそう思います。さすがに警察は一歩一歩、着実に捜査を進めているもんですねえ」

「ははは、お褒めにあずかって恐縮ですな」

　そう言ってから、村上はジロリと佐々木を見た。

「それにしても佐々木さん、あんたがそれほど吉野氏のことを気にするというのは、何か特別な目的があるんじゃないですか？」

「いや、それは、ですから、秀山を殺した犯人が吉野さんなんかであって欲しくないから、早くすっきりしてもらいたいためだって言っているでしょう」

　そのことは、最初に村上を訪れた時に説明してあるのだ。しかし、村上は疑惑を籠《こ》めた視線を動かさずになおも言った。

「それだけですかねえ……」

佐々木は村上の視線から逃れるように顔を背けた。

「もし何かあるのなら、隠さずに教えてくださいよ。正直なところ、警察は材料不足で困っているのですからねえ。なんでもいいんです、どんなに不確実な情報でも、捜査の糸口になるかもしれませんから」

佐々木はさんざんためらいを見せたあげく、思い切ったように言った。

「いや、情報なんかではありませんが、じつは、これはプライベートなことなので、あまり話す気にはなれないのですけど、例の江藤《えとう》美香がですね、どうやら吉野さんのことを好きになってしまったらしいのです」

「ほう、それは……」

村上は目を大きく見開いて、佐々木を見詰めた。

「しかし、吉野氏は、秀山さんを殺した犯人かもしれないじゃないですか。選《よ》りに選ってそんな相手を、どうしてまた好きになったりしたのです?」

「いや、それははっきり聴いたわけではないですけどね。彼女の友達に言わせると、吉野さんという人の、なんていうか、秘密めいたところに惹かれたんじゃないかということですよ」

「そんなもんですかねえ、あの娘さんがねえ。どうも女性の考えることは理解できませんよ」

それは村上の実感であった。

「そうでしょう? 僕だって彼女の気持が分からないのです。そりゃ、ある点では、僕だって吉野さんを尊敬してますよ。してますけど、こんな状態になって、素姓も知れないような相手に、どうして……」

佐々木は子供のように口を尖《とが》らせた。村上はそういう佐々木を興味深そうに眺めた。

「なるほど……、つまり、佐々木さんが吉野さんを発見したい真の目的は、どうやらその辺にありそうですな」

佐々木は顔を赤らめた。

「はっきり言えばそうです。僕は彼女の妄想を断ち切るためにも、早く吉野さんの実像を明らかにしたいと思っているのです」

「いや、分かりますよ。僕だってあの娘さんには魅力を感じていますからな。職務上の制約がなければ、お付き合い願いたい女性です」

ぬけぬけと言って、大口を開いて笑った。佐々木も仕方なさそうに苦笑した。

「そういうわけで、警察のお手伝いができるような手掛りでも掴めればと思って、何度もお邪魔しているのですが、しかし、僕も明日はもう大学へ戻らなければなりませんから、お邪魔するのもこれが最後になります。ご安心ください」

「そうですか、もう帰るのですか。そうなると、少し寂しい気もしてきますねえ」

「そんな、お世辞は言わないで結構ですよ」

二人はようやく笑顔を見交した。

その時、事務の女性が届いたばかりの速達を運んできて、「お待ちかねのラブレター」と、皮肉っぽい目で笑って手渡した。村上が毎日のように、朝から晩まで、「まだか、まだか」と彼女をしつこくせっついていた京都からの封書だ。

「きたか、きたか」

村上はいそいそと封を切って、書類を広げた。その後ろから、当然の権利のように、佐々木は覗き込む。村上も気付いているが、文句は言わなかった。この辺りが派出所の気楽なところと言えば言えなくもない。

封筒の中には三枚の罫紙《けいし》が入っていた。どれにも毛筆で人名と住所がビッシリ書き込まれている。なかなかの達筆で、読むのに苦労しそうだったが、そればかり気を付けているので、『吉野』という文字はすぐに目に付いた。

「あった、あった」

村上は思わず大声を出した。それを聴きつけて、所長席から長内警部もやってきた。

「あったのかね?」

「ええ、ありましたよ」

村上は指の先で示した。

——杉森為二　奈良県吉野郡吉野町吉野山——

「なんだ、これは地名じゃないの」

長内は呆《あき》れたように言った。

「いや、それはそうですが、吉野がいっぱい並んでいますから」

村上は真面目くさって言う。

「つまり、偽名を使っているような場合には、こういう地名からヒントを得ている可能性があると思うのです」

「まあ、そうかもしれんが、しかし、ちょっと無理なこじつけじゃないの？」

長内は首を振り振り、行ってしまった。村上はまだ残念そうな顔をして、「あんた、どう思う？」と佐々木に同意を求めた。

「そうですねえ、やはり、ちょっと無理なんじゃないでしょうか」

言いながら、佐々木はあらためて一枚一枚、罫紙の人名を丹念に読み直してみた。

「あれ、君根友則さんもそうだったのか……」

思わず、佐々木は声に出した。『君根友則　三重県阿山《あやま》郡阿山町』の文字を発見したのだ。

「知ってる人ですか？」

村上がすぐに反応した。そう訊かれて、佐々木は、江藤美香が君根のことを警察に伝えていないらしいことを思い出した。

「ええ、まあ……」

「君根なんとか言いましたね。どの人です？」

村上は問い返しながら、自分でその名前を見付けだした。

「ああ、この人……、君根友則――さんですか。三重県阿山郡阿山町――というと、確か江藤美香さんの家があるところじゃなかったですか？」

「そうです」

佐々木は仕方なく答えた。

「彼女の家が来る前、あそこの神社の宮司をしていた方です。しかし、その人が笙をやるとは知りませんでしたねえ」

「やるどころか、こうして名前を挙げてきたというからには、名人クラスということでしょう」

言ってから、村上はふと、ある考えに思《おも》い到《いた》った。

「いま、佐々木さんは、『江藤さんの家が来る前』と言いましたね。その、江藤家が椿神社に来たのは、いつのことなんですか？」

「確か、七、八年前だったと思いますが」

「すると、加部伸次が刑務所にいる最中か……」

村上の顔が急に厳しく引き締まった。目が完全に刑事のそれになっている。

「加部が椿神社に訪ねようとしたのは、その君根という人じゃないかな。ところが、君根さんが引っ越したのを加部は知らなかった……」

「そのようですよ」

ポッン——という感じで佐々木は言った。村上はギロッと佐々木を睨む。

「そのようですって……、どういう意味です、それ？」

「つまりその、加部という人が訪ねようとした相手は君根さんだったらしいのです」

「なんですと？」

村上はポカンとした顔で、佐々木を眺めて、

「あんた、それを知っていたのですか？」

「いや、僕というわけではないのですが。じつは、例の江藤美香が、この春頃、加部伸次らしい人から、あそこの椿神社に君根さんがいないかどうか、訊かれたのだそうです」

「なんてことを……」

村上は顔を真赤にして、本気で怒った。

「そんな重大なことを知っていて、彼女はなぜもっと早く、それを言ってくれなかっ

たんですか?」

「そんなふうに怒らないでやってくださいよ。それでないと、僕が告げ口したようで、困るのです。彼女としては、家の人に心配かけたくないばかりに、言いそびれたということなのでしょうから。それに、遅まきながら、こうしてお話ししたのだから、いいじゃありませんか。そうでないと、これからは一切、協力しないことにしますからね」

「うーん……」と村上はうなり声を出した。

「まあ、いまさら文句を言ったって、始まりませんがね。しかし、あの時、僕は彼女に訊いたのに……」

どうも女性の考えることは分からん——と、村上はまたしても思った。

「しかし、とにかく加部が君根という人を訪ねたのだとすると、加部と君根さんはどういう関係にあったのかな? そのことは江藤さんは何も言ってなかったのですか?」

「いや、彼女は君根さんに手紙で問い合わせたそうですよ。しかし、君根友則さんには、加部という人物に心当たりはないらしいのです」

「どうだか分かるもんですか。隠しているのかもしれない」

「さあ、そこまでは分かりませんがね。とにかく、そういう返事だったのだそうですよ」

「素人さんはそれで済むかもしれないが、警察はそうはいかない。いずれにしても、一度、本人に当たってみなければなりませんな。しかし、このリストでは阿山町の住所になっているが、江藤さんが手紙を出したというところをみると、いまは阿山町には住んでいないってことでしょうな」

「でしょうね。しかし、僕は知りませんよ」

「何を言ってるんです。そんなことは江藤さんに訊けばすぐ分かることじゃないですか」

村上はじれったそうに言った。

「佐々木さん、あんた、電話して訊いてみてくださいよ。ここの電話を使っていいですから」

「分かりました。そうしてみます」

佐々木は気負った村上に煽《あお》られるように、皇習館大学の『貞明寮』に電話した。あいにく、美香は不在だった。クラスメイトの清川妙子を呼出して訊くと、美香は今朝から、旅行に行くと言って出たということであった。

——なんでも、糸魚川の方へ行くようなことを言ってたみたいですけど。

妙子は、そう言っている。

「糸魚川って、新潟県のかい？　そんなところへ何しに行ったんだい？」

——さあ……、あの子、このごろあまり話してくれなくなっちゃったんです。私が部長にお喋《しゃべ》りしたのがいけなかったみたい。

妙子は少し非難めいた口調で言った。

「そうか……。いやありがとう」

佐々木は理由もなく、不安になった。「糸魚川」という地名に、おぼろげな記憶がある。しかし、美香の場合と違って、佐々木は明確に記憶を再現することができなかった。電話を切って、佐々木がぼんやり考え込んでいるのを見て、村上が言った。

「分からないのなら、江藤さんの実家の方へ訊いてみたらどうです」

「僕もいま、そうしようと思っているところですよ」

佐々木も気持が高ぶっているから、負けずに言い返した。

「僕はあなたの部下じゃないんですからね、そう、やいのやいの言わないでくださいよ」

興奮しているせいで、何度もダイヤルを間違えて、ようやく繋《つな》がった。「江藤でございます」という母親らしい女性の声が聴こえた。

「皇習館大学の佐々木と申しますが」

——あ、佐々木さん、いつも美香がお世話になっております。

「いえ、こちらこそ。あの、早速ですが、江藤さんはいまご旅行中だそうですね」

――はい、さようですけど。

「あの、どちらの方へ行かれたか、お分かりになりますか？」

――はい、東京でございます。

「東京……」

一瞬、佐々木は絶句して、村上を見返った。糸魚川ではなかったのか――。

「東京のどちらへ行かれたかお分かりですか……、じつは、以前、そちらにおられた君根さんという方のことで、ちょっとお訊きしたいことがあるものですから」

――あら、その君根さんのお宅の方へ参りましたのですよ。

「えっ？……」

またしても思いがけないことであった。

「そうですか。それでは、君根さんという方は東京に住んでおられるのですね？」

――はい、さようです。

「それでは、恐縮ですが、君根さんの住所を教えていただけませんでしょうか」

――はいはい、ちょっとお待ちください。

母親はすぐに住所録を持ってきて、『東京都港区麻布――』の君根友則の住所を教えてくれた。

電話を切ってから、佐々木と村上はしばらく顔を見合わせて、それぞれ考え込んだ。

「どういうことですかねえ、江藤美香が君根さんを訪ねるというのは……」

佐々木がまず口を開いた。

「そりゃあ、加部仲次のことを訊こうとしているのに決ってるでしょうが」

「しかし、彼女ははっきり、君根さんは加部のことを知らないと言っていたと、僕に言ったんですよ」

「だったら、その後、何か思いついたんでしょう」

「それにしても、清川君に、なんで糸魚川へ行くなんて嘘《うそ》をついたのかなあ……」

「うーん、確かに普通じゃないですな」

二人とも思考に行き詰って、黙りこくった。黙っていると、不安感が湧《わ》いてくる。ことに佐々木の方は不吉な予感に、いても立ってもいられない思いだ。

「明日、東京に寄って、君根という人の家を訪ねてみますよ」

「いや、あんたにそういうことをやってもらうのは具合が悪いですよ。これは警察の仕事ですからな」

「そんなことを言ったって、僕が行くのは勝手じゃありませんか」

「それはそうだが……。しかし、困るなあ」

「だったら、村上さんも行けばいいじゃないですか」

「そうあっさり言うけど、警察ってところは、いろいろありましてね」

村上は長内の席の方を窺《うかが》った。

「とにかく、僕が行くかどうかは別として、明日、必ず、警察から捜査員が東京へ向かいます。それまで、あんたは手を出さないでおいてください」

そうは言ったものの、村上には、上司が自分の言うことを聴いてくれるかどうか、自信がなかった。

そして、案の定、本署の捜査係長はあっさり村上の提案を一蹴《いっしゅう》した。

――何の話かと思えば、加部伸次の自殺事件のことかや。そんな昔の話をいつまでもつついてねえで、秀山殺しの方で何か見付けてくれねえかよ。

村上は沈黙した。しかし、何か分からないが、心の中で突き上げてくるものがあるのを感じていた。加部伸次、君根友則、秀山一平、吉野義久、江藤美香、佐々木貴史
――と、二つの事件に絡むさまざまな人間像が頭の中をグルグル駆け回る。

「所長、私は明日、断じて東京へ行きます」

村上は長内警部の前に立つと、いきなり、大声で言った。長内は目をパチクリさせて、村上の怖い顔を見上げているばかりであった。

完全なる逃走

1

　昨夜、寝付かれなかった分、少し寝坊して、八時半頃《ごろ》の朝食になった。食事が終わるとすぐ、美香《みか》は清川妙子に電話した。

「何か変わったことなかった？」

――あったわよ、佐々木さんから電話があって、美香のこと捜してたみたい。糸魚川へ旅行中って言っといたけど、よかったのかなあ。あたしはお喋《しゃべ》り女だからねえ。

　妙子はやや含むところのある言い方をしている。

「そりゃ、べつに構わないけど。それで、佐々木さんの用事は何だったわけ？」

――分かんない、どうせ私には言えないことなんでしょうからね。だけど、感じじゃ、阿山《あやま》町の美香ン家《ち》の方に電話するみたいだったから、おふくろさんに電話してみたらどう？

「サンキュー、そうするわ」

美香が電話すると、母親のとき子はトンチンカンなことを言った。

――佐々木さんからは、確かに電話があったわよ。ご旅行中ですかって仰言《おっしゃ》るから、東京の方へ行きましたたって言うたけど。

「東京？　どうして？　私は糸魚川よ」

――糸魚川？　美香が？　あら、それじゃ佐々木さんは美香のことを訊《き》いてはったのかしら？

「え？　それ、どういう意味？」

――私はてっきり、お父さんのことを訊いてはるのかと思って……。

「お父さん？　じゃあ、お父さんが東京へ行ったいうことなの？」

――ええ、そうよ。

「東京へ、何しに？」

――ほれ、君根さんね、ここにいてはった。あの君根さんを訪ねて行きはったんよ。

「君根さんを？　何でやろ……」

――さあ……何でやろかねえ。何も言わんと、急に思いたったたいう感じで、出て行きはったから。

「あっ……」

美香は小さく叫んだ。

――どうしたん？　何かあったの？

「ううん、なんでもない。ちょっとお茶、こぼしたもんやから」

――なんや、美香はおっちょこちょいやから、気い付けんとあかんよ。

「うん、分かった」

電話を切ったあと、美香は自分の心臓の音が聞こえるほど、気が動転していた。

（そうだ――、加部という人が『椿《つばき》神社』の『君根』さんを訪ねたことを知っているのは、私だけじゃなかったんだわ――）

なんということだろう――、そのことは美香の両親も知っていたのだった。それは充分、承知していたことだったのに、美香はそのことの持つ、重大な意味に気付かないでいた。

父は『加部が椿神社の君根を訪ねようとした』ことを知っている――

そして、東京の君根家へ向かった――

この二つのことを繋《つな》ぎ合わせた瞬間、美香の脳裏に、ある恐ろしい『仮説』が生じた。

時刻表を調べると、九時二四分発の『白山2号』が上野に一四時三四分に着くとある。美香は他のことは何も考えるゆとりもなく、すぐに宿を出て糸魚川駅へ向かった。

＊

東北本線小湊《こみなと》駅の始発は七時〇四分発の普通列車である。

改札口の前で、佐々木と村上はバッタリ出会った。おたがい、寝不足気味の冴《さ》えない顔を見交してニヤリと笑う。

「やはり行きますか」

佐々木が言った。

「ああ、行きますよ。誰《だれ》も行かねえもんで」

村上の顔からは笑いが消えた。強引な出張である。場合によると、自腹を切ることになるかもしれない。いや、最悪のケースを想像すれば、処分の対象になりかねない。それでもいいと思った。民間人である佐々木に任せて置くわけにはいかない。第一、江藤《えとう》美香でさえ動いているではないか——。警察が指をくわえて傍観していて、いいわけがない。

「断じて行きます」と言った時の長内警部の困った顔を思い出して、村上は片頰《かたほお》が緩んだ。

野辺地《のへじ》までの途中で、特急に追い越され、野辺地で五十分も待たされて『はつかり

6号』に乗る。そして盛岡《もりおか》発一〇時三〇分の新幹線に乗り継ぐわけだ。

「この不便さが、たまらないすねえ……」

佐々木は慨嘆した。

「たまらないっつうのは、良いってことか、それとも悪いってことか、どっちですか」

村上に反問され、佐々木は苦笑して、黙った。その会話があとを引いたのか、東京まで、ほとんど話の弾まない道中になった。

一三時五〇分大宮着。連絡列車で上野にほぼ予定どおり、一四時三〇分に着いた。東京はまだ蒸し暑く、線路からの照り返しと人いきれで、息が詰りそうだった。

麻布へはどう行けばいいのか、駅員に訊いたが、なかなか要領を得なくて、地下鉄日比谷《ひびや》線で六本木まで行く——と決るのに、ずいぶん時間がかかった。

地下鉄を降りて、階段を上がって地上へ出たところで、また道を尋ねるのに苦労した。この辺りを通る人間なら、地元のことは知っているだろうと思うと、とんでもない間違いで、大抵、どこか近県からやってきたらしいなまりのある連中ばかりだ。麻布へどう行けばいいのかなんて、分かりようがなかった。

「なんだ、東京っつうても、田舎者が多いんだなや」

村上はかえって安心したように言った。

その時、佐々木が「あっ！」と叫んだ。すぐ目の前に江藤美香が立って、キョロキョロ周りを見回している。佐々木が声をかけるまでもなく、こっちの二人に気付いた。

「佐々木さん！……」

目を丸くして、一瞬、笑いかけたが、隣に村上部長刑事の姿を見て、厳しい顔になった。

「あの……、どうしてここに？」

「きみと同じだよ。君根さんの家を訪ねるんだ」

「君根さんの？」

「ああ、それより、きみこそ、君根さんに何の用事があるんだい？」

「私はあの、父が君根さんのところへ行ってるもんですから……」

「お父さんが？」

「ええ、昨日、母が佐々木さんに言ったのは父のことだったんです。君根さんを訪ねたのは父なんです。それで私も、父のあとを追ってきました」

「じゃあ、清川君が言ったとおり、きみはやはり糸魚川にいたのか」

「ええ、たったいま、糸魚川から着いたばかりです」

「それじゃ、ちょうどよかった。一緒に君根さんの家へ行こうよ。しかし、まだお父さんは君根家におられるのかい？」

「分かりません。上野に着いてすぐ、母に電話したんですけど、父からは何も連絡が入っていないんだそうです。もし帰ったとしたら、その前に電話ぐらい入れるはずだと思うんですよね」

「すると、まだ君根家にいらっしゃるか、そうでないとしても、東京に滞在しておられるってことかな？　しかし、それならそれで、何か連絡してこられるはずじゃない？」

「ええ、いつもはきちんと連絡を入れる性分なんですけど……。だから、ちょっと気掛りなんです」

「気掛りって……、何が？」

「父のことが、です」

「だからさ、お父さんがどうして気掛りなんだい？」

「…………」

「何か、お父さんの身に事故でもあったのではないかって、そういうこと？」

「分かりません……。でも、もしかすると……」

美香は不安そうに、両手をこすり合わせている。

「もしかすると、何？」

美香が黙っているので、佐々木は救いを求めるように、背後の村上を振り返った。

村上は一歩、美香に近付いて訊いた。

「もしかすると、どうだというんです？」

美香はいっそう、脅えたように首を激しく振った。

「そもそも、お父さんは、君根家へ何の用事で行かれたんですか」

「さあ、それは私も知りたいんですけど……。父が君根さんと親交があるなんて、いままで聴いたことがなかったんです」

「ふーん……」

村上はじっと美香の目を見詰めた。美香の瞳《ひとみ》の奥にある思考を読み取ろうとして、完全な刑事の目になっている。美香は抗し得ずに、視線を逸《そ》らした。

「しかし、あなたまでが、なぜ東京へ出てこられたのですか？」

「ですから、ちょっと父のことが気掛りだったもんですから」

「しかし、何が……」

やはり、その一点で堂々めぐりになってしまう。

「ともかく、こんなところで論議していても始まらないでしょう。君根さんの家へ行ってみましょうや」

佐々木の提案で、タクシーを拾うことになった。目指す君根家の住所までは、ほんの僅《わず》かな距離だった。運転手は浮かない顔で車を走らせ、無愛想に客を降ろした。

君根家はこぢんまりした二階屋だが、高級住宅地のど真中で、よその家と較《くら》べても、そう見劣りしない構えであった。道路側を塀で遮蔽《しゃへい》し、鉄製の門扉が閉ざされている。自分たちが、あまり裕福でない暮らしをしている阿山町のあの家に、ある時期まで、ここの人たちが住んでいたなんて、美香には信じられないような気がした。

村上が門脇《もんわき》に付いているインターフォンのボタンを押すと、「はい」と女性の声で応答があった。

「青森署から参った者ですが、ちょっとお邪魔させてください」

村上は、訪問の主体を美香にしようかとも、一瞬、考えたが、この際、正面からぶつかることにした。

「青森署……、と仰言いますと？」

「はい、警察のものです」

インターフォンの向う側で、狼狽《ろうばい》したような気配があった。

「あの……警察がどういう御用でしょうか」

「いや、なに、ちょっとお訊きしたいことがあるだけです。すぐ終わりますから」

玄関から初老の女性が出てきて、こちら側にいる男二名、女一名の組み合わせに、判じ物を見るような目を向けながら、門扉を開けた。

「青森署の村上です」

村上は手帳を示し、

「失礼ですが、君根友則さんの奥さんですか？」

「はい、さようでございますが」

「このお二人は、こちらへ参る途中で偶然、一緒になった佐々木さんと江藤さん。あの、江藤さんは阿山町の江藤正之《まさゆき》さんの娘さんです」

「江藤さんの……」

夫人は驚いた目を美香に向けた。美香は会釈して、早口で訊いた。

「あの、昨日、父がお邪魔したと思いますけど」

「え……ええ、お見えになりましたけれど」

夫人はあいまいな表情で言った。小柄で色の白い、いかにも気弱そうな女性だった。

「それであの、父はまだこちらにお邪魔しているのでしょうか？」

「いいえ、お帰りになりました」

「それは、いつ、ですか？」

「昨日ですけれど」

「今日は参っておりませんか？」

「はい、お見えになってません」

「そうですか……」

美香は途方にくれた目で、二人の同行者を振り返った。村上がそれを受けるように、夫人に言った。

「ちょっと、中に入れていただけないでしょうか。私の方もお話を聴きたいこともありますので」

「あ、これは気が付きませんで、失礼しました。どうぞお入りください」

夫人は先に立って玄関を入った。那智黒石《なちぐろいし》を埋め込んだ一坪ほどの三和土《たたき》の向うに、よく磨き上げた板敷の小部屋がある。部屋の中央に、椿を描いた衝立《ついたて》が置かれていた。

(椿——)と、美香は心の中で呟《つぶや》いた。素早く雅印を見ると、『和』と読める。胸の鼓動が急に高まった。

全体を和風に纏《まと》めてはいるが、板の間のとなりは、洋風の応接室になっている。そこに案内して、夫人はいったん奥へ引っ込み、氷を浮かべたジュースを運んできた。三人とも喉《のど》が渇いていたので、遠慮なくコップを空にしてから、村上が訊いた。

「早速ですが、ご主人はお留守でしょうか」

「いいえ、在宅しておりますが、主人は臥《ふ》せっておりまして……」

「あ、ご病気ですか。それでは、お会いするわけにはいかんでしょうねえ」

「はあ……、あの、どのようなご用件でしょうか」

「じつは、こちらの江藤さんからもすでに聴いておられると思いますが、加部伸次という人物にお心当たりはないかどうか、そのことを確かめさせていただきたいのです」

「そのことでしたら、ご返事を差し上げましたとおりでございますけど」

「つまり、ご存じないということですね」

「はい、さようでございます」

「しかし、加部さんは、確かに椿神社の君根さんを訪ねて歩いていたのですがねえ」

「はあ、そのように伺いましたけれど、存じ上げないものは仕方ございません」

夫人はきっぱりと言い切った。

村上は（ほうっ――）という思いで、夫人の白い顔を見直した。外見に似ず、この女性は芯《しん》の強いところがあるのかもしれない。

「あの……」と、美香は遠慮がちに言い出した。

「父はご主人にお目にかかったのでしょうか？」

「ええ、お父様はお見舞いくださいました」

「その時、父がどういうことを話したか、ご主人にお訊きしたいのですけど、私も会っていただくわけにいかないでしょうか」

「そうでございますわねえ……」

夫人は困惑した顔になった。

「目覚めておればよろしいのですけれど」

「あの、もしなんでしたら、お目覚めになるまで、待たせていただいても結構です」

（へえっ——）と言う目で、村上は美香の食い下がりに感心している。夫人もこれには無下な断りも言えなかったようだ。

「では、ちょっと主人の様子を見て参ります」

夫人が奥へ引っ込んだあとで、佐々木が美香に訊いた。

「きみ、何かお父さんのことで、心当たりがあるんじゃないの？」

「いえ……」

美香は短く答えたきり、正面の壁を睨《にら》んだ姿勢で、身じろぎもしない。夫人は直《す》ぐに現れた。

「お目にかかるそうです」

美香と一緒に、二人の男も立ち上がろうとするのを制して、

「恐れ入りますが、江藤様お一人でいらしていただくようにということでございますので……」

美香は申し訳なさそうに、二人を見返った。村上は大いに不満だが、仕方がない。

「どうぞ行ってらっしゃい」と目顔で示した。あとは、この娘が、要領のいい質問をしてきてくれることを祈るばかりだ。

夫人の先導で、廊下を一つ曲がり、奥まった部屋に入った。襖《ふすま》を開けたとたん、病院のような薬の臭《にお》いが襲ってきた。美香は反射的に緊張した。

2

君根友則は美香の方に視線だけを動かして、掠《かす》れた声で何か言った。美香は聴き取れなかったので、困って、夫人の顔を見た。

「ようこそと申しております」

夫人はあまり表情を変えずに言った。

「突然にお邪魔して、申し訳ありません」

美香は畳に手をついて、丁寧に礼を送った。君根は天井を見たままの姿勢で、うんうんというように肯《うなず》いている。白くそそけだった肌をして、頬骨がはっきり分かるほどに痩《や》せこけていた。

(よほど重症なんだわ——)と美香は思った。

「父が伺ったそうですけど……」

返事がないので、美香は仕方なく勝手に喋ることにした。

「あの、父は何の用事で参ったのでしょうか?」

「…………」

「加部という人のことを訊いておりましたか？」

君根はかすかに、「うんうん」と肯いた。

「それで、あの、君根さんはやはり、加部という人はご存じないのですね」

「うん」

「でも、君根さんがご存じないことは、私から聴いて父も知っているはずですのに、なぜまた、君根さんのお宅へ伺ってまで、確かめようとしたのか、不思議でならないのですけれど」

「…………」

美香は思いきって、ズバリ、訊いてみた。

「あの、父が加部さんのことを君根さんにお尋ねしたのは、今回が初めてではないような気がするのですけど、以前にそういうことはありませんでしたか？」

「いや」

君根友則はあっさり否定した。そんなふうに短く答えるだけでも、結構しんどいらしく、そのたびに大きく息をついた。これ以上、質問を続けるのは迷惑であることははっきりしている。

「最後にお訊きしますけど、あの、吉野さんという方をご存じありませんか」

「いや」

「そうですか……」

美香は鉾先《ほこさき》を夫人に向けて、訊いた。

「父は、お宅からどちらへ行くとか、そういうことは申しておりませんでしたでしょうか」

「いいえ、何も仰言ってませんでしたけど」

「あの、つかぬことをお訊きしますけど、ご子息の則和さんと仰言る方は、いまどちらにおいでですか？」

「則和？」

夫人は少し眉《まゆ》をひそめるようにして、美香を見た。それから、部屋を出るように目顔で示し、先に立って襖の向うへ出ると、振り返って訊いた。

「則和に、何かご用ですの？」

「いえ、そうではありませんけれど、阿山中学の同級生から、よろしくということでしたので」

「そうですか。でも則和はいまはここにはおりませんのですよ」

「お出掛けですか？」

「いえ、そうではなく、外国へ行っておるもんですから」

「外国……、どちらですか？」

「ヨーロッパの方です」

「ヨーロッパ……」

美香が落胆して肩を落とした時、廊下の奥の方向で物音が聞こえた。視線を送った先に、ドアから覗《のぞ》いている少女の顔があった。瘦せこけて、目ばかりが大きいことを別にすれば、美少女といってもいいかもしれない。

美香は反射的に黙礼した。少女は見開いた目をパチクリさせただけで、じっとこっちを眺めている。

「お嬢さんですか？」

美香は夫人に訊いた。

「ええ、そうですけど、ちょっと病弱なもんで……」

夫人は眉をひそめ、少女に向けて、「ゆう子、お部屋にお入りなさい」と言った。

美香は（えっ？）と耳を疑った。『君根ゆう子』は昭和三十二年生まれ、今年、二十六歳になるはずだ。目の前の、あのまるで汚れを知らないような少女がそうだとは、とても信じられない。

ゆう子は、わずかに微笑《ほほえ》んだかと思わせる表情を見せて、物憂そうに部屋の中へ引っ込んだ。

「ではこれで……」

夫人は催促するように言った。

応接室に戻ると、二人の男は同時に立ち上がり、美香に「どうだった?」という目を向けた。美香は黙って首を振り、ドアの中にも入らずに、「お待たせしました」と言って、そのまま玄関へ向かった。

玄関で靴を履きおえると、美香はバッグの中を覗き込んで、「あ、いけない」と言った。

「定期入をご主人のお部屋に忘れてきたみたいです。申し訳ありませんが、見ていただけないでしょうか」

夫人は例によって無表情のまま、奥へ行った。その隙《すき》に美香は急いで下駄箱の引き戸を開けて、中に視線を走らせた。左右の引き戸を交互に開け、中身を点検するのは、ほとんど一瞬といってもいいほどの短い時間だったが、それでも、夫人が戻る前にその作業が終わるかどうか、美香は気が気でなかった。

佐々木と村上は呆《あき》れたように、ぼうぜんと、美香の無礼な行為を傍観していた。

「見当たりませんけれど」

夫人はいくぶん不快そうに言いながら戻ってきた。

「あら、申し訳ありません。それじゃきっと、ホテルに置き忘れてきたのです」

美香は必死の演技をした。

「どういうこと？」

外へ出ると、佐々木は待ち兼ねたように訊いた。この辺りは高級住宅街で、人通りは極端に少ない。歩きながらでも話はできた。

「定期入なんか、きみが持ってるわけないのに、妙なことを言うなと思ったら、いきなり下駄箱を開けたりしてさ」

「そりゃ、靴を調べたんでしょう」

村上が美香の代わりに言って、今度は自分が質問した。

「それで、お父さんの靴はあったんですか？」

「えっ？」

美香は思いがけないことを聴いたような顔で、村上を振り向いた。

「違うんですか？　お父さんの靴があるかどうか調べるために、君根夫人を奥へ行かせたんだと思ったのだが……」

「え、ええ、まあそうですけど……」

美香はあいまいに答えた。その様子を村上は疑わしそうに、じっと見詰めた。

（この娘は何か隠している——）

その目はそう語っていた。佐々木の方はそんな二人の心理の動きには気付かない。

「それで、結局、お父さんはどうしたの？　行先は分かったの？」

「いいえ、ぜんぜん……」

「そうか、しかし、今頃はお宅の方へ帰っておられるんじゃないのかな」

「ええ、そうだと思いますけど」

「それより、君根さんが吉野さんを知っているかどうか、それは訊いたんだろうね」

「ええ、訊きました。でも、君根さんはご存じないそうです」

「そうか、笙《しょう》の仲間にもいないのかな。もっとも、年代が違いすぎるってこともあるかもしれない」

「あの、笙の仲間、というと、どういうことですか」

「ああ、きみはまだ知らなかったんだね。君根友則さんは、笙の名手らしいんだ。まあ、中央で活躍しているわけじゃないから、名前は知られていないけど、いわば隠れた名人てわけだな。その点、吉野さんと共通するところがあると思ってね、もしかしたら、吉野さんと親交があるんじゃないかと……」

言葉の途中で佐々木は口をつぐんだ。美香の様子がどうもおかしいことに気付いたのだ。眼《め》を精一杯に見開いて、口を「あっ」と言った形のまま止めている様子はただごとではない。

「江藤さん」

村上はたまりかねて、厳しい声を飛ばした。

「あんた、何かわれわれに隠していますね」

「………」

村上はすばやく周囲を見回した。少し先の街角に、しゃれた構えの喫茶店がある。

「あそこに入りましょう」と、村上は先に立って、早足で歩いた。

テーブルに着くと、村上は他の二人には相談もなく勝手にコーヒーをオーダーして、すぐに美香を詰問した。

「何か、われわれの知らないことで、江藤さんが知っているのなら、教えてくださいよ。ひょっとして、お父さんの身の上に何か変わったことでもあったんじゃないんですか?」

「いいえ、そんなことはありません」

「それならいいのだが。しかし、あんたは何かを隠しているな。刑事の目は節穴じゃありませんよ」

その言葉を証明するかのように、村上はじっと、鋭い目を美香に注いだ。美香はしばらくその視線に耐えていたが、やがて眉を上げて言った。

「あの、秀山さんを殺した犯人は、まだ分からないのでしょうか?」

「ん？」

村上は思わぬ反撃を食らって、たじろいだ。

「それは、一応、当たりは付いてはいますが……、しかし、まだはっきりとはしていないんですよ」

「吉野さんに対する容疑はどうなんですか？」

「それもねえ、じつのところ、どちらとも決めかねているといっていいんじゃないですかなあ。いや、こういう言い方をするのは、ちょっと無責任のようだが、僕なんかは、正直言って、捜査本部外の人間ですからね、正確なことは把握していないんです」

「じゃあ、吉野さんが犯人かどうかは分からないっていうことですね？」

「そりゃ、もちろんそうですよ。どんな場合だって、犯人と決るのは裁判で有罪判決が出たあとです」

「でも、警察としては、その人が犯人かどうか、大体の目安をつけるものなんでしょう？」

「まあね、確かにある程度の見当はつけますよ。もっとも、見込捜査は厳に戒められてはいますが」

「それだと、どうなんですか？　吉野さんは犯人らしいのですか？」

「うーん、それは何とも言えませんなあ。状況としては、事件直後に現地を離れたり、住所が出鱈目《でたらめ》だったりして、かなり怪しいのだが、しかし、何しろ、吉野氏には秀山さんを殺す動機がないのですからねえ」

「動機、と言うと、普通はどういうことが考えられるものなんですか？」

「いや、それはさまざまですよ。例えば……」

言いかけて、村上はふと美香の表情に目を留めた。

「江藤さんは、そのことについて、何か心当たりがあるんじゃないですか？　あるなら、ちゃんと説明してくださいよ。あんたはどうも何かを隠しているような気がしてならないのです。前には殺された加部が、お宅を訪ねたことも黙っていたし、しかも、その訪ねる相手というのが、君根さんだったというじゃないですか」

「えっ……」

美香は非難するように佐々木を見た。佐々木は目をパチパチさせて、

「いや、黙っているように言われたけどさ、しかし、そんな重大なことを隠しておくのは、やはりよくないと思ってね……」

「そのとおりですよ江藤さん。国民には犯罪捜査に協力する義務があるのですぞ。あんたもそのつもりになってもらわないと困るのです」

村上は佐々木を窮地から救うように、力強い言い方をして美香を見据えた。

美香は辛そうに目を伏せた。村上は肩をいからせた姿勢で、美香が崩れるのを根気よく待った。佐々木は落ち着かない視線を、二人の顔に交互に当てながら、コーヒーを啜《すす》っている。

やがて、美香は決意を固めたという顔になって、言った。

「秀山さんは、吉野さんの過去の何かを知っていたのじゃないかって、そんな気がするのです」

「過去を知っていた？……」

村上も佐々木も、目を丸くした。

「じゃあ、秀山さんは吉野氏を以前から知っていたと言うんですか？」

「ええ」

「いや、それはないよ」

佐々木は大声で否定した。

「秀山が吉野さんを知っていたという形跡は、まったくなかったよ。そのことはきみだって分かっているだろう」

「ええ、確かに、最初は秀山さんもそのことに気付かなかったみたいですけど、でも、しばらくしてから、思い出したんだと思います。秀山さんがレストハウス夏泊にしげしげと通っては、『面白い、面白い』と言っていたのは、吉野さんのことがあったたからだと思うんです」

「さあ、それはどうかなあ」

「それに、吉野さんが郷里へ帰るはずだったのを引き留めることができたのも、秀山さんが吉野さんのことを知っていた——それも、吉野さんにとっては都合の悪い過去を知っていたから、そんな無理を押しつけることができたんだと思います」

「都合の悪い過去、というと、どういうことです？」

「それはよく分かりません。もしかすると、秀山さんは知っていたのではなく、何かを推理したのかもしれないのですけど……。でも、それにしても、そのきっかけになったのは、秀山さんが吉野さんのことを知っていたからだ、ということだけは間違いありません」

「ほうっ……ずいぶん自信がありそうですねえ。いったい、秀山さんは吉野氏の何を知っていて、どんな悪事を推理したというんです？」

村上は感嘆したように、まじまじと美香を眺めた。その目は刑事のそれというより、まるで幼児がおとぎ話をせがむ時のように、好奇心で輝いていた。

3

「秀山さんは、今年の春休みに、卒業論文の研究のために、糸魚川へ行ってるんです」

美香は落ち着いた口調になって、言った。

「糸魚川……、するときみが糸魚川へ行ったのは、そのことと関係があったというわけか」

佐々木が訊いた。

「ええ、秀山さんが佐々木さんと雅楽の議論をしている時、とつぜん、『そうか、糸魚川で見たのか』って言ったんですけど、憶《おぼ》えていませんか？」

「うーん、そう言われれば、確かにそんなことがあったよ。僕もね、きみが糸魚川へ行ったと聴いた瞬間、どこかで糸魚川という名を聴いた記憶があるような気がしたんだが、そうか、その時だったのか」

「ええ、そうなんです。それで、私はそのことがすごく気になって、糸魚川に行けばきっと何か摑《つか》めると思って、それで行ってみたんです」

「分かりました。それで、糸魚川に行って、何かを発見したのですね？」

村上が口をはさみ、美香に話の先を催促した。

「秀山さんは、糸魚川にある天津神社というところに伝わる舞楽の研究に行ったのです。ですから、たぶんそこで吉野さんに会ったのではないかと思ったんですけど、実際にはそうでなく、吉野さんは、ＮＨＫテレビが取材していったビデオテープの中に写されていたのでした。秀山さんは、その吉野さんを記憶していたんです」

美香は糸魚川へ行った時の、一部始終を話した。横笛の名手・吉野老人のことを話すと、村上はすぐに反応した。

「ちょっと待った。その老人に対して、吉野氏は『吉野』ではない名前で名乗っているのですね」

「ええ、そう仰言ってました」

「すると、吉野というのは、やはり偽名だったのか。しかし、なんだってまた、レストハウス夏泊に泊まるのに、住所はともかく、偽名まで使う必要があったのかなあ。ただの悪戯《いたずら》心というのでは、ちょっと説明がつかないような気がするが……」

「それには目的があったのだと思います」

美香は淡々として言った。もう気持の整理が付いていて、完全に第三者的な立場で物が言えた。

「目的？」

　村上は眉をひそめた。

「レストハウス夏泊に偽名で泊まったのは、何か目的があってそうしたと言うんですか？」

「ええ」

「くどいようですが、吉野はレストハウス夏泊にやってきた最初の時点から、すでに何かの目的があって、そのために偽名を使ったということですか？」

　村上は、ここで初めて、『吉野』と呼び捨てにして言った。美香は一瞬、かすかなショックをおぼえながら、しかし、そ知らぬ顔で言った。

「そうだと思います」

「その目的というのは、いったい何なのです？　まさか、宿泊費を踏み倒して逃げるつもりだった、なんて言うんじゃないでしょうな、ははは……」

　村上は笑ったが、美香はニコリともしない。

「これから先は私の推理でしかありませんから、警察が採用するかしないかには関心がありません。でも、恐らく、秀山さんも私と同じことを考えて、そのために命を落とすことになったのだと、私は思ってます」

「ほう、それはまた、穏やかではありませんな」

　村上は真顔になった。

「ひとつその、江藤さんの推理というやつを、ぜひ聴かせてください」

　美香はコップの水で口を湿して、一つ一つ、自分の考えを掘り起こすように、ゆっくりと話しだした。

「糸魚川のビデオテープを見たり、笛の吉野老人に話を聴くとよく分かるんですけど、その時の吉野さんはとても立派な様子をしていて、青森のはずれの、小さなレストハウスなんかで下働きをしなければならないような人じゃないんです。それだからこそ、秀山さんも、はじめは、吉野さんが糸魚川で見たビデオの中にいた人物であることに気付かなかったのではないでしょうか。でも、いったん思い出すと、今度は逆に、なぜ、この人がこんなところにいるのだろう——と、ものすごく不自然に思えて、いろいろ推理しないではいられなかったんだと思います。秀山さんていう人は、人一倍、詮索《せんさく》癖のある人でしたから、とくにそうだったのかもしれませんけど、秀山さんでなくても、おかしいと思ったに違いありません。そうして興味を抱いて調べてみると、吉野さんの住所が出鱈目であることや、偽名を使っているらしいことも分かって、ついに、吉野さんがなぜそんなことをしたのか、その本来の目的まで推理してしまったんです。そして、秀山さんはそのことを種に吉野さんを脅し、郷里へ帰る日を延期させたり、あげくの果てには、たぶんお金をせびるようなことまでしたのではないかと思います」

美香は悲しそうな目になっていた。

「吉野さんは秀山さんの脅しに、ずっと下手に出ていて、それが結果的には、秀山さんの疑惑に自信を持たせることになったのではないでしょうか。そのために脅迫はますますエスカレートしていって、最後には吉野さんも耐えきれなくなってしまったのです」

「ふーっ」と、二人の男は吐息をついた。あまりにも大胆な推理——というべきかもしれないが、美香の話には説得力があった。

「そうすると、吉野は脅迫に耐えられず、秀山さんを抹殺しないわけにいかなくなってしまったというわけですか」

村上が言った。

「ええ、そうだと思います」

「しかし、仮にも人一人を殺すというのは容易ならぬことですぞ。いったい、秀山さんは吉野のどんな旧悪を脅したというのです？」

「それは、やはり……やはり、人を殺したことではないでしょうか」

「殺人？……。つまり、吉野は他にも殺人を犯しているというのですか？」

村上の驚きの前で、美香はコクリと肯いてみせた。

「驚いたなあ……。しかし、いったい吉野は誰を殺していると言うんです？　それは糸魚川で、ですか？」

「…………」

「知ってるのなら教えてくださいよ、誰を、どこで殺した……」

言葉の途中で、村上はがくぜんとなった。

「そうか……、加部か……。加部伸次ですね？」

「ええ」

「ふーむ……」

村上は腕組みをすると、考え込んでしまった。佐々木はもはや美香と村上の緊迫した遣《や》り取《と》りの外に置かれ、ぼうぜんと眺めているほかに芸はなかった。

やがて村上は腕組みを解くと、その手を両膝《りょうひざ》の上に置き、前屈《まえかが》みになって美香に言った。

「江藤さんがさっき言った、吉野がレストハウス夏泊にやってきた目的というのは、つまり、加部伸次を殺すことだったというわけですね」

「そうです」

「すると、吉野には加部を殺す動機があったということになる。それもあんたは知っているんですか？」

「いえ、それは知りません」

「じゃあ、どうして吉野が加部を殺そうとしていた……、いや、殺したかなんてことを知っているんです？」

「知っているわけではありません。あくまでも私の推理なんです」

「いや、それはどちらでもよろしい。推理にしても、あんたは吉野に殺人の動機があったと考えているんでしょう？　その根拠は何かと訊いているんです」

村上はじれったそうに言った。

美香は一瞬、説明に窮したが、村上の苛立《いらだ》ちに反撥《はんぱつ》するような語調で言った。

「では、村上さんは、吉野さんが身分を隠してレストハウス夏泊に潜伏していたことや、加部さんが全国の椿神社を訪ね歩いていたこと、夏泊半島の椿神社で変死したこと、そのあと、秀山さんが吉野さんを脅していたらしいこと、そして殺されたこと、吉野さんが失踪《しっそう》したこと等々を、どう説明するつもりですか？」

反問されて、村上はたじろいだ。

「いや、しかしですよ、もし吉野が加部を殺したのだとすれば、目的を達したあとも、いつまでも現場にいつづけたのはおかしいじゃないですか」

「そうでしょうか。もし、事件の後、すぐに現場を離れたりしたら、かえって警察に怪しまれたに決っています。せっかく、警察が自殺と判断しているものを、何も、わざわざ怪しい行動を取ることはなかったんです。訊いてみないと分かりませんけど、レストハウス夏泊の手伝いをするには、あそこのご主人との間で、いつ頃まで働くという約束があったのではないでしょうか。吉野さんは四月の初め頃に夏泊に現れて、最初はお客さんとして泊まっていて、まもなくアルバイトするようになったということですから、普通の契約期間を三ヵ月として、七月の半ば頃が期限になっていたんだと思います。その期限内まではとにかく留まる方針だったのではないでしょうか。それに、そのくらい辛抱すれば、ほとぼりも冷めるという計算があったかもしれませんね」

「しかし、ビデオで見た吉野が裕福そうだったという江藤さんの言葉を信じるとすると、吉野がアルバイトするようになったというのが、どうも納得できないですがねえ。ずっと、お客のままでいた方が、自由がきくし、よかったんじゃないですか？」

「あの……、伊賀《いが》の忍法に『草になる』というのがあるのだそうです」

美香が妙なことを言い出したので、村上は面食らった。

「何ですか、それ？」

「つまり、その土地の人間になりきって、チャンスがくるのを待つ——ということなんです。吉野さんがそのつもりだったかどうか知りませんけど、結果的に、警察の疑惑を受けないで済んだのですから、それなりの効用はあったことになります。お客さんでいたら、当然、取調べの対象になったでしょうし、住所をごまかしていることなんか、すぐに分かってしまったのではないでしょうか」

「それにしても、吉野はどうして加部の来ることを察知できたんです？」

「それは、加部さんが椿神社を訪ね歩いているということを知っていたからです。吉野さんには、加部さんがかならず夏泊半島の椿神社にも現れる確信があったのです」

「いや、だからですよ、どうしてそのことを知ったのか、と言っているんです。加部が刑務所を出たのは三月の半ば頃ですよ。それから半月ばかりの間に、加部が椿神社巡りをしていることを知るチャンスが吉野にあったとは、ちょっと考えにくいのですがねえ」

「吉野さんに報《し》らせた人がいるんじゃないかと思うんですけど」

「報らせた？　誰が、ですか？」

「…………」

「加部が椿神社巡りをやっていることを知っている人間なんて、ごく限られてますよ。その連中の誰かが吉野にそのことを伝えたというのですか？」

「ええ」

「誰です、それは？　吉野の仲間ですか？」

「いえ、そうじゃありませんけど……」

「ということは、江藤さんには心当たりがあるんでしょう？　だったら教えてくださいよ。いや、想像でも推理でも、何でも結構ですから、一応、考えていることを言ってください」

「たぶん、それは、父ではないかと……」

「チチ……?」

関西風のイントネーションが、村上に一瞬、『乳』を連想させた。

「父、というと、江藤さんのお父さんということですか?」

「ええ」

「お父さん……、ですか……」

意外な人物の名前が出たので、村上はとまどった。

「ええ、そうとしか考えられないのです」

「では、お父さんは吉野をご存じだったのですか」

「ええ……、いえ、そうじゃなくて……」

「どっちなんです? いったい、あんたは何がどうだと言いたいんですか?」

村上はほとんど怒鳴るような声を出した。店にいる連中が一斉にこっちを見る。美香はそれにめげず、開き直ったように言った。

「加部さん——といっても、その時点では名前までは知りませんでしたが、とにかくそういう人が、『椿神社の君根』さんを訪ねてきたことを知っているのは、私の他には父と母だけです。私はそれっきり忘れていましたけど、父がその後、東京の君根さんのお宅に連絡したことは充分、あり得ると思います。それは三月の末か四月の頭――、とにかく、私が加部さんに会ったのは、大学の寮へ持って行く小物類を仕入れて帰る途中のことでしたから、春休みの終わり近くだったことは確かです。その日の内にか、それとも私が大学へ戻ってからか知りませんが、父が君根さんに、そういう男の人が訪ねて来たことをお報らせして、それがすべての事件の発端になったのだと思います」

「ちょっと待ってくださいよ」

村上は、さも、やりきれない、と言わんばかりに首を振った。

「お父さんが君根さんに加部のことを報告したのはいいとして、それがどうして吉野に繋《つな》がるんです?」

「それは、吉野さんがじつは君根さんだからです」

「え?　え?　何だって?……」

「吉野さんは君根友則さんの息子さん――君根則和《のりかず》さんじゃないかと思うんです」

村上は佐々木と顔を見合わせた。

「こりゃあ驚いたな、君根家にはそんな息子がいるんですか?」

「ええ、ちょうど歳恰好《としかっこう》は『吉野』さんと同じくらいです。最初、そのことを思い付いた時、まさかと、半信半疑でしたが、さっき村上さんたちから、君根友則さんが笙の名人だと聴かされて、十中八、九、間違いないと確信しました」

「なるほど、そうか、だから笙がうまいのか……」

佐々木は肯いてみせはしたが、しかし、この新事実を完全に消化するまで、かなり時間がかかりそうだった。

村上の方は、さすがに思考を先へ進めている。

「吉野が君根さんの息子かどうかは、本人に会えば分かることだが。かりにそれが事実だとして、その、君根……、えーと……」

「則和さんです」と美香は言った。

「そう、その君根則和と加部の関係は何なのです？　殺したり殺されたりしなければならない間柄というのは、どういうものなのです？」

「ですから、それは知らないんです。ただ、加部さんが十五年前に殺人事件を起こした時、君根則和さんは事件のあった千葉県の船橋というところに住んでいたらしいので、何か関係があるとすれば、そのことぐらいだと思うんですけど」

「十五年前に、船橋でねえ……。十五年前といえば、僕はまだ中学生の頃か」

「私は幼稚園です」

「うひゃーっ、遠い昔だなあ。その頃、あの二人に接点があったとして、それが今度の事件に尾を引いているんですかねえ。どうも、もひとつピンとこないが」

「そうですね。そんな古いことが、殺人の動機になるなんて、あり得ないですよね」

美香はそこに救いを求めるように、言った。

「いや、そんなことは分かりませんよ。そりゃね、常識的に考えれば、殺人だって時効にかかるくらいだから、十五年という月日は長いですよ。しかし、加部にとってはほんの僅かな期間でしかなかったんじゃないかな。彼にしてみれば、刑務所ぐらしの十五年は、まったく眠った時間だったのですからね。ほら、童話か何かにあるじゃないですか、百年間、眠り続けたお姫様の話……」

村上は柄にもなくロマンチックな比喩《ひゆ》を言って、自ら、大いに照れた。

しかし、村上の言ったことは、充分、示唆に富んでいた。実際、加部仲次にとって、刑務所に入っていた十五年間は『死んだ時間』だ。事件を起こして警察に自首する直前の生活は、そのままの状態で凍結し、出所後の生活に繋がってゆく――はずであったに違いない。ところが、娑婆《しゃば》にいる人間にとっては、十五年はまさしく長い時の流れだ。社会も移り変わるし、人間も変質する。要するに、「彼は昔の彼ならず」なのである。

「十五年前、加部は君根則和に何か恩義を与えてあって、その誼《よしみ》を信じて君根を頼ろうとしたのじゃないかな……」

それが村上の得た一つのストーリーだった。

「ところが、君根の側にしてみれば、いまになって、そんな過去の亡霊みたいなものが現れては、大いに迷惑だった。ほら、松本清張の『砂の器』でも、成功した音楽家が、昔のことを知っている恩人を殺してしまうじゃないですか。それと同じケースですよ」

「でも、君根則和さんに、そんな忌まわしい過去があったのでしょうか?」

美香は疑問を投げかけた。

「村上さんが仰言ったように、殺すというのは容易ならぬことですよね。十五年前といえば、君根さんは高校を出たばかりでしょう。神職の家に育った君根さんに、人を殺してまで守らなければならないような過去の秘密があるなんて、ちょっと考えられませんけど」

「しかし、現実に事件が起きた以上、そういう過去があった、ということでしょうな」

村上は冷酷に言った。

「たとえば、十五年前の殺しに、じつは君根則和も一枚嚙《か》んでいたのかもしれない。それを加部が一人で罪を背負って、君根を逃がしてやった、なんてことも考えられるじゃありませんか」

「でも、それだったら、加部さんが君根さんの住所も知らなかったのはおかしいんじゃないでしょうか。加部さんは、君根さんが『椿神社の息子さん』であるという程度の知識しか持ち合わせていなかったから、あっちこっちの椿神社を訪ね回ったのでしょう。罪を一人で被るくらいの仲なら、当然、もっと君根さんのことを知っていると思うんですけど」

「うーん、なるほどねえ……」

「それに、もし仮にそうだとしても、まだ現実には何も要求されたり、脅迫されているわけでもないのに、君根さんがわざわざ夏泊半島の椿神社まで行って、加部さんの来るのを待ち伏せするなんていうのは不自然です」

「いや、それは、加部がやって来たりすれば、過去の殺しが暴かれる虞《おそ》れがあったからでしょう」

「どうしてですか？　たとえ、加部さんがそんなこと――君根則和さんが十五年前の殺人事件の共犯者だなんてことを言い触らしたって、誰も信じやしないでしょう。かえって、名誉毀損《きそん》で訴えられるのが関の山かもしれません。少なくとも、君根さん側が殺人という危険な手段に訴えてまで防ぐほどのことはなかったと思うんですけど」

「うーん……」

村上はまたしてもうなった。

「しかし、だとすると、いったいどういうことになるのかなあ？」

ついにサジを投げ、天井を仰いだ。

それまで黙って、村上と美香の論議を傍観していた佐々木が、口を開いた。

「加部の十五年前の殺人事件というのを、もう一度調べてみたら、何か分かるんじゃないですか。警察は加部の言うことを丸呑《まるの》みにして、結論を出しちゃったわけでしょう？　案外、君根則和の存在なんてことは知らなかったのかもしれない。事件の関係者に会えば、君根がどういう役割を果たしたか、何か手掛りが摑めると思うんですが」

「そうですな。佐々木さんの言うとおりかもしれん。もっとも、それ以前に、『吉野』が本当に君根則和氏と同一人物であるかどうかが問題ですけどね。江藤さん、さっき君根家に行った時、あそこには則和氏はいなかったんですか？」

「ええ、奥さんに訊いたら、則和さんは外国にいるんだそうです」

「外国、ですか……。どこですか？　外国は」

「いいえ、そこまではちょっと訊けませんでした」

「そうですねえ、べつに、捜査令状があるわけじゃないんだし、写真を見せてくれとも言えませんか……。ま、いいでしょう、それは後のこととして、とにかく僕はこれから千葉県の船橋へ行ってみることにしますよ」

村上は腕時計に視線をやりながら、決断を下した。

「僕も行きますよ」と佐々木も言う。

「いや、これは警察の仕事だから……」

「いいじゃないですか。警察って言ったって、どうせ村上さんしか動いていないんでしょう。ここまで一緒だったんだから、この後も付き合わせてください。ねえ、美香ちゃん、きみも行くだろう？」

「いえ、私はもう少しここにいて、阿山町の家に連絡して、父の行き先を確かめます。ちょっと気になることがあるもんですから」

美香は落ち着かない目をして、言った。

「気になることって、何だい？」

「大したことじゃないんです」

「そう……、何だか知らないが、あまり自分独りで動き回らない方がいいよ。もしかすると、相手は殺人犯人かもしれないんだからね。それじゃ、とにかく今夜は東京泊になるから、落ち合う場所を決めておこう」

「あの、私は今日中に伊勢か阿山町へ帰るつもりですけど」

「そんな……、無理だよ。時間がないじゃないか」

「でも、お金、そんなに持ってこなかったんです」

「それなら心配いらないよ。僕がいくらか余裕があるから」

佐々木は美香を説得して、ともかくも、新橋の第一ホテルに、男二人がツイン、美香がシングルと、部屋を予約した。

「あの、そのホテル、高いんじゃありませんか？」

美香独りを店に残して外へ出るなり、村上は心細そうに言った。捜査の成り行きより、村上にとっては、さしあたり懐具合の方が気に掛かった。

4

村上たちを見送ると、美香は阿山町の自宅に電話を入れた。ベルが鳴るか鳴らないかの早さで受話器が外され、「江藤です」という、母のとき子の不安気な声が出た。

「美香だけど、お父さん、まだ帰らへん？」

――まだよ、連絡もないの。どうしたんかしらって、心配してたところよ。

「そう、おかしいわねえ……」

――美香、あんたはいま、どこ？

「まだ東京よ。あのね、ちょっと訊きたいんやけど、お父さんの靴、紐付《ひもつ》きやったわよねえ」

――靴？　何でそんなこと訊くの？

「ううん、何でもないの。安い靴あったら、買うて帰ろうかと思って。それで、紐付き？」

――ええ、そうやけど。

「色は黒？」

――ええ、黒しか履かんそうよ。

「そう……」

――だけど、靴なんか買わんでええわよ。それよかお父さん、どこへ行きはったんやろ？

「東京にいるんと違う？」

――そうかて、別に用事もないのに、そないいつまでも東京にいてはるやろか。

「そうね、でも、私にちょっと心当たりがあるから、捜してみるわ」

――心当たりって、どこ？

「君根さんの家に訊けば分かると思う」

――それじゃ、美香はまだ君根さんのお宅には行ってなかったん？

「ううん、行ったけど、もう一度行ってみます」

――大変やねえ。そしたら、今日は東京に泊まるん？

「ええ、そうよ。佐々木さんも一緒やから、心配せんといて」

――佐々木さんも一緒って……、大丈夫なの？

「いやわ、おかしな心配いらんて。警察の人も一緒やし」

――警察……って、何なの？　何かあったん？

（いけない――）と、美香は首をすくめた。

「ううん、何でもないの。青森の合宿で知り合うた刑事さん。偶然、東京で出会うたのよ」

母親はまだ何か訊きたそうだったので、美香は電話料金がかかることを口早に言って、受話器を置いた。

テーブルに戻ってから、美香はむしろ落ち着かない気分になった。それは『紐付きの靴』のことがあったからだ。村上が言ったように、美香が君根家の玄関で下駄箱を覗いたのは、靴を確認するためであった。ただし、村上は、美香が父親の靴の有無を調べたと考えたのだけれど、じつは、その時は『吉野』の靴があるかないかを調べたのだった。

青森の小湊駅で最後に会った時、吉野は金色のバックルの付いた、特徴のある茶色の靴を履いていた。君根家の下駄箱の中には、その靴はなかった。若者向きの靴はあるにはあったが、それがはたして『吉野』のものかどうかまでは判断ができなかった。

美香の『スパイ行為』はそれをつきとめただけに過ぎない。

ところが、その後で村上に、「お父さんの靴はありましたか？」と訊かれた瞬間、美香の脳裏に、ほとんど条件反射のように、下駄箱の中にあった黒靴の形がありありと蘇《よみがえ》って、思わず言葉を失うほど、愕然《がくぜん》とした。

ふだんは、父の靴のことなど、別に気にも留めないけれど、やはり長い間には、いつのまにか潜在意識の底に記憶されているものだろうか。

（あれは、確かにお父さんの靴だったわ――）

しだいしだいに確信が深まる反面、あそこに父の靴があるはずがないという矛盾に、美香はとまどった。もし、あの靴が父のものだとしたら、「お父様は昨日お帰りになりました」と言った、君根夫人の言葉はどういうことになるのだろう？――。夫人は嘘《うそ》をついているのだろうか？

――もう一度、君根家を訪ねる――と母には言ったものの、さすがに、そこまでの図々しさは美香にはなかった。かといって、このまま引き下がるわけにはいかない。もしも、君根夫人が嘘をついているのだとしたら、父の身に何かよくないことが起きている可能性だってあるのだ。

（どうしよう――）

美香の心は千々に乱れた。（こんなことなら、村上さんたちに、このことを打ち明けて、協力してもらうべきだったのかもしれない――）とも思う。だが、そうできなかったのには理由があった。美香はかすかながら、父の行動に疑惑を抱いているのだ。

父の正之は、加部が訪ねてきたことを君根家に報らせたらしい。そのことはいいとしても、なぜ、それを美香に黙っていたのだろう？　そして、今度はまた、突然に上京して君根家を訪ねている。しかも、昨日、出発したきり、いつもなら、きちんきちんとするはずの連絡もしないで、その所在さえ分からない。いったい、父は何を考え、何をしているのだろう？――

美香は、父が君根家に加部のことを報らせたことが、事件の発端になったのではないか――と、村上に言っている。しかし、正直なところを言えば、父が事件そのものに関与しているのではないか、という危惧《きぐ》を抱いているのだ。

吉野――君根則和――と父の間には、美香も知らない秘密の繋がりがあって、その秘密を守るために、互いに連絡を取り合い、迫りくる敵――加部や秀山――を排除したのではないのか？

これが美香の抱いている疑惑だ。そんな馬鹿《ばか》なことが――、と思いながら、父の不審な行動を考えると、一概に否定しさるわけにもいかないような気がしてくる。

夕暮に急《せ》き立てられるように、美香は店を出て、確かな方針も立たないまま、君根家の方角へ足を向けていた。不案内の東京の街だ。ちょっと脇道に逸れたりすれば、大きな迷子ができることは間違いない。美香は心して、見憶えのある道だけを辿ることにした。

比較的、木立の多い住宅街で、黒ずんだ木々の茂みが上空に残る光を吸収するせいか、その一角は周辺の町並みよりも、ひときわ、暮色が濃い。君根家の門を望める四つ辻《つじ》の電柱の陰に、美香は息をひそめるようにして佇《たたず》んだ。

自動スイッチになっているのか、頭上の街灯が点《とも》った。勤め帰りらしい人々が、前の道を坂の上の方へ歩いてゆく。こんな場所で、若い女が独り、いったい何をしているのか、きっと皆、好奇の目を投げて通るに違いない——と思いながら、美香は顔も上げられなかった。

夕闇《ゆうやみ》はいよいよ濃くなって、美香に決断を促す。美香は君根家と反対の方角へ、少し行った所にある公衆電話のボックスに入った。貴重な百円玉を一個投入して、自宅の番号をダイヤルする。

——はい、江藤ですが。

また、待ち構えていたように、母の声が出た。

「美香です。お父さんから連絡あった?」

——いいえ、ないわよ。美香はもう君根さんのところへ行ったん?

「ううん、これから。じゃあ、電話切れるから」

電話の向うでとき子が何か言いかけるのを、封じ込むように、美香は急いで受話器を置いた。

「さて、行かざなるめえ……」

電話ボックスの中で、美香はおどけた科白《せりふ》を吐いてから、全身を奮《ふる》い起《た》たせるように力を籠《こ》めてドアを押し、夜の帳《とばり》の中に足を踏みだした。


君根夫人は、独りで戻ってきた美香を見て、明らかに警戒の色を見せた。インターフォンで話す言葉に、すでに動揺が感じられたが、玄関に入って挨拶《あいさつ》を交す時の探るような目付きは、かえって美香の疑惑を裏付けるものだった。

「まだ何かお忘れ物でも?」

皮肉とも受け取れる言い方を、夫人はした。

「いいえ、そうではないのです。じつは、父のことをもう一度お訊きしたくて参りました」

「お父様のこと、ですか?……」

「ええ、こんなこと言うのは、もしかするととても失礼なのかもしれませんけど、父の居場所をご存じならはっきり仰言っていただきたいのです」

「それは存じ上げないと申しましたでしょう」

開けた。
美香は決然とした目を夫人に向けながら、右手で下駄箱の引手を探り、サッと引き
「そうでしょうか」

「この靴は父の物で……」

言いかけて、美香は声を呑んだ。そこにあるべき父の靴が消え失せているのだ。

「どうしました？」

夫人は言ったが、決して勝ち誇ったような言い方ではない。むしろ、いぜんとして不安を感じさせる表情だ。そこに、美香はつけ入る余地があると思った。いや、あるべきはずの靴がなくなっていることで、かえって父がこの家にいたことが証明されたと信じた。

「隠さないでください。さっきまで、間違いなく靴はあったのです。父はどこへ行ったのです？　なぜ私を避けたのです？」

言いながら、美香はふと、もしかすると、父の靴が消えたのは、夫人の工作によるものではないかということに気付いた。

「ひょっとして、私が戻ってきたので、靴を隠したのではありませんか？　父は本当は、まだお宅にいるのではありませんか？」

夫人は蒼白《そうはく》になった。

「いえ、そんなことはいたしておりません」

「そうでしょうか……」

美香はうろたえる夫人を、鋭い目で見ながら、口調だけは懇願するように言った。

「本当のことを仰言ってください。さっきは警察の方もいましたけど、いまは私独りです。父は青森の事件のことで則和さんを訪ねてお宅に参ったのでしょう？　いまも則和さんと一緒ではないのですか？　だったら教えてください。でないと、私はもう一度刑事さんを連れてこなければならなくなります」

「ちょっと待って……」

『刑事』という言葉が、夫人を震え上がらせたように見えた。

「それじゃ、ともかくお上がりなさい。主人にも訊いてみますから」

夫人は応接室の電灯を点し、美香をソファーに座らせると、自分は奥へ引っ込んだ。長いこと何やら話し合う声が、遠く低く聴こえていたが、それがやみ、しばらくして、ドアが開いた。

意外にも、入ってきたのは、車椅子《くるまいす》に乗ったゆう子だった。左手にカップやシュガーポットの載った盆を捧《ささ》げ、右手で巧みに車椅子を操って部屋に入ってくる。

「いらっしゃい」

ゆう子はにこやかな笑みを浮かべて、言った。阿山町役場の竹中に聴いたところによれば、ゆう子は美香より年長のはずだが、見た目では、とてもそうは思えない。まだ中学生といっても通用する、幼さを感じさせた。

「どうぞ」と、痩せた腕を伸ばして、テーブルの上に盆を置く。

「ありがとうございます」

美香はいくぶん気持の和むのを意識して、コーヒーに砂糖とミルクを入れ、ゆっくりと混ぜた。生まれた時から体が不自由だという相手に、優しさを示すゆとりも湧《わ》いてきた。

「おいしい」

美香はコーヒーを啜って、ゆう子に微笑みかけた。

「そう、私が入れたのよ」

異常なほど大きいせいか、ゆう子の目はキラキラとよく光る。その目をいっそう見開いて、ゆう子はコーヒーを飲む美香の手元や口許《くちもと》を見ながら、得意げに言った。それに応《こた》えるように、美香も精一杯、旨《うま》そうにコーヒーを飲んだ。

「兄にご用事なんですってね」

しばらく沈黙を守ってから、ゆう子は言った。

「ええ、そうです」

「兄に会ってどうなさるおつもり？」

「どうって……」

美香は返答に窮した。ゆう子がどういう意図で訊いているのかも分からない。

「あなたたち、どうしてそんなに兄に付き纏うの？」

「？……」

「そんなに兄が憎いの？　それとも、私たち家族の幸福を踏みにじりたいの？」

ほとんど表情を変えることなく、たったいままで、親しげにしていたゆう子が、ガラリ、敵意を剝《む》き出《だ》しにして、皮肉な口調で迫るのが、美香には信じられなかった。

「憎い……、なんて、そんな……」

美香は激しく、頭を振った。

「違います、私はお兄さんのことを憎んでなんかいません。それどころか、むしろ、その反対なんです。ですから、あなた方の幸福を踏みにじるなんて……」

言いながら、美香は心の片隅で良心のうずきを感じた。確かに自分は『吉野』を愛したけれど、いまはそれを裏切る行為をしているのではないか――、そう思ったのだ。

「どう弁解なさろうと、あなたが兄や私たち家族を苦しめようとしている事実はごまかせないわ」

ゆう子は勝ち誇ったように、トーンの高い、きつい声で言った。いつのまにか、彼女の双眸《そうぼう》には火のように燃えさかるものが宿っていた。

（狂気か？――）

美香は背筋に冷たいものが流れるのを感じた。

「私たち家族にとって、兄は神様なの。いえ、神様以上の存在かもしれないわ。兄がいなかったら、私はとうの昔に死んでいたに違いないのよ。私ばかりじゃない。父も、それに母だって生きてはいられなかったでしょうね。兄はね、それを救ってくれたの。私はね、兄が迎えにきてくれた日のことを、いまでもはっきり憶えているわ。もう十何年も昔のことですけど、まるで昨日のことのようにね。その時、私は病院のベッドで、ただ死を待つだけの毎日を送っていたの。その頃の私の家ときたら、貧困のどん底でした。あなたのお宅がいまいる、あの椿神社は、結局、何の恩恵も父や私たち家族に与えてくれませんでした。父は病弱で、私の入院費用は兄の仕送りでやっと支払えるような有様だったの。そのお金を捻出《ねんしゅつ》するために、兄がどれほど辛い思いで働いているかと思うと、私は生きているのが申し訳なくて……。でも、死ねなかった。兄の私に対する愛を知っているだけに、こんな私でも、死んだと知った時の兄の悲しみを考えると、やっぱり生きていなければいけないんだわって思って……。そうしてじっと耐えているだけの冬の或《あ》る日《ひ》、病室のドアが開いて、そこに兄が立っていたんです。ちょうど背中から光を受けるような位置でしたから、まるで神様が現れたみたいに見えました。兄はいままで見たこともない素敵なスーツを着て、大股《おおまた》に近付いてきて、『ゆう子、迎えに来たよ』って……」

一気に喋っていたゆう子が、ここではじめて言葉をとぎらせた。圧倒され、椅子の背に凍りついたようになっていた美香は、その時、ゆう子の目に涙の溢《あふ》れるのをはっきり見た。

「兄は絶望の淵《ふち》から救い上げるように、私を病院から運び出してくれたの。兄の背におぶさりながら、私は生まれてから一度だって信じたことのない神様の存在を信じることができました。『神様は兄さんだったのね――』ってその時何度も心の中で呟いたわ。いまだってそう信じています。兄は私や私の家族にとって神様以外の何者でもないの。だから、どんな理由があろうと、兄をおとしめようとする者の存在は許すわけにいかないのよ。全力で兄を護《まも》る以外、私にできる兄への恩返しはないのですもの」

「それが、たとえ罪悪であっても、ですか？」

美香は必死の思いを振り絞って、言った。

「あなたや、あなたのご家族を護るためなら、他人の幸福や命はどうなってもいいと仰言るんですか？」

「そんなことはないわ。何もしない人たちに報復するなんてことが、この私にどうしてできますか」

「あなたはできなくても、お兄さんができるじゃありませんか。現に、お兄さんは人を殺しているのかもしれないのですよ」

「ほほほ……」

ゆう子は頬を歪《ゆが》めて、笑った。美香の目には、ゆう子の顔が、幻覚のようにゆらめいて見えた。

「神様が人を殺す時には、理由など問題ではないの。ただ歯向かったというだけで、死が与えられていいんだわ」

「なんてひどいことを……」

反論しようとして、美香は猛烈な眠気が襲うのを感じた。(いけない——)と思いながら、頭の中に重しでもつけたかのように、全身がけだるくなってゆく。

(はっ——)と気付いた時はもう遅かった。

「あなた、コーヒーの中に……、何を……」

懸命にゆう子の方を見ようとしながら、美香は腰から崩れてゆく自分の体を支えようがなかった。薄れようとする意識の片隅で、応接室に入ってくる人影が見えた。

(吉野さん——)

そう思ったが、声にはならなかった。『吉野』は駆け寄って美香を覗き込み、鋭い声で、「ゆう子、またやったのか?」と詰《なじ》った。それを最後に、美香の意識は完全に闇の底へと沈んでいった。

*

村上と佐々木が船橋に着いたのは、七時近かった。

千葉県船橋市は京葉工業地帯の中でも、とくに開発が進んでいる都市に挙げられる。東京湾の沖へ向かって際限なく伸びる広大な埋立地には、臨海コンビナートが立ち並ぶ。総武線の電車の窓から、時折、高い煙突や建造物のてっぺんで点滅する、航空標識用の赤色灯が見えた。

「昔なら、あれはさしずめ、漁《いさ》り火《び》ということだったのでしょうねえ」

暮色の濃い風景を眺めて、佐々木は少しセンチメンタルな気分になっていた。

「なんだか、異様な臭いだな」

村上の方は即物的な感想を述べた。確かに、風に乗って運ばれてくるのは、潮の香りというわけにはいかないようだ。

夏泊半島の海風と、日夜、親しんでいる村上には耐えがたい悪臭に違いなかった。

あらかじめ連絡しておいたので、船橋署には捜査係長が待機していた。加部伸次の
『自殺』事件の際、いろいろ問い合わせに応じてくれた男だ。その上、十五年前の事件当時、船橋署の捜査係部長刑事として直接事件捜査に関与し、現在は引退して船橋

市内に住む、市村健八という人物を呼び寄せていてくれた。

「わざわざ青森から出て来たというのは、何かよほど重大なことだろうと思ってね、市村先輩にもお越し願ったのですよ。先輩は生き字引と言われるほど、古い捜査に通じています」

係長は多少、恩着せがましく言った。市村は還暦を越える年齢のせいか、かつて刑事をやっていたとは見えない好人物で、終始、笑顔を絶やさず、自分で役に立つことなら——と、久々の「現場復帰」をむしろ楽しんでいる様子さえあった。

「じつは、十五年前の事件当時、加部伸次の知人に、君根則和という人物がいなかったかどうか、調べているのです」

村上が言うと、市村はちょっと首を傾《かし》げた。

「君根則和ねえ、君根……。どこかで聴いたような名前だが、いや、しかし、加部の知人じゃねえことだけは確かですな。何しろ、加部の知人と言ったって、この土地じゃ、殺された社長の他には誰もいねえようなもんだったですから……。そうだ、そう言や、社長の知人の中にそういう名前があったかもしれんです。君根というのは、比較的珍しい名前だからねえ。それで何となく憶えているんだと思うが、たぶんそいつは加部の事件の時に見た名前だったと思いますよ」

「被害者の知人、ですか……」

村上と佐々木は、異口同音に言って、驚いた目を見交した。

「その人物が、加部と共犯関係にあったというようなことはあり得ませんか」

「いや、そういうことはねえですな。あの事件は加部の自供どおりの物証も揃《そろ》ったし、別に共犯関係のあるような事件ではなかったですよ」

「すると、君根という人物は捜査の対象にはならなかったのですね」

「もちろんです。何も疑う必要はないですからな。それとも、何か問題でもあるんですか？」

市村は、その時だけ、ちょっと眉をひそめた。

「いえ、そうじゃないのですが……」

村上はどう言って説明すればよいのか、見当がつかなかった。下手をすると、当時の捜査にケチを付けるような受取り方をされかねない。その気持を察したのか、市村は機嫌よさそうな顔になって、言った。

「いや、あの時は、でかい事件《ヤマ》が起きたもんで、東京近辺の警察はパニック状態でしたからな。そういう意味では、われわれも多少のトバッチリを食って、浮き足立ったところがなきにしもあらずだったが、しかしあの事件に限って言えば、加部の自首で簡単に片付きました。確か、裁判の方もスピード結審だったんじゃないかな？」

「そのとおりですよ」

捜査係長が言った。

「記録によると、加部は一審の十五年という判決にそのまま服しています」

「ほうっ、控訴しなかったんですか？」

村上は驚いて、訊いた。

「そのようですな。いま思い出してみると、加部という男は、無口で、なんだか知らんが、こっちの言うことを全部肯定しちまったような感じでしたよ。上級審まで争う気力はなかったんでしょうかなあ」

妙な話だ——と村上は思った。いくらおとなしい、無気力な男でも、当然の権利である上訴もせずに、十五年という、ちょっと長過ぎる刑を甘受するとは、いささか解せない。

「さっき、市村さんが仰言った、『でかい事件』というのは、何なのですか？」

「ああ、あれですか。そうか、その頃は、あんたはまだ奉職されてなかったのでしょうなあ」

「もちろんです。まだ中学生の頃でした」

「そうですか。しかし、事件名を聴いたことぐらいはあるでしょう。とにかく、大変な事件でしたよ。忘れもしない昭和四十三年十二月十日、東京都下府中市で白バイ警官を装った犯人による、強盗事件が起きましてな。世に言うところの『三億円事件』

というやつです。加部の殺しは、この事件が発生したのと同じ日に起きているのですよ」

「三億円事件……」

「そう、三億円事件。この事件のトバッチリで、周辺の警察はキリキリ舞をさせられたもんです。だから、加部の事件がスピード解決したなんてのは、まさに幸運というべきなのでした。しかし、考えてみると、加部もある意味では運がよかったのかもしれんです。当時のマスコミというマスコミは、みんな三億円事件の報道ばかりで、こっちの殺しなんか、地元版に載ったぐらいで、てんで相手にしてくれなかったですからね。やつの顔写真も載らなきゃ、折角のスピード解決だって、洟《はな》も引っ掛けやしなかった」

そう言った時の市村は、少なからず残念そうな顔であった。

「三億円事件とは、また古い話が出てきましたねえ」

船橋署を出ると、佐々木はおかしそうに言った。だが、村上の方は笑う気分ではない。事件そのものには直接関係していない村上のような者にとっても、『三億円事件』は警察人共通の苦い記憶なのである。警察内部の人間として、『大事件』に振り回された状態の捜査当局の様子が、目のあたりに見えるような気がする。

『三億円事件』は、警察学校でも、しばしば教材として登場している。

事件発生から初動捜査、緊急配備、検問、特別捜査本部の開設、関係者に対する事情聴取、目撃者への聞き込み捜査、遺留品の分析、モンタージュ写真作成、情報の収集と分析、被疑者の特定と事情聴取、任意出頭、別件による逮捕、逮捕状の請求、勾《こう》留《りゅう》、尋問、調書の作成、勾留期間の延長……等々、あの事件では事件捜査に関するあらゆるファクターが、或る意味では理想的に盛り込まれていた。したがって、警察学校でのケーススタディとしては、恰好の材料だったのだろう。おまけに、別件逮捕の被疑者は、ほとんど真犯人と断定したようなマスコミ発表の後、結局、まったくの無実と分かり、今度は人権問題で警察が槍玉《やりだま》に上げられる始末だったこと。そうして、七年の時効が成立、警察の大黒星となった顚末《てんまつ》も、ちゃんと教えてもらったものだった。

まさに、『三億円事件』は世界一を誇る日本警察組織の、記録的な敗北であった。「膨大」と言ってもいいほどの遺留品の山、多くの目撃者、当時としては想像を絶するような巨額の被害金額、そして、警視庁が威信を賭《か》けた大捜査陣——と、どこから考えても早期解決は必至と見られていたのに、大山鳴動して、一匹の鼠《ねずみ》も出なかったのである。

とりわけ不思議なのは、全国隈無《くまな》くバラ撒《ま》かれた手配写真の主が、この狭い日本のどこに隠れたものか、さっぱり手掛りが摑めなかったことだ。時効にかかる七年の間――いや、その後もマスコミはことあるごとに『写真』を掲載し、警察の無能を皮肉った。したがって、国民は全員、例の白ヘルメットを被《かぶ》ったお馴染《なじみ》の写真に、何度もお目にかかっている。もし会えば、絶対に見逃すことはなかったに違いない。ああ、それなのに――なのである。

推定年齢二十〜二十五歳のあの若者は、いったいどこへ消えてしまったのだろう?

村上は船橋署を出てから、ずっとおし黙ったままであった。それは、『三億円事件』という思いがけない名称を聴いた瞬間に襲われた、得体の知れぬショックのせいだ。正体のはっきりしない何かが頭の中で閃《ひらめ》いた。

(これが『第六感』というやつかもしれない――)

と村上は思った。だが、その正体が見えてこない。何かをキャッチしているはずなのに、それが形を成さないもどかしさで、村上は全身にかゆみのようなものが走るのを感じていた。

(俺《おれ》は確かに何かを摑んだのだ――)

努めて冷静に、論理的になろうとするあまり、村上はまるで別人のような怖い顔になった。それを見て、佐々木も必要以外、話しかけるのを差し控えている。ほとんどだんまりに近い道中は、新橋駅に着くまで続いた。

駅前のラーメン屋で安い晩飯を食い、新橋第一ホテルに着くと、時刻は午後十時を回っていた。

「キャンセルなさるのかと思っておりました」

ホテルのフロントは、にこやかな顔を作りながら、皮肉を言った。

「え？　すると、まだ連れの者はチェックインしてませんか？」

佐々木が驚いて訊いた。

「いえ、どなたもご到着ではありませんが」

「おかしいな。江藤美香という女性なんだけど。遅くとも、八時頃までには着くはずなのだが……」

佐々木と村上は顔を見合わせた。

（迷ったかな——？）と、とっさに思った。しかし、新橋第一ホテルが目標では、迷いようがない。

「どうしたんでしょうか？　何かアクシデントがあったのでしょうか？」

佐々木は訊いたが、村上にも判断できない。フロントは「どうなさいます？」という目で、二人を促していた。

ともかく、部屋だけ取っておくことにして、二人はツインの部屋に入った。

いい知恵も浮かばないので、交替でシャワーを浴びる。時間経過とともに、不安は募った。

十一時になると、佐々木は我慢できなくなって、阿山町の美香の家に電話を入れた。もう就寝していたのだろう、何度もベルが鳴り、気がひけた頃になって、受話器が外された。

——はい、江藤でございます。

「あ、皇習館大学の佐々木ですが、夜分、恐縮です」

——まあ、佐々木さん。美香がいつもお世話様になります。

「こちらこそ……。あの、美香さんはそちらに戻られましたか？」

——は？　いいえ、今日は東京に泊まると言っておりましたが……、あの、佐々木さんとご一緒だとか……。

「そうですか。じゃあ、まだ戻られてないのですね」

——ええ。あの、ご一緒じゃなかったのですか？

「いや、一緒のはずなのですが、約束したホテルの方に、まだ入っておられないもんで」

——まあ……。

母親は凍りついたような声を出した。

「しかし、ご心配なさることはないと思います。何かの用事で遅くなっておられるのでしょうから。東京には、どこかご親戚《しんせき》はありませんか？」

――いえ、親戚はないのですが、以前、ここにいらっしゃった君根さんと仰言る方が東京にいらして、そちらの方へお邪魔するとか申しておりましたが。それはご存じないのですか？

「知っております。じつは、一緒にそのお宅に伺って夕方別れたのです」

――さようですか。……あの、いま夕方と仰言いましたか？

「はい、夕方です。五時頃でしたか」

――あら、それじゃ、あれからまた、お邪魔したのかしら？　美香から電話で、これから君根さんのお宅に伺うと言って参りましたのは、六時過ぎでしたから。

「六時過ぎ、ですか？　だとすると、われわれと別れた後ということになります。じゃあ、美香さんは、もう一度、君根家へ行かれたのですかねえ……」

佐々木は村上と不安な目を見交した。

「分かりました。それなら、君根さんのお宅におられるのでしょう、安心しました。どうも夜分遅くご迷惑をお掛けしました。どうぞお休みください」

――あの、ほんとに大丈夫なのでしょうか？

「大丈夫ですよ。われわれはいましがたホテルに着いたところですから。美香さんは連絡が取れずにいたのでしょう」

佐々木は気休めを言って電話を切ったが、受話器を置くやいなや、村上とほとんど同時に、「どうしましょうか」と言った。

5

何か夢を見ていたようだが、混濁した意識のまま、美香はスッと目覚めた。目の前に『吉野』の心配そうな顔がある。美香の目の焦点が定まった時には、すでに微笑んでいた。

「やあ、気が付きましたね」

美香が起きようとするのを、「もう少し横になっていた方がいい」と、押しとどめた。

「コーヒーに入っていた睡眠薬が大した量ではなかったので、少し中和剤を飲んだだけで回復しました。しかし、それにしても申し訳ありません。謝ります」

『吉野』は頭を下げた。その背後の、少し離れた所には君根ゆう子の、車椅子にうずくまるようにして、じっとこちらを窺《うかが》っている姿がある。その目には、敵意に近い不信の色が籠められていた。

美香は体を起こして、『吉野』と相対した。やや、頭がふらつく程度で、意識ははっきりしていた。

「吉野さんは、やはり君根則和さんだったのですね」

「そのとおりですよ」

吉野――君根則和は大きく肯いてみせた。

「あなたや、皆さんをだましていたことは申し訳ないと思っています。しかし、それにしても、あなたといい、お父さんといい、よくそこまで調べましたね」

「えっ？　じゃあ、吉野さん……、君根さんは、父とお会いになったんですか？」

「いや、僕はお会いしてはいません。しかし、家の者たちがお会いして、いろいろお話をお聴きしたようです」

「それで、父はいまどこにいるのでしょうか？」

「この家におられます」

「やっぱり……。では、すぐに会わせてください」

「ええ、それは構いませんが、しかし、お父さんはまだお休み中ですから」

君根則和は辛そうな表情で、妹の方を見返った。

「すると、父も睡眠薬で？……」

「そうです。僕がいればそんなことはさせなかったのですが、しかし、責任はすべて僕にあります」

則和はまた、頭を下げた。

「そんなことより、父のいる所へ連れて行ってください。父は無事なのでしょうね？」

「もちろん、ご無事です。奥の客間でお休みになっておられますよ。どうぞ、こちらです」

則和は先に立って応接室を出る。美香もすぐあとに続いた。少し間を置いて、ゆう子の車椅子も随《つ》いてきた。廊下を曲がって二つ目の部屋に布団を敷いて、その上で、江藤正之はこんこんと眠り続けていた。もう丸一日半になるという。

「まもなく目覚められます。ゆう子は長い病院暮らしの経験から、見よう見真似《みまね》で麻酔の処置には慣れていますから、心配しなくても大丈夫ですよ」

則和はそう言うが、美香はとても安心などできる状態ではなかった。

「お父さんがこの家にお見えになった時、僕は大牟田《おおむた》にある、ベトナム難民キャンプの見学に行っていました。だから、どうしようもなかったのですよ。家の者としては、僕のためと思って最善を尽したつもりなのですから、許してやってください」

「でも、どうして父をこんな目に遭わせなければならなかったのですか？」

美香はゆう子に視線を向けながら、詰《なじ》るように言った。ゆう子はその視線を弾き返すような鋭い目で、美香を睨んだ。蠟細工《ろうざいく》のような透明感のある皮膚と、絶えず驚いているような大きな瞳。頸《くび》の横で無造作に束ねた長い髪――。見ていると息苦しくなりそうな、妖《あや》しい美しさがあった。

「すべて、僕の身の安全を願ってやったことです。無論殺そうなんて気はありません。僕がベトナムへ旅立つまでの時間を稼ぎたかっただけなのです」

「ベトナムへいらっしゃるのですか？」

美香はかすれた声で言った。

「ええ、ベトナムから、場合によってはカンボジアの奥地まで入るつもりです」

「そんな危険なところまで、なぜ行くのですか？」

「そうですねえ、なんて答えたらいいのか……」

則和は苦笑を浮かべて、しばらく考え込んだ。

「まあ、端的に言えば、逃げる――ことになりますかね」

「逃げる、ですか。じゃあ、あの、やっぱり夏泊半島の事件……、秀山さんを殺したのは吉野さん……、君根さんの仕業だったのですか？」

「さあ、どうでしょうかねえ」

則和は声を出さずに笑っただけで、答えない。

「加部さんの事件はどうなんですか？」

その質問に対しても、同じだった。

「教えて欲しいんです。私は警察には言いません」

「それなら、知る必要はないでしょう」

「いいえ、私自身のために知りたいのです」

「あなたのために？　なぜですか？」

「それは、私が吉野……、君根さんを愛しているからです。でも、たぶんそれはばかげたことで、君根さんも相手になさらないと思います。だから、その想いを断ち切るためにも、本当のことが知りたいのです」

則和は澄んだ目で美香を見詰めた。しかし、美香が想像したほどの驚きは見せなかった。

「そうですか。やはり、お父さんが仰言っていたことは、本当だったのですね」

「父が、何を言ったのでしょう？」

「お父さんは、あなたの、いま言われたようなことを見抜いておられたようですよ。それで、あなたと同じように、真相究明のためにこの家においでになったらしいのです」

「…………」

「お父さんは、じつに聡明《そうめい》な方のようです。あなたから話を聴いたり、事件の報道を入手しただけで、夏泊半島で何が起きたか、おそらく、真実に近いところまで見究めてしまわれたに違いない。そして、あなたの気持が私のような人間に傾斜することを虞《おそ》れて、危険を承知でここに乗り込んでこられた。もちろん、あなたを守りたい一心からでしょうが、かなり厳しい口調で父や母を詰問したそうです。だからこそ、家族の者が狼狽のあまり、私に無断で行き過ぎた措置を取ってしまったのです」

正之に睡眠薬入りの茶を飲ませたのは、妹のゆう子だという。自分の部屋にいても聴こえてくる正之の声に、我が家の危機を察知して、母親の知らない間に、薬を茶に混入したのだ。いったん、正之が眠りに落ちてからは、時間を計って睡眠薬を注射し続けた。

「僕が電話してそのことを知ったのは今日の昼近くになってからでした。妹を責めるわけにもゆかず、とにかく、お父さんの安全だけは、くれぐれも守るように言いつけて、すぐに帰路に就いたのです」

「でも、妹さんは、どうしてそんな無謀なことをなさったのでしょう？　そんなことをすれば、かえって父のあなたに対する疑惑を裏付ける結果になってしまうじゃありませんか」

「あなたの言うとおりかもしれません」

君根則和はかすかに笑った。

「普通なら、妹の取った行動は思慮に欠けたものということになるでしょう。しかし、あなたのお父さんが仰言ることは、もはや『疑惑』どころか、かなり核心を衝いたものだと、妹たちは判断したのです」

「では、父の言うことは正しかったのですか？」

「それは言いにくいことです。ただ、家族がそう考えたとだけは言えますがね」

「それでは真実はどうなのですか」

「………」

「警察には……、いえ、他の誰にも言いませんから、教えてください」

「そうですね。それじゃ、一つの架空の物語としてお話ししましょう。それが真実かどうかまでは言いませんがね。それではいけませんか？」

「いえ、それでも結構です」

「それではお話ししますが、その前に、お父さんがこの家にお見えになった経緯を説明しておきましょう。江藤さん──あなたのお父さんは、加部伸次が阿山町の椿神社を訪ねたことを私の家に報らせてくださったのですが、そのことにひどく責任を感じておられたのです。加部が死んだことも秀山君が死んだことも、すべてご自分が余計なお節介をしたことが原因であるように思われたのです。確かに、そのことがなければ、加部も秀山君も死なずに済んだでしょう。しかし、それは結果であって、何も江藤さんが責任をお感じになるような性質のものではないのです。たとえば、加部はいずれそういう道を辿る運命だったのだし、秀山君は、あとで説明しますが、自分の邪心から、いわば身から出た錆《さび》の結果として死ぬことになったのです。ところが、お父さんは、すべての出発点が自分にあると信じるあまり、二つの事件を推理し、事件の元凶が僕であると考えるに到《いた》りました。しかも、その上にあなたのことがあったものだから、無闇に警察に届けるわけにもいかず、やむにやまれぬ気持で、僕を問い詰めようとなさったのでした。

さて、それでは夏泊半島での二つの事件の話をしましょう。加部という男が十五年前に千葉県の船橋というところで人を殺し、この春、刑務所を出たことは、もう知ってますね。船橋の殺人はもちろん、加部の単独犯行ですが、その際、加部はある人物――当時は少年だった男です――に、或る重大なことを委託しました。それは、殺人によって得た巨額の金を、加部が出所するまで預かっていることです。

じつは、その時殺された男と加部と少年の三人は、その大金を奪った共犯者だったのですが、殺された男が、ほぼ、独り占めに近いような不当なことをしようとしたために、怒った加部が刺し殺してしまったのです。まあ、ものの弾みといっていいような事件でもありましたが、殺人は殺人です。加部は到底、逃れられないと判断し、少年に大金を委《ゆだ》ね、自首することにしました。殺人罪ではあっても死刑になることはないという読みもあったのでしょう。刑務所暮らしを、山奥での出稼ぎか何かのつもりで辛抱しさえすれば、出所のあかつきに巨額の金を手に入れることができる――と割り切ったのです。もちろん、警察に真相を告げれば、殺人罪に関しては情状を認められるかもしれませんが、強盗に対する刑が加算されるし、肝心の大金は没収されるしで、元も子もなくしてしまいます。それよりは、自首して殺人罪に服するだけの方が、はるかに賢明な手段に違いありません。そのために加部は、警察の尋問をすべて認め、裁判では控訴さえしなかったのです。表面は友人を殺した罪に潔く服するように見えて、じつは、無用な抗弁をして、もう一つの事件の真相がバレることを恐れたためだったのです。

幸い（？）、加部の思惑どおり、警察は殺人事件の解決に満足して、加部がもう一方の重大事件に関係しているなどということは、まったく気付きませんでした。あとは十五年の刑期をじっと辛抱すればいいはずだったのです。

ところが、加部が刑務所にいる間に、彼が予想しなかった事態が起きていました。それは、少年が加部との約束を破って大金に手を付けてしまったことです。そういう事態が起きることを予測しなかったのは、或る意味で加部の甘さともいえます。第一、加部は少年とは、事件の直前、殺された男を通じて知り合っただけで、それほど親交があったわけではないのです。しかし、加部は少年が神社の息子である――という、そのことだけで信用してしまったのです。考えてみれば神社は動くことのない存在だし、少年がそこから逃げるはずがないと思い込んだのも無理のないことかもしれません。しかし、少年の側にも予測しなかった事情が生じていました。

じつは、少年は零細な神社の将来に悲観して、宮司である父親の跡を継ぐことを拒否して家を出たのですが、大金を預かるとすぐ、実家に戻りました。そうして、病状の悪化していた父親と、幼時から体の不自由な妹のために、その金を使わざるを得なくなってしまったのです。

最初は、自分の取り分として約束されている、ごく一部だけを使うつもりだったのですが、金というやつは、一度使いだすと際限がありません。少年は成長するとともに、次々に金の使い道を見つけ出していきます。その内に、狭い田舎では人々の目が煩わしくなって、ついに東京へ出て、家族のために分不相応な家を手に入れ、残った金はすべて銀行預金に回し、生活費や父と妹の医療費は銀行利子だけで賄うという、理想的な暮らしを作りあげました。しかし、そうなった時には、さしもの大金も完全に消化しきっていたのでした。

こうなると、少年――といっても、すでに三十を越えていましたが――の気掛りは、加部の出獄です。ただし、加部には自分の素姓はまったく知られていないという安心感がある。十五年という長い歳月を経て、加部が自分の所在を捜し出すことができるとは、到底、思えなかった。その時点では加部が、殺された男から、自分が神社の息子であることを聴いていたとは知らなかったのですから……。

だが、この四月、加部が『椿神社』に自分を訪ねてきたことを知らされ、少年は愕然となるわけです。

唯一の救いは、加部が、どこの椿神社が少年の家であるかまでは知らないらしいということでした。しかし、日本中の椿神社を尋ねて歩いている内には、一度素通りした『椿神社』に、かつて少年がいたことを探り出すだろうことは目に見えています。そこで、少年は先回りして、加部を抹殺する決意を固めました。

夏泊半島の椿神社での事件は、こうして起きたものなのです」

そこまで話して、君根則和は大きく深呼吸した。あくまでも「少年」という一般名詞を使って、物語として喋っているせいか、則和の表情は落ち着いたものだったが、美香の方はそうはいかない。話の途中から身震いが抑えきれなくなっていた。

「じゃあ、やっぱり加部さんは殺されたのですか」

「そうです」

「でも、何も殺さなくてもよかったのでは……」

「いや、それは第三者的な考え方でしょう。当事者としては、それが最善の方法だったのです。少なくとも本人はそう信じたのですよ」

「本人」と言う時の則和は、複雑な笑い方をした。

「そうして、秀山さんも……、ですか？」

吉野を脅したのです。彼は加部の事件を推理し、犯人は吉野であるという仮説を樹《た》て、強引に吉野を脅したのです。吉野にしてみれば、知らぬ存ぜぬで突っ張ればよかったのかもしれないが、現場近くにいる間は、あまり波風を立てたくないと判断して、秀山君の言いなりに応じていたのです。しかし、最後の夜、秀山君はこっそり、吉野を呼出すと、法外な要求を突き付けて脅迫した。さすがに吉野としてもそれには応じるわけにいかず、ちょっとした遣り合いになって、はずみで秀山君が倒れ、石で頭を打って、そのまま死んでしまったのです」

「じゃあ、殺されたのではなかったんですか？」

「そう、あれはいわば事故でした。しかし、警察の扱いになれば、どう弁解しても、過失傷害致死。悪くすれば殺意があったと見なされてしまうでしょう。それに、前の加部の事件にも関係してくる。そういうわけで、吉野は死体を遺棄して、現場を離れることにしたのです」

君根則和はあくまで、「吉野」と、他人事として話そうとしているが、美香は堪《たま》らず、必死の思いを籠めて、言った。

「そんなふうに、迫ってくる人を二人も殺しているのに、私や父を殺さないのはなぜなんですか。それとも、これから殺すつもりなのですか？」

「いや……」

則和は困ったように苦笑した。

「あなた方は殺したりしませんよ。殺す必要がないのですから」

「どうしてですか？　真相を知っているという点では同じではありませんか」

「そうかもしれませんが、しかし、あの二人とあなた方とでは、立場がまったく違うのです。つまり、あなた方を殺すのは、犯人にとって、非常に危険なことなのですよ。あなた方と犯人とは、明らかに関係がありますから、その点を警察に追及されれば逃げようがありません。それにひきかえ、夏泊半島で死んだ二人と犯人との間には、何の繋がりもありはしないのです。警察がいくら躍起になってみても、殺人の動機を発見することはできないでしょう。もちろん、あなた方が沈黙を守ってくれれば――の話ですがね。それに、そうでなくても、犯人にとってあなた方は恩人なのですから殺すなんてことは到底、できませんよ」

「でも、それでは、『犯人』にとってとても危険な状態ではありませんか。私たち親子だけならともかく、現に佐々木さんや刑事さんも、疑いはじめているのですから」

「いや、江藤さん親子を除けば、恐ろしい者はいません。とは言っても、警察が調べ始めればあなた方にも迷惑がかかり、早晩、真相が明らかになる可能性があります。

そこで、僕は逃げだすことにしたのです。カンボジアの奥地へとね。ある期間、隠れていれば、警察も追及を諦《あきら》めるでしょう。もともと、僕に対する疑惑は謂《いわ》れのないものなのですからね。それに、僕は現地に骨を埋めることになるかもしれない。これからの半生、他人に尽すことで過ごすのが、僕にとっていちばん相応《ふさわ》しい生き方なのです」

「でも、私は真相を知ってしまいました」

「ははは、あなたがそれを警察にバラす人ではないと信じるからこそ、こうして話す気になったのですよ。もし、それが僕の見込み違いだったら、その時はもう観念する以外ありません」

則和はそう言いながら、美香の目を正面から見詰めた。何物をも見透かすように、鋭く、それでいて魅力に富んだ瞳だった。美香はまるで催眠術にでもかかったかのように、視線を逸らすこともできず、ずいぶん長い間じっとして、則和と向き合っていた。

やがて、物憂く視線を外すと、美香は言った。

「あと一つだけ教えていただきたいのですけれど、加部さんが殺人まで犯すことになった、十五年前の事件というのは、何だったのですか？」

「つまり、大金をせしめた事件のことですね？」

「ええ」

「江藤さんはその頃、お幾つでした？」

「幼稚園の頃です」

「それじゃ知らないかな、三億円事件というのがあったのですがねえ」

「三億円事件なら、話だけは知ってます。時効が成立したとかで、マスコミが騒いだことがありました」

「そう、それじゃ、あの犯人の手配写真も、どこかで見たことがあるでしょう」

「ええ、あります。白バイ警官の恰好をした写真でしょう？」

「そうです、そうです。あの写真は全国隈無く配られましてね、顔を知らない人はいないほど、徹底したものなのです。しかし、あの顔の持主はついに現れなかった。いったい、彼はどこへ消えてしまったのか——世にも不思議な話だったのです」

「まさか、あなたがそうだったのでは？……」

「いや、僕は違いますよ。よく見てください、似ても似つかない顔じゃありませんか。第一、もしそういう人間がウロウロしていたら、人の目から逃れるわけにはいきませんよ。じつはね、日本の優秀な警察網が彼を発見できなかったのは、彼が絶対発見されない所へ逃げ込んでしまったからなのです」

「というと、やはり、カンボジアとかベトナムとかいう外国ですか？」

「違いますよ、もっと安全な場所。神様以外、知らない場所です」

則和の笑い顔を見て、美香は「はっ」と気付いた。

「もしかすると、死んだのでは？」

「そう、彼は死んだのです。はっきり言うと、殺されたのですね。それも、彼が現金輸送車を襲ったその日の内に――です。手配の写真ができたのは、それから十日ほども経《た》ってのことですから、永久に発見できっこないのですよ」

「あっ！　じゃあ、加部さんが殺した人というのが、その犯人だったのではありませんか？」

「そう、それが正解です」

「すると、あなたが預かった『大金』というのは、その三億円……」

美香はあまりのことに絶句して、目と口を大きく開けたまま、奇妙な微笑を湛《たた》える君根則和の顔に見入っていた。

＊

それからまもなく、第一ホテルにいる佐々木は、江藤美香からの電話を受けた。

――連絡遅れてすみません。父と会うことができたので、そちらへ行けなくなったのです。明日の朝、直接自宅に帰ります。大学へは明日の夕方には行けると思います。

詳しいことはその時にお話しします。いろいろとご迷惑をおかけしました。

「ちょっと待ってよ！」

佐々木は慌てた。

「お母さんに連絡したら、きみは君根さんの家に行くようなことを言っていたと仰言ったけど、お父さんとは君根さんのところで会ったのかい？」

――ええ、そうです。

「そうですって……。それで、君根則和はどうなの？　吉野さんと同一人物なのかい？」

――ええ、吉野さんはやはり、君根則和さんでした。

「それじゃ、きみの推理はピタリ的中したんじゃないか。夏泊半島の事件も彼の仕業だったということか」

――いいえ、それは私の考え過ぎだったみたいです。君根さんは、確かに加部さんを知っていますが、それは船橋の会社社長を殺した犯人の名前として知っているということで、本人には会ったこともないのだそうです。もちろん、秀山さんの事件など、まったく関係がないということでした。

「そんな、一方的な言い分を鵜飲《うの》みにするなんて、美香らしくないじゃないか。いったいどうしたんだい」

それまで、受話器を耳に寄せながら、佐々木の苛立つ様子を見ていた村上が、ひったくるように受話器を取った。

「江藤さん、村上です。明日の朝、帰られるそうですが、そうなったら、僕はもう江藤さんに会う機会がなくなります。いますぐお会いできませんか？　あんた、いま、どこにいるんですか？　どこへでも出掛けて行きますよ」

——えっ？　それは困ります。……そうですね。それじゃ、明日の朝、東京駅でお会いするというのではいけませんか？　八時四〇分発の『こだま』に乗りますから、その前に。

「いいでしょう」

時間と待ち合せ場所を決めると、美香はまるで逃げるように電話を切った。

エピローグ

通勤の人波で込み合う国電のホームとは対照的に、新幹線ホームは、列車が到着した時、僅《わず》かに混雑する程度で、待合室の中も閑散としていた。

美香《みか》は父の正之《まさゆき》を椅子《いす》に座らせておいて、自分はガラス張りの待合室から出て、佐々木と村上の前に立った。正之は消耗はしているが、医者にかかるほどのことはなくて済んだ。目覚めた時、正之はしばらく、自分の身に何が起きたのかよく分からなかったらしい。しかし、ともかく美香の無事な姿を見て安心して、美香の言うまま、素直に阿山町《あやま》へ帰ることになった。美香が待合室の外で二人の男と立ち話をしている様子を見ても、関心を示す気力がないのか、けだるそうに目を閉じ、じっと動かなかった。

「いったい、どういうことなんです?」

村上は急《せ》き込《こ》んで訊《き》いた。

「江藤《えとう》さんが言った、吉野、つまり君根則和《のりかず》が夏泊半島に現れた目的は、加部伸次を殺すことにあった——という考えは、充分、説得力がありますよ。それに、秀山さんを殺したのも君根則和だとする推理も、面白い。われわれはそう思って、あんたの主張を全面的に支持するつもりになったのに、当人のあんたが、あっさり前言を撤回しちゃうというんじゃ、こっちの立つ瀬がありませんよ。第一、吉野が君根則和だったのなら、あんたの推理は一応、立証されたことになるじゃないですか。それなのに、こんなに簡単にピリオドを打つのは、どう考えても納得いきませんな。何かあったんじゃありませんか？」

「いいえ、別に何もありません。ただ、私の勝手な推理ゴッコが、まったく的外れだったということなのです。確かに君根則和さんは、加部さんが殺した人と付き合いはありましたが、それだけのことで、加部さん自身とは一面識もないのだそうです」

「ちょっと待ってくださいよ。『ないのだそうです』ってそれは誰《だれ》から聴いたんです？」

「君根則和さんからです」

「えっ？　君根さんは外国へ行ってるはずじゃないですか」

「そうじゃなかったんです。今日、出発するというのを、私が聞き違えたらしいんです」

「なんですって？　じゃあ、君根則和氏はまだ日本にいるのですか。で、いつ出発です？」

「九時頃《ごろ》の便だそうです。まもなく成田空港をフライトします」

「驚いたなあ……」

　村上は悲鳴のような声を上げた。美香を見る目が悲しそうに歪《ゆが》んでいる。

「どうして昨夜、そのことを教えてくれなかったんですか。それだったら、何がなんでも昨夜の内に、君根家へ行っていたのに」

「だめですよ。そんな失礼なことをされたら、私たちが困ります」

　村上は吐息をついて、目を閉じた。

「分かりました。それで、彼はいつ帰るんです？」

「知りません」

「知らないって……、どこへ行ったんです？」

「カンボジアの奥地だそうです。場合によったら、ベトナムへも行くそうです」

「そんな所へ、何しに行くんです？」

「よく分かりませんけど、難民問題に命を捧《ささ》げるとか仰言《おっしゃ》ってました」

「命を……、まさか、本気で死ぬ覚悟じゃないでしょうな」

「そのつもりかもしれません」

「ほうっ……」

村上は不思議そうに美香の顔を見た。若い部長刑事は、もはや、この美しい女子学生の気持を理解できなくなっている。それを、正直に口に出した。

「江藤さん、あんた、変わりましたねえ。最初、会った頃とは別人のようだ」

「そうでしょうか。私には分かりませんけど」

「いや、変わりましたよ。ねえ、佐々木さん」

「ええ……」

ほとんど傍観者のような立場にいた佐々木は、かすかに肯《うなず》いてみせただけだった。確かに、村上の言うように、江藤美香は変わったと思う。稚《おさな》くて、平凡といってもいいような女子学生が、いつのまにか、自分の手の届かない、おとなの女性へと脱皮しつつあることを、佐々木は感じていた。それは吉野――君根則和という男の影響によるものなのか、佐々木には分からなかった。もしそうだとすれば、君根を死地に送る悲壮感が美香にないのはなぜだろう？――

（女は謎《なぞ》だ――）

結局、佐々木はそう思うしかなかった。

八時四〇分の『こだま』は、定刻どおりに東京駅を出発した。ホームに残された二人の男は、どうしようもない虚脱感の苦い味を嚙《か》みしめていた。

「どういうことなんですかねえ」

遠ざかる列車に視点を定めたまま、村上は吐き出すように言った。

「こんなことは考えたくないのだが、彼女は君根則和を庇《かば》って、事実を隠蔽《いんぺい》しようとしているんじゃないでしょうかねえ」

「まさか……。だって、そもそも、この話を発掘したのは彼女ですよ」

佐々木自身、村上と同じ疑いを抱きながら、その一方では美香の名誉を守らなければならない——という本能的な意思が働いて、ほとんど目を剝《む》かんばかりの様子で、言った。

「確かに、そのとおりではあるんだが、彼女の豹変《ひょうへん》ぶりを見ると、そうも思いたくなりますよ。そんなことをすれば、犯人蔵匿ってことになるんだが」

「冗談じゃない。村上さん、あなた、美香を犯人扱いする気ですか？」

「まあ、そう怒らなくてもいいでしょう。たとえばの話をしているんだから」

「そんなことより、今後、事件捜査の方はどうするつもりですか」

「うーん……、正直言って、僕は分からなくなりましたよ。吉野——君根則和氏には被疑者の要因は充分あると思うが……、いや、そう信じるからこそ、ここまでやってきたのだが。しかし、なんだか空しい気分ですなあ。これも江藤美香さんの豹変のせいでしょうか。考えてみれば、君根氏が加部や秀山さんを殺す動機なんてものは、何もないのだし、当の本人が消えちまったんでは、警察としても手のつけようがない。

僕の報告も、冷たく扱われそうな予感がしますよ」

村上の脳裏には、平内派出所長の長内警部の人の好《よ》い風貌《ふうぼう》と、県警の篠原警部の冷酷なまなざしが、こもごも浮かんだ。佐々木は、村上のそんな気配を察したのか、ほっとしたような顔になって、「行きましょうか。僕もこの次のひかりに乗りますよ」と言うと、村上の意思を確かめもせず、もう歩きだしていた。

美香は毛布を取ってきたりして、父のために甲斐甲斐《かいがい》しく働いた。

正之は真直《まっす》ぐな姿勢で、身じろぎもせず、娘の一挙一動を眺めている。昨日の深夜、麻酔から醒《さ》めて以来、美香の方から一方的に話をすることが多く、正之はほとんど口をきかない。

「お弁当、食べる？」

美香は棚から幕の内弁当を下ろして、父の前の簡易テーブルに載せた。さっき買ったばかりのお茶も、蓋《ふた》を取り、すぐに飲めるように整えておいて、自分も弁当を展《ひろ》げた。

車内は、国鉄が気の毒になるほどガラガラで、親子の近くには客は一人もいなかった。

「美香」と、ひと口目のお茶で口を濯《すす》いで、正之は言った。

「お前、君根さんの息子のこと……」

——好きなのじゃないのか？　と続けようとして、わざとお茶にむせた。

「いいのよ、そのことは。もう終わったの」

美香は陽気に言った。幕の内の小さな握り飯を頬張《ほおば》る様子には、まるで屈託がない。

「また台風がくるみたい。今年も秋になるのかあ」

窓外の雲の動きを横目で見ながら、箸《はし》を使った。それから、父親を振り返って、悪戯《いたずら》っぽく言った。

「ねえ、刑事さんの奥さんになるの、どうかしら？」

「ばか……」

正之は苦笑して、それっきり、弁当に熱中した。

初刊本あとがき

この作品はデビュー作『死者の木霊《こだま》』にはじまる私の書下し長篇の、ちょうど十作目にあたります。まだまだ大きなことは言えませんが、私なりに著作の心構えのようなものは身についてきたような気がします。

小心で臆病者の私は、いつも三人の目を意識して作品に取り組むことにしています。一人目は編集者、二人目は読者、三人目は評論家（作家）です。

編集者は私にとって、最も頼り甲斐《がい》のあるパートナーであり、プロデューサーです。この人の判断力こそが、小説という商品の市場価値を決定すると信じています。

次に、当然のことながら、読者の評価を気にしないでは、エンタテーメントはあり得ません。本は立ち読みをしないかぎり、「お代は見てのお帰り――」というわけにはいきませんから、読後感が失望や怒りであるような作品は詐欺に等しい。とくにミステリーではそれははっきりしていると思います。口はばったいようですが、私はいつの場合でも、「これは絶対おもしろいですよ」と言える作品しか世に出さないつもりでおります（もっとも、これはあくまでも『つもり』であって、完璧《かんぺき》を期するというわけにはいかないのですが……）。

そして最後に評論家や同業の諸先輩の批評眼が、やはり怖い。たとえば、本格物の大先輩である土屋隆夫氏や鮎川哲也氏や佐野洋氏がこれを読んだら（滅多に読んではいただけないでしょうが）なんと言うだろう——と真剣に考えるのです。こういう専門家のシビアな目を意識することが、ご都合主義やつじつま合わせにならないよう、精一杯、自分を律する、一種の歯止めになっていることは否定できません。

さて、そうしていま、十作目を送り出しました。三人の目がこれをどう評価するか、いつもながら不安なことです。それから、この作品に関してはもう一人の目が恐ろしい。それは雅楽のことを教えていただいた豊英秋《ぶんの》氏で、専門家の目から見たら、ずいぶんひどいことを平気で書いている、と叱《しか》られそうだからです。しかし、お蔭で私は雅楽の世界に大いに興味をそそられました。いずれ雅楽界をテーマにした作品をものしたいと念願しています。そのほか、取材でお世話になった、平内町や阿山町、糸魚川市の方々や神社関係の方々に、心からのお礼を申し上げる次第であります。

一九八三年晩秋

著　者

自作解説

本書『夏泊殺人岬』は僕の長編第十作目にあたります。現時点（平成五年五月）までに僕は八十作の長編を書いていますから、ごく初期の作品ということになります。

いまでこそ「浅見光彦シリーズ」が花盛り（？）ですが、『夏泊殺人岬』当時は浅見クンはまだ主流を成すにいたっていませんでした。第一作の『死者の木霊』では「信濃のコロンボ」こと竹村岩男部長刑事、第二作『本因坊殺人事件』では囲碁棋士の浦上彰夫、第三作の『後鳥羽伝説殺人事件』になってようやく浅見が登場したものの、第四作『「萩原朔太郎」の亡霊』では警視庁きっての「名探偵」岡部和雄警部……といった具合に、探偵役は作品ごとに変わりました。『夏泊殺人岬』でも、江藤美香、村上俊宏、佐々木貴史という、この作品だけのオリジナルともいうべき三人の探偵役が登場しています。

探偵役を固定して、いわゆる「シリーズキャラクター」で本格推理小説を書くのは、厳密にいえばおかしな話なのです。ことに、浅見のような素人探偵が年中殺人事件と付き合っているようなことは、現実の世界ではありえません。本職の刑事にしたって、管轄外の事件に関係するはずがないのですから、日本全国を旅するような「トラベルミステリー」は矛盾だらけということになります。

同業の作家や評論家の中には、その点を指摘し非難する人もいます。読者にだって、純粋でシビアな読み方をする人は多いはずで、そういう人たちにとっては、こういった矛盾は我慢がならないことかもしれません。僕自身、小説を書きはじめたばかりのうちはそう思っていましたから、当然のこととして、作品ごとに探偵も変えていたのです。

しかし、見方を変えて考えると、小説はあくまでも虚構なのですから、何も警察の捜査記録のように、重箱の隅をつつくような完璧を期す必要はありません。ことに、シリーズキャラクターが存在感をもつようになると、作品ごとに改めて主人公やその周辺にまつわる説明をしなくてすみますから、その分、本来のストーリーだけにエネルギーを集中できるという利点が生まれます。

そうはいっても、一つの作品を創出する過程で、何人もの人物を描き出し、思うままに動かすというのは、じつは小説書きの醍醐《だいご》味《み》であることは否定できません。その意味からいえば、いつも新しい人物を登場させるほうが、より創作的ではあります。それぞれの人物について語りながら、ストーリー全体を形作ってゆくのは、むしろ楽しい作業であるともいえるのです。

ついでにいうと、浅見光彦のようなシリーズキャラクターの場合、読者が必ずしも浅見のファンだけとはかぎりません。新たに読んでくださる方には、浅見という人物のプロフィールを知ってもらうために、ある程度の説明的文章が不可欠です。それも、あまりくどく書くと、毎度毎度読まされるファンにとって、煩わしいばかりですから、過不足のないものにしなければなりません。

さらに厄介なのは、読者が創作の順番どおりに作品を手に取ってくれることは、ほとんど期待できないという点です。現在、浅見シリーズは六十作を超えますが、そのどれから読んでもらっても、さしたる違和感を与えないような配慮が必要です。僕の浅見光彦がいつまでも三十三歳でいるのは、そのためでもあるのです。彼を取り巻く環境も、あまり変化がないほうが望ましい。そんなわけですから、彼は最後の作品に登場する日まで、永遠に結婚できない運命を背負っていることになりそうです。

その点、『夏泊殺人岬』のように、この一作だけのために創出された登場人物たちは、余計なしがらみに束縛されない分、思うままに活躍できるのです。

またしても、いささか手前みそになりますが、『夏泊殺人岬』は僕の好きな作品の一つです。ことに、ヒロインである江藤美香の、心理の揺れ動くさまが面白いと思っています。殺人事件の謎解きに取り組みながら、少女からおとなの女性へと脱皮してゆく過程がそれとなく描けています。はじめは雅楽部の先輩である佐々木に仄《ほの》かな憧《あこが》れを抱いていたのが、吉野という陰影のある男の出現によって、男性を見る目が養われ、最後には父親に向かって「結婚相手が刑事というのはどうか――」などと、ジョークを言えるほどに変貌しています。結果的には、彼女のこういう変容ぶりがこの作品のテーマの一つのようなことになりました。

「椿神社」を訪ねて歩く男――という設定も、まさにトラベルミステリーに相応《ふさわ》しい題材でありました。じつは、この作品に取りかかる第一段階でのモチーフはこの一点――椿神社の発見――に過ぎなかったのです。最初にその存在を知ったのはどこの椿神社だったのか。夏泊半島のだったのか、それとも阿山町のだったのか、はっきりした記憶がありませんが、とにかく椿神社というのがあって、それも日本中にいくつかあるらしい――と知ったことが、『夏泊殺人岬』を生むきっかけになったことだけは確かです。

僕が三重県阿山町の椿神社を取材したのは、プロローグで「その男」が訪れたのと同じ「満開の桜が霞のように見える、のどかな春の午後のこと」でした。そのとき、阿山町の「椿神社」はじつは俗称であって、本当の名前は「友田神社」であることを知り、そのことが作品の内容を決定する重要な要素になりました。現地取材がいかに大切であるかを示す、好例といっていいでしょう。

『夏泊殺人岬』のきわめて特徴的なことの一つは、例の「三億円事件」の真相（？）に迫っている点です。もちろん単なるフィクションにはちがいありませんが、なんとなく、実際の事件でも、これに近いことがあったような気がしないでもありません。もし犯人がこの作品を読んだら、どんな感想を持つか、ぜひ訊いてみたいものではあります。

著　者

一九九三年五月

解　説

山前　譲

日本は四方を海に囲まれたいわゆる島国である。本州、北海道、九州、四国のほか、国土は七千弱の島々からなっている。当然のことながら、旅情が大きな魅力となっている内田康夫作品においても、死体発見現場が海岸だったというような、海に絡んでの作品は多いのだ。

『赤い雲伝説殺人事件』、『佐渡伝説殺人事件』、『小樽殺人事件』、『鞆の浦殺人事件』、『志摩半島殺人事件』、『讃岐路殺人事件』……。一九八三年十二月に徳間書店より書き下ろし刊行されたこの『夏泊殺人岬』も、タイトルに〝岬〟とあることから明らかなように、海に面した土地が舞台のひとつとなっている。だが、〝夏泊〟というのはちょっと耳慣れない地名かもしれない。

本州の最北端にある青森県は、東に下北半島、西に津軽半島があり、兜のような形をしている。そのふたつの半島に囲まれた陸奥湾に突き出しているのが夏泊半島だ。ホタテ貝の養殖が盛んで、オオハクチョウの渡来地もある。その先端の岬が夏泊崎で、椿の自生北限地として国の天然記念物に指定されている椿山や、日本の渚百選にも選ばれている椿山海岸がある景勝地なのだ。また、（作中で紹介されているような）悲恋の伝説もある椿神社でも知られている。

その夏泊を、伊勢にある大学の雅楽部で笙《しょう》を担当している江藤美香が、合宿で訪れたのは七月だった。椿神社が実家である部長の佐々木が提案したのだ。ただ、その夏泊には死の影が漂っていたのである。五月、レストハウスで男が毒死する事件が起こっていた。自殺というのが大方の見方だったが、納得できない村上刑事が独自の捜査を継続していた。その事件の決着がまだついていないところに訪れた美香たちに、新たな死が忍び寄る……。

本書『夏泊殺人岬』は内田作品としては十作目になる。一九八〇年十二月刊の『死者の木霊』でデビューした内田氏は、四作目となる一九八二年四月刊の『「萩原朔太郎」の亡霊』でプロ作家としての自信を得た。翌一九八三年には、本作を含めて五作の長編を刊行している。さらに人気作家として次々と作品を発表し、そのオリジナル著書は百六十冊を超えた。

『夏泊殺人岬』にあの浅見光彦は登場していない。爽やかな永遠の三十三歳のルポライター、長野県警の竹村岩男、警視庁の岡部和雄、あるいは一作限りヒロインと、ミステリーの探偵役にいろいろな試みをしていた時代の長編なのである。

初期作品ということは移動手段からも窺えるだろう。当時、東北新幹線は大宮・盛岡間しか開通していなかった。だから美香たちも、盛岡で在来線の東北本線に乗り換えた。その東北新幹線は今、新青森駅まで開通している。夏泊半島方面への最寄り駅である小湊は、第三セクターの青い森鉄道の駅となっている。さらには、村上刑事の捜査行や美香の探偵行のそこかしこに、懐かしい鉄道の旅が描かれて、旅情ミステリーならではの郷愁も誘っていくのだ。

ただ、『夏泊殺人岬』はレトロスペクティブな作品には止まっていない。読み返せば読み返すほど、旅情はもちろんのこと、のちの内田作品で展開されていくさまざまな要素を包含していることに気付かされる。

一番のキーワードは「日本」である。美香は三重県にある神社、やはり椿神社とも称される神職の長女だが、笙を手にしたのは大学に入ってからである。雅楽は一千二百年以上の歴史がある日本の古典音楽だ。飛鳥時代から平安時代にかけて、日本古来のものに大陸から伝わった要素がミックスされて、確立されていった。

笙や篳篥《ひちりき》といった管楽器、琵琶や箏《そう》などの絃楽器、そして太鼓のような打楽器で織りなされるメロディは、やはり日本独特のものといえるだろう。そしてやはり日本独特といえば、『天河伝説殺人事件』の能楽や『華の下にて』の華道が思い浮かぶに違いない。

一方、椿神社をキーワードに日本人の信仰心にも迫っていく。この作品のそもそもの発想は、日本各地に椿神社があるのを知ったことだという。「伝説」シリーズが信仰心をベースにしていた。そして一九九九年刊の『はちまん』では、より全国的で身近な八幡神社がテーマとなっている。また、二〇一〇年刊の『風のなかの櫻香《さくらこ》』は、由緒ある尼寺に養女として迎えられた少女が事件に巻き込まれていた。『明日香の皇子《みこ》』や『靖国への帰還』では、もっと根本的な日本人の「心」がテーマとなっていた。

一方で『夏泊殺人岬』は、現実の犯罪ともリンクしている。そうしたリンクは一九八五年刊の『白鳥殺人事件』でも試みられていた。いずれも日本の犯罪史上に特筆される未解決事件の、興味深いひとつの解決なのだ。

そしてもちろん、ミステリーとしてもこの作品には注目すべきである。いつしか美香は犯罪の謎解きにのめり込んでいく。それは自らが図らずも被害者と接点を持ってしまったせいなのだが、不思議なことへの興味がどんどん高まっていくのだ。そして友人に、推理のコツは事実と仮説と勘が名探偵の素質だと教えられ、ますます自分の手で解決したいとの思いが募る。それは浅見光彦の推理行にも相通じるものがあるだろう。「不思議」だと感じることが、謎解きのスタートラインなのだ。

その美香の揺れ動く心情もまた、『夏泊殺人岬』の大きなテーマだ。恋愛経験のなかった彼女が、はじめて男性を意識し、やがてひとりの人間として確固たる意思をみせていく。その姿は浅見シリーズのヒロインたちとも共通すると言えるだろう。

島国だから岬はじつに多い。もしかしたら「殺人岬」シリーズといったものを刊行時には考えていたのかもしれない。それは残念ながら叶わなかったけれど、「椿山伝説殺人事件」とでも言いたいこの長編は、謎解きの醍醐味とともに、美香の切ない恋心が余韻を残して印象的な長編ミステリーである。

二〇一八年十一月

本書は1987年6月徳間文庫として刊行されたものの新装版です。なお、本作品はフィクションであり実在の個人・団体などとは一切関係がありません。

徳間文庫

夏泊《なつどまり》殺《さつ》人《じん》岬《みさき》

〈新装版〉

2018年12月15日 初刷

著者 内《うち》田《だ》康《やす》夫《お》

発行者 平野健一

東京都品川区上大崎三―一―一
目黒セントラルスクエア 〒141―8202

発行所 株式会社 徳間書店

電話 編集〇三(五四〇三)四三四九
販売〇四八(四五一)五九六〇

振替 〇〇一四〇―〇―四四三九二

印刷 製本 大日本印刷株式会社

ISBN978-4-19-894413-1 (乱丁、落丁本はお取りかえいたします)